北京市社会科学理论著作出版基金资助

从形式回到历史

——20世纪西方文论与学科体制探讨

周小仪 著

北京大学出版社
PEKING UNIVERSITY PRESS

图书在版编目(CIP)数据

从形式回到历史:20世纪西方文论与学科体制探讨/周小仪著. —北京:北京大学出版社,2010.5
(北大欧美文学研究丛书)
ISBN 978-7-301-16207-1

Ⅰ.从… Ⅱ.周… Ⅲ.文学理论—研究—西方国家—20世纪 Ⅳ.I0

中国版本图书馆 CIP 数据核字(2009)第 222739 号

书　　　名：从形式回到历史——20世纪西方文论与学科体制探讨
著作责任者：周小仪　著
责 任 编 辑：张　冰
标 准 书 号：ISBN 978-7-301-16207-1/I·2167
出 版 发 行：北京大学出版社
地　　　址：北京市海淀区成府路205号　100871
网　　　址：http://www.pup.cn
电　　　话：邮购部 62752015　发行部 62750672　编辑部 62767347
　　　　　　出版部 62754962
电 子 邮 箱：zbing@pup.pku.edu.cn
印　刷　者：三河市北燕印装有限公司
经　销　者：新华书店
　　　　　　650毫米×980毫米　16开本　16.25印张　233千字
　　　　　　2010年5月第1版　2010年5月第1次印刷
定　　　价：36.00元

未经许可,不得以任何方式复制或抄袭本书之部分或全部内容。
版权所有,侵权必究　举报电话:010-62752024
　　　　　　　　　电子邮箱:fd@pup.pku.edu.cn

教育部人文社会科学研究博士点基金项目。

本著作的研究还得到"北京大学创建世界一流大学计划"的经费资助,特此致谢!

《北大欧美文学研究丛书》编委会名单

主编：申 丹

委员：(以姓氏笔画为序)

区 鉷　王守仁　王 建　任光宣　许 钧
刘文飞　刘象愚　刘意青　陈众议　郭宏安
陆建德　罗 芃　张中载　胡家峦　赵振江
秦海鹰　盛 宁　章国锋　程朝翔

总 序

  北京大学的欧美文学研究经历了不同的历史发展时期,具有十分优秀的传统和鲜明的特色,尤其是经过1952年的全国院系调整,教学和科研力量得到了空前的充实与加强,汇集了冯至、朱光潜、曹靖华、杨业治、罗大冈、田德望、吴达元、杨周翰、李赋宁、赵萝蕤等一大批著名学者,素以基础深厚、学风严谨、敬业求实著称。改革开放以来,北大的欧美文学研究得到了长足的发展,各语种均有成绩卓著的学术带头人,并已形成梯队,具有可持续发展的基础。已陆续出版了一批水平高、影响广泛的专著,其中不少获得了省部级以上的科研奖或教材奖。目前北京大学的欧美文学研究人员承担着国际合作和国内省部级以上的多项科研课题,积极参与学术交流,经常与国际国内同行直接对话,是我国欧美文学研究的一支重要力量。2000年春,北京大学组建了欧美文学研究中心,欧美文学研究的实力得到进一步加强。

  世纪之交,为了弘扬北大欧美文学研究的优秀传统,促进欧美文学研究的深入发展,我们组织撰写了这套《北大欧美文学研究丛书》。该丛书主要涉及三个领域:(1)欧美经典作家作品研究;(2)欧美文学与宗教;(3)欧美文论研究。这是一套开放性的丛书,重积累、求创新、促发展。我们希望通过这套丛书来系统展示在多元文化的背景下北京大学欧美文学研究的优秀成果和独特视角,加强与国际国内同行的交流,为拓展和深化当代欧美文学研究作出自己的贡献。通过这套丛书,我们希望广大文学研究者和爱好者对北大欧美文学研究的方向、方法和热点有所了解。同时,北大的学者们也能通过这项工作,对自己的研究进行总结、回顾、审视、反思,在历史和现实的坐标中研究自己的位置。此外,研究与教学是相互促进、互为补充的,我们也希望通过这套丛书来促进教学和人才的培养。

这套丛书的出版得到了北京大学外国语学院的鼎力相助和北京大学出版社的大力支持。若没有他们的支持和帮助,这套丛书是难以面世的。

　　北大欧美文学研究者的工作,只是国际国内欧美文学研究工作的一部分,相信它能激起感奋人心的浪花,在世界文学研究的大海中,促成一道亮丽的风景线。

北京大学欧美文学研究中心

谨以此书纪念我的父亲和母亲

目 录

导 言 ··· (1)

上编　理论和概念

第一章　文学性作为文化实践的能指和转喻 ················· (11)
　一、"文学性"及其理论背景 ································· (11)
　二、文学概念的内涵与外延 ································· (13)
　三、"文学"一词的起源与现代文学观念的确立 ········· (15)
　四、英国文学的体制化 ······································· (18)
　五、知识型构 ·· (19)
　六、外部研究与内部研究 ···································· (22)
　七、话语实践 ·· (23)
　八、意识形态 ·· (26)
　九、心理分析 ·· (29)
　十、一个案例和结论 ·· (32)

第二章　方法论：从形式回到历史 ···························· (38)
　一、形式主义批评的成就与局限 ··························· (38)
　二、文化研究的方法论意义 ································· (46)

第三章　无意识的主体与拉康的想像界 ····················· (55)
　一、拉康的思想渊源：黑格尔哲学 ························ (55)
　二、主体与他者的肯定性关系：镜像作为同一性幻觉 ··· (58)
　三、主体与他者的否定性关系：妄想型与攻击型人格 ··· (62)

第四章　作者、主体的能动性与剩余快感 ··················· (66)
　一、"作者"概说 ·· (66)

二、自我/面具概念与文学批评中的修辞学作者 …………(69)
三、当代主体理论与人文主义作者概念的解构 …………(77)
四、作者与主体的能动性 …………………………………(81)

第五章　社会历史视野中的文学批评 ……………………(89)

第六章　20世纪西方文论的发展流变 ……………………(99)
一、20世纪西方文论的理论转向 ………………………(99)
二、以人文主义为基础的文论 …………………………(107)
三、以科学主义为基础的文论 …………………………(117)
四、当代文论 ……………………………………………(126)

下编　学科与实践

第七章　西方文论与现代性认同 …………………………(143)
一、对普遍性的追求 ……………………………………(143)
二、"失语症"、"中国流派"和"新左派" ………………(146)

第八章　英国文学研究的模式与立场 ……………………(151)
一、求新声于异邦：中国早期对英国
　　文学的评论与介绍 …………………………………(153)
二、精华与糟粕：1940年代以后英国文学研究中
　　批判传统的建立 ……………………………………(156)
三、审美的复归：1980年代及1990年代初的
　　英国文学研究 ………………………………………(160)
四、非殖民化：英国文学研究的发展趋势 ……………(163)

第九章　从文学研究到文化研究 …………………………(167)

第十章　批评理论之兴衰与全球化资本主义 ……………(175)
一、批评理论的"终结"及其论争 ………………………(176)
二、批评理论在当代中国的社会功能 …………………(180)

三、批评理论对于"第一世界"和"第三世界"
　　　　国家的不同意义 …………………………………（185）

附录一　文学批评观念在现代中国的演变 ……………（188）
附录二　比较文学研究的意识形态功能 ………………（200）
　　一、1920年代到1950年代的中国比较文学研究 ………（202）
　　二、1970年代末至1990年代的中国比较文学研究 ……（206）
　　三、比较文学的意识形态功能………………………………（208）

参考文献 ……………………………………………………（216）
人名索引 ……………………………………………………（238）

导　言

　　西方文论曾经为我国的文科学术研究作出过重大贡献。1980年代"美学热"之后，继而登场的就是西方文论热。1980年代初张隆溪在《读书》杂志发表了介绍现当代西方文论各流派的系列论文，一时洛阳纸贵；后结集为《二十世纪西方文论述评》(1986)出版。此前赵毅衡的《新批评：一种独特的形式主义文论》(1986)已经让人耳目一新。这部在其硕士论文基础上改写的著作超过我们现在很多博士论文的水平。此外让人至今还记忆犹新的著作还有赵一凡的《美国文化批评集》(1994)与《欧陆新学赏析》(1996)以及盛宁的《二十世纪美国文论》(1994)。1990年代以来申丹关于西方经典和"后经典"叙事学理论的出色研究和译介使叙事学在中国成为显学。与此同时，我国学者也致力于翻译西方学者有关当代西方文论史的著作。像伊格尔顿的《文学理论导论》、佛克马和易布思的《二十世纪文学理论》、安·杰斐逊和戴维·罗比的《当代国外文学理论流派》、乔纳森·卡勒的《文学理论简论》以及拉曼·塞尔登的《当代文学理论导读》等几部流行的西方文论教科书都已翻译成中文。这些著作对于中国读者理解20世纪西方文论的发展演变具有重要意义。这些书籍为我们构筑了西方文论最基本的认知图。而此后在这个领域继续耕耘的众多学者，不断充实和加深我们对西方文论的理解。其专著和译著可以列出很长的目录，在此不作赘述。

　　现在写一本有关西方文论的著作不是一件易事，更何况近些年来无论西方还是中国关于理论终结的声音不绝于耳。当然如果进行某些理论家的个案研究，由于国内外信息交流的时间差，还能引起人们的兴趣。但是，1980年代理论热潮时学界提出并热烈讨论的问题，虽然时过境迁，却仍然难以让人释怀。比如文学与现实生活的关系、文本与历史的关系、作者、读者与主体性、文学批评的社会功能、美感与社会历史实践等等,虽然这些问题似乎显得有些老旧,但仍然有足够的吸引力让人流连忘返。这倒不仅仅是因为这些问题所蕴含的逻辑魅力可以锻炼人的思维和文学眼光。更重要的是,在资本重新进入我们的生活并以种种审美的面目出现时,这些问题并没有失去现实意义。全球化时代一日千里的发展,使我们不可避免地再次面对这些问题,并受其困扰。对这些问题的理解不仅关系到我们如何看待文学和审美在当代的变化,也涉及东西方文化关系中我们的位置、立场和价值取向。这一新的语境是 1980 年代所不具备的,因此这些问题期待新的解答。这是后之来者的幸运。

所以,从这些基本问题入手,把握 20 世纪西方文论的内在逻辑,理解各种理论的发展流变,继而对西方文论和相关学科的建构进行探讨,是本书的主要内容。本书分为两个部分:第一部分讨论西方文论中的一些重要概念如"文学性"、"形式"、"历史"、"主体"、"作者"、"审美"、"快感",并对某些理论家如拉康和伊格尔顿进行探讨,以期对上述概念进行具体分析。这部分内容除了介绍西方学界的研究成果之外,也表达了笔者对这些概念和理论家的理解和评价。第二部分侧重于讨论文学研究领域各个分支在中国的历史沿革与社会建构。所涉及的学科包括英国文学、比较文学、现代文学批评、文化研究以及西方文论本身。把文论诸概念与文学研究各学科放在一起似乎有悖常理:对文学概念的阐释与阐释文学概念的学科应属两个不同的领域。但是,建立这样一种联系,或从社会政治和意识形态的角度说明两者之间的关联正是本书的主题之一。

在本书的前半部分笔者试图说明,关于文学的任何概念,无论是主观的或审美的,还是客观的或形式的,都不具有普遍的意义,也不可能是放之四海而皆准的真理。文学研究不可能是纯粹客观的行为,也非价值中立的活动。20 世纪初,一些西方批评家,特别是俄国形式主义者与英美新批评家,执着于客观的文学批评与文本阐释,试图把文学看作是一门科学,以至于文学研究至今在某些场合仍被看作是"科研成果"。而中国读者在接受西方文学思潮的时候,更是倾向于把文学性、审美性、人文主义这些西方的价值判断当作人类共同的文化财富:把文学当作人学,为它编织心灵的花环。这一倾向在1930年代和1980年代的美学热中表露无疑。审美作为普遍性的人文价值、文学作为人类普遍生活经验的载体受到热烈追捧。然而从今天的角度看,并非当年讨论的问题,而是当年讨论问题的方式和出发点更值得我们去关注。像黄金分割率、有意味的形式、人类共同美等问题还需要我们殚精力竭地去研究吗?这些问题与中世纪哲学中研究一个针尖上可以容纳多少个天使跳舞有什么区别?我们感兴趣的问题是,为什么当时的学者热衷于研究天使跳舞、黄金分割、形式结构以及共同美?这种普遍性的诉求是一种什么样的立场?在全球化政治、种族、阶级、性别冲突愈演愈烈的时代,这种"科学研究"到底代表的是哪一个群体的利益?

以这样的方式提出问题让我们回想起毛泽东发表《在延安文艺座谈会上的讲话》的1940年代。从阶级的角度看待文学创作与审美接受,这种立场鲜明的政治批评虽然直观而且机械,但现在看却更具有当代性与先锋性。1960年代以降,西方政治批评的复兴终结了形式主义文论的批评模式,社会、政治、历史、文化、阶级、种族、性别、意识形态等术语再度成为学界的流行词汇。只是这一轮社会历史文化批评浪潮更深刻、更复杂也更有学术魅力。因为现在我们具备了结构主义语言学和精神分析这两种强大的理论工具,使得我们可以更加深入地了解文学与社会生活之间的复杂关系。应该说文学并非是社会生活机械的反映或载体,它就是社会生活实践本身。① 正如马克思在《资本论》中所言,商品不是物,而是社会关系,是一种以物的形式所表现出来的社会关系。同理,文学本身就是社会关系,是以修辞的形式表现出来的社会关系。

因此,普遍性的文学概念不过是一种理论幻想。用朱光潜的话说,它"和真理隔了三层"(柏拉图语)。把文学看作是社会关系的转喻更为贴切。所以文学研究从某种意义上可以说是一种社会生活的修辞学。② 本书的侧重点不是对文学诸概念和流派的介绍,也没

---

① 1980年代我国理论界已经达到这样的认识。童庆炳在《文学活动的审美维度》一书中指出:文学就是"生活活动"本身。(童庆炳,2001,45—46)
② 王一川在《文学理论》中倡导修辞学并从修辞概念的角度理解文学。(王一川,2003,93)

有提供一套完整的文论学科体系。笔者对概念本身的兴趣远远小于对概念是如何产生、如何建构以及如何应用的兴趣。本书讨论的是西方文论的某些概念是如何产生并且学科化，又是如何在中国的特定历史时期传播并被接受。笔者相信，探讨文学观念背后的社会结构及其两者之间的关系更加让人兴味盎然。文学的政治性、阶级性、民族性、意识形态性与我们的生活，特别是全球化时代的生活密切相关。尼采关于真理基于立场的观点、福柯关于话语体现权力的观点、阿尔都塞关于意识形态认同构成主体的观点、赛义德关于西方的注视生产东方形象的观点、马舍雷和巴里巴尔关于文学阶级性的论述、詹明信关于形式主义与历史主义相结合的思想，都是本书的理论依据。正是在这一层面上，西方文论的内容（概念、方法、体系、流派）与文学学科的体制建构的形式（表述、阐释、接受、应用）联系起来了。用弗洛伊德的术语说，我们试图在梦的显意的背后追寻梦的隐意。这也有点像福柯所从事的思想观念的考古学。

为了便于读者阅读本书，现将各章的内容简单介绍如下：

本书从文学理论的核心概念"文学性"入手。这个问题是文学研究者无法回避的问题；时至今日，学界对此仍然争论不休。在中国，倡导"文学性"的文章几乎覆盖了文学研究的所有领域：文艺理论、西方文论、外国文学、中国现代文学、比较文学。现在的学者对"文学性"的光彩内涵拥抱者多，赞誉者多，批判者寥寥。本书第一章追溯了历史上有关"文学性"的诸种观念，从三个方面概括了"文学性"概念的主要内容：一、作为文学的客观本质属性和特征的"文学性"；二、作为人的一种存在方式的"文学性"；三、作为一种意识形态实践活动和主体建构的"文学性"。笔者认为，没有一个抽象的、永恒的、客观的"文学性"，只有具体的、历史的、实践中的"文学性"。在中国，"文学性"概念是特定社会历史文化关系的集中体现，是生活实践中飘浮的能指，是东西方文化关系结构的"转喻"。

20世纪上半叶英美文学批评领域一个瞩目的成就就是形式主义取代了传统的社会历史批评。从方法论上讲，形式主义批评模式把人的注意力引向文学文本自身，关注其审美与艺术的特征，使文学批评更加专业化。20世纪下半叶,文化批评逐步进入人们的视野。文化批评是一种新型的社会历史批评,但并不是传统社会历史批评的简单重复。文化批评扬弃而非抛弃了形式主义的批评方法,因而提倡从形式层面而非内容层面回归社会历史。可以说这是恩格斯美学与历史的批评原则在当代条件下的实现。第二章将讨论文学研究领域中这一变革的具体内容与理论方法论意义,以及回归历史所需要的现代心理分析的中介。

第三章对现代心理分析的中介进行说明,主要讨论拉康的主体理论对文学研究的影响。拉康的思想也使我们对东西方文学关系有了新的理解。由于我们拥有了现代精神分析的理论工具,批评家可以对文学的社会性问题进行更加深入的探讨。第四章探讨主体性问题在文学批评中的重要表现形式即"作者"概念。通过对历史上各种作者观念的梳理,特别是对修辞学作者的讨论,进一步说明文学概念乃是社会历史关系的具体显现。第五章以伊格尔顿学术研究的发展脉络为主线,特别是以他对文学、文学批评、美学和民族文化诸观念的基本看法来具体说明文学理论的社会性和历史性。伊格尔顿从文学等观念产生的社会历史背景出发,指出文学、文学批评和美学从来都具有强烈的意识形态性;它们的社会功能决定了它们的存在形态。任何把文学和审美对象理解为纯粹客体的普遍主义思想都是这种意识形态功能的表现形式。伊格尔顿对爱尔兰文化深入细致的研究充分揭示了强势文化与弱势文化之间的权力结构关系。他对民族文化问题的真知灼见是解读拉康无意识理论的最好例证,对于我们第三世界学者理解自己的民族文化在全球化发展中的位置也不无启示。第六章对20世纪西方文论的发展脉络进行一个简单梳理和总结,为文学理论从形式主义发展为当今的社会文化历史批评这一过程提供一些背景知识。重点论述了结构主义的基本概念对我们的思维模式由实体转向关系的理论意义。

下编转向对文学研究本身和学科体制的探讨。把文学和文学批评诸观念理解为社会文化实践,必然引起对学科本身的反思。文学研究各个学科在其建构中所反映出的思想意识形态,是本书后半部分所关心的内容。第七章分析了西方文论在中国的传播与现代性的关系。1980年代中国对20世纪西方文论的广泛兴趣与中国现代性的发展有密切关系。特别是在对形式主义文论和审美批评的热情肯定中,除了表现出对当时流行已久的政治批评的"拨乱反正"之外,我们可以还看到一种对普世主义的追求。作为西方特有的意识形态的现代性观念就是以普遍性面目进入中国的。把形式主义当作普世真理在一定程度上有助于帮助中国知识分子克服认同现代性所带来的自我分裂状况,但与此同时又在某种程度上引发了本土知识分子的身份危机。近来在全球化进程中出现的对现代性认同的各种反思,从某种意义上或许可以看作是对现代性的补充。

英国文学在中国的引进也联系着中国的现代化进程。英国文学的翻译和介绍也从来不是纯粹的学术活动;相反,它是社会改造运动、意识形态运动的有机组成部分。第八章把英国文学研究在中国的发展大致分为四个部分:即20世纪上半叶、20世纪中叶、20世纪晚期和当代四个阶段。每个阶段都有它特定的研究内容与范围,但是在研究模式与思想取向等方面对以往的阶段也有明显的重复。因此,这四个阶段又可以按照西方现代性与反西方现代性、殖民化与非殖民化等价值概念为标准分为两组。正是在这种学科对象和学术兴趣的选择中可以看出英国文学研究与社会历史的关系。第九章对近年兴起的文化批评和传统文学批评的关系进行了探讨,试图说明文化批评产生的社会原因。

第十章讨论文学与文化批评理论的现状与未来,包括所谓"理论之死"的论争有哪些社会历史原因。本章在简要回顾近年来学界对理论"终结"的讨论之后对批评理论与全球化资本主义发展的关系做了初步探讨,认为20世纪60年代以后迅猛发展起来的批评理论在西方和中国具有重要的社会作用与象征意义。实际上,以批判资本主义体制为主流、以颠覆现代性的基本假设为特征、具有浓厚激进色彩的批评理论,特别是近年来流行于欧美和中国的文化理论,只是对现存体制的必要补充。本章以中国对批评理论的接受与运用为实例,从心理分析的角度概念化并阐述了这一悖论。

附录是两篇与友人合作的作品。收录于此不仅因为它们讨论了相同的主题,同时也是一段往事的见证。附录一追溯了20世纪中国文学批评的发展。通过观察文学史上社会学和形式主义这两种文学批评角度的不同变换,可以把握中国现代文学批评的兴起和嬗变,并对一些批评方法的由来勾画出一个社会背景。笔者认为,中国文学批评的发展并不仅仅是中国国内的社会政治与文化状况使然。它仍然与中国知识分子与西方现代性的认同有着密切关系。文学观念和文学批评方法的更迭代表了不同时期中国知识分子与西方现代性的关系及其态度取向。因此将中国现代文学批评史上文学的社会性与文学的独立性这两种基本观点放在全球化的背景中探讨时就不难看出,本土各种形式的文艺论争中呈现出来的不同文学观念实际上是对东西方的文化关系结构的不同表述。文学研究的另一主要学科——比较文学,也并非中立的学术研究,它与作者的立场和民族认同倾向密切相关。附录二对 20 世纪中国比较文学的发展作了一个简要的回顾之后认为,1980 年代比较文学研究中对"文学性"的追求正是民族认同的一部分,而且具有强烈的意识形态色彩。这种以审美为归宿的比较文学观念源于启蒙现代性的思想背景。作为人类普遍价值的"文学性"概念实际上掩盖了当今世界上东西方文化关系中不平等的权力结构。因此,对比较文学研究对象的重新审视,揭示这种权力关系如何通过文化观念得以运作,是我国比较文学研究应该重视的问题。

综上所述,本书不仅讨论了有关文学理论的问题和方法论,也探讨了有关文学研究各个学科的性质和现状。下编关于学科体制的研究,可以看作是对上编讨论西方文论概念所得出的结论进行具体应用的一种尝试。把文学理解为一种生活实践,而且它内在于我们的社会文化活动,那么文学研究的对象既非客观也不可能固定。文学研究诸学科也就不是一种纯粹的学术活动。本书对文学理论、文学批评、文化研究、比较文学、英国文学等学科的反思也是对我们作为文学研究者的工作性质本身的反思。如前所述,1980 年代启蒙思潮的主要批判对象是国内封闭的政治体系,因此"美学热"不过是国内政治生活的转喻。如今在全球化时代,这一纯文学或纯美学的视角已经完全不能让我们理解当代生活。我们应该在更广大的空间范围内重新思考文学的作用与学术的立场。让我们以英国批评家萨弥尔·约翰逊的诗句作为结束:"要以广阔的视野看待人类世界:从中国到秘鲁。"(Johnson,1964,91)

上 篇
理论和概念

第一章　文学性作为文化实践的能指和转喻

英国批评家特雷·伊格尔顿曾有言,"既然有文学理论这样一件事物,那很明显就存在为理论所研究的文学这种东西。"(Eagleton,2008,1)那么什么是文学?或文学的本质即"文学性"是什么?这就是我们探讨文学理论时首先遇到的问题。本章对文学和文学性这些概念进行一个历史回顾和理论梳理。

一、"文学性"及其理论背景

文学性(literariness)是俄国形式主义者、结构主义语言学家罗曼·雅柯布森在1920年代提出的术语,意指文学的本质特征。雅柯布森认为,"文学研究的对象并非文学而是'文学性',即那种使特定作品成为文学作品的东西"(Lemon and Reis, 107)。在这里,"文学性"指的是文学文本有别于其他文本的独特性。在雅柯布森看来,如果文学批评仅仅关注文学作品的道德内容和社会意义,那是舍本求末。文学形式所显示出的与众不同的特点才是文学理论应该讨论的对象。对于雅柯布森和他同时代的俄国形式主义批评家来说,"文学性"主要存在于作品的语言层面。鲍里斯·艾肯鲍伊姆认为,把"诗的语言"和"实际语言"区分开来,"是形式主义者处理基本诗学问题的活的原则。"(Eichenbaum, 9)雅柯布森则进一步指出,"文学性"的实现就在于对日常语言进行变形、强化、甚至歪曲,也就是说要"对普通语言实施有系统的破坏"。(See Eagleton, 2008, 2)伊格尔顿通过比较如下两个句子通俗地解释了上述"诗学原则":"你委身于'寂静'的、完美的处子。""你知道司机都罢工了吗?"即便我们不知道第一句话出自英国诗人济慈的《希腊古瓮颂》(查良铮译),

我们仍然可以立即作出判断:前者是文学而后者不是。(Eagleton,2008,2)两者在外观和形式上有如此巨大的差别:第一句用语奇特,节奏起伏,意义深邃;第二句却平白如水,旨在传达信息。因此一旦语言本身具备了某种具体可感的质地,或特别的审美效果,它就具有了"文学性"。

"文学性"从形式的角度探讨文学,是历史上研究文艺本质属性的众多版本之一。虽然古代西方还没有出现现代意义上的文学概念,但是对诗歌本质进行深入探讨已不乏其人。亚里士多德认为,一部好的作品应该有头有尾有中间段,不应太长也不应太短;要具备类似有机体那样的完整统一性。(亚里士多德,74)不过这种解剖麻雀的方法有些枯燥,对那些有血有肉,情感丰富的作品难免有些削足适履。于是后来的浪漫主义诗学虽然也强调有机统一性,但作出了相应的情感补充。华兹华斯认为,"一切好诗都是强烈情感的自然流露。"(见刘若端,6)因此,有机统一性还须加上情感表现性才是文学的本质特征。不过表现说并不能涵盖一切文学作品。有些哲理诗,如富有"理趣"和"奇想"的英国17世纪玄学派诗歌,就不以情感表现为己任。所以后来象征主义诗人认为形象才是"文学性"的核心内容。文学创作就是要有形象思维。形象是文字表达具备艺术性之关键所在,是"情"与"趣"的物质载体,是形式的审美体现。"没有形象就没有艺术。"(Lemon and Reis,5)

形式主义产生的文化背景就是当时俄国流行的象征主义诗歌和以"形象思维"为核心的象征主义诗学。但是在俄国形式主义批评家什克洛夫斯基看来,"形象只是诗歌语言的众多技巧之一"。(Lemon and Reis,9)形象也非一切文学作品所固有的特征。特别对于某些散文作品来说,形象并非决定性因素。这样的例子不胜枚举。历史上众多的说理文、布道辞、书信和某些哲学、历史著作并没有过多地使用具体可感的形象,但仍然极为可读,不失为艺术性很高的"文学"。如果仅仅用"形象性"衡量一切,就难免以偏概全,把许多优秀作品拒之文学殿堂之外。

俄国形式主义者试图发现"文学性"更为普遍的原则,并从语言入手。雅柯布森强调"形式化的言语"(formed speech),什克洛夫斯基倡导日常语言的"陌生化"(defamiliarisation),托马舍夫斯基注重"节奏的韵律"(rhythmic impulse)。(Lemon and Reis,13,127)①其他俄法形式主义批评家如艾亨鲍姆、巴赫金、热奈特都曾多次使用过"文学性"这一术语,并注入语言形式的内容。在其他国家,稍后兴起的英美新批评派也同样致力于诗歌语言的描述与研究。克林斯·布鲁克斯的"悖论"和"反讽"、阿兰·泰特的"张力"、兰色姆的"肌质"、沃伦的"语像"、瑞恰慈的"情感语言"、燕卜逊的"含混"等等诗学概念实际上都是从语言和修辞的角度描述"文学性"的构成。(参见赵毅衡,1986,53—71,131—94)虽然俄国形式主义到1950年代才传入欧美,新批评与它也无有案可查的历史渊源,但是两个流派的批评家对于文学语言异乎寻常的关注和出色分析,确有异曲同工之妙。他们都希望从文学本身的物质构成中找出文学的本质特征。不过遗憾的是,和历史上所有的本质主义一样,从事物内部寻找事物本质的形而上学方法,反而无法对事物的"本质"作出深入的说明。

二、文学概念的内涵与外延

作为"文学"的定义,"文学性"主要涉及文学概念的内涵。"文学性"回答"文学"有哪些本质属性,处理的是具有普遍意义的抽象观念。历史上关于诗歌的种种看法,诸如形式整体性、情感表现性、艺术形象性、语言凸现性等等都可以看作是对"文学"某些特征的描述。但问题是,无论这些定义多么完美,都会依次被取代。要构造出一个放之四海而皆准的真理,在"文学"领域谈何容易!"文学"的定义总是随时代而变迁。因此,"文学性"问题的复杂性在于历史上的文艺观点极具流变性和多样性。文学概念的内涵有这样的不稳定性,而文学概念的外延,即文学一词所指的对象,也同样具有不确定性。因为无论把"文学"设想成什么,总有相当一批常识上应该属于文学范畴的作品被拒之门外。我们现在认为荷马史诗、但丁的

---

① 史忠义在《关于"文学性"的定义的思考》中把"文学性"定义为日常话语的"普遍升华"(史忠义,6),类似于俄国形式主义的"语言凸现"说。

《神曲》、歌德的《浮士德》、莎士比亚的剧作、托尔斯泰的小说是文学。但是那些在语言上与众不同的叙述性广告、美国的"新句子诗派",那些颇为煽情的当代通俗小说、街头妇女读物、电视肥皂剧是不是文学呢?① 如果后者因其实用性、通俗性而不是"文学"或"纯文学",那么当年同样具有实用性的文本如培根的说理文、吉本的历史、邓恩的布道辞、约翰逊博士致切斯特菲尔德伯爵的书信为什么就是"文学"呢?而莎士比亚的舞台剧当时不也是极为粗俗而且大众化的吗?可见,一旦涉及历史上或现实中丰富多样的文本,"文学"的边界就十分难以划定。"文学性"的困难就在于文学概念的内涵与外延永远处于剧烈的变动之中。现在的学者显然已经感到定义文学之力不从心:"对于文学的独特性,人文学科既感到不可思议又难以明确地规范出来。"(罗班,51)伊格尔顿谈及文学概念的不稳定性时也指出,文学"不是一个稳定的实体",它所蕴含的"价值判断以繁杂多样著称"(Eagleton,2008,9),它是"特定时期的特定人群因为某种特殊原因而形成的建构"(Eagleton,2008,10)。乔纳森·卡勒引述雅柯布森的话说,"诗与非诗的界限比中国行政区划的界限还不稳定。"(卡勒,2000,28)由此可见,文学作品的范围总在变化之中。上面我们列举了荷马、但丁、歌德、莎士比亚和托尔斯泰的作品并将它们视为纯文学的代表。然而,伊格尔顿风趣地说,如果我们告诉18世纪或以前的英国人,如乔叟或蒲伯,说某些作品,包括他们自己的作品,因其形象性、想像性、审美性而可以定义为"文学",那他们会觉得"非常奇怪"。(Eagleton,2008,16)因为,虽然我们称之为"文学"的现象迄今已有2500年或更长的历史,但所谓形象的、想像的、审美的文学观念"在历史上是十分晚近的现象"。(Eagleton,2008,16)因此,探讨文学概念的第一步,就是应该将文

---

① 余虹在《文学的终结与文学性的蔓延》中描述了"文学性"在思想学术、消费社会、媒体信息、公共表演等各个领域的各种表现。(余虹,17—23)乔纳森·卡勒在一篇讨论"文学性"的论文中也指出了文化产品中的文学性表现:"虽然文学作为优先的研究对象的特殊地位受到颠覆,但是这种研究的结果(这很重要)是在所有形态的文化对象中发现了'文学性',因而确保了文学性的中心地位。"(Culler,2000,275)

学的观念和文学的现象,或文学的内涵与文学的外延,区别开来对待。① 因为只有这样做,我们才能清楚地看到,文学观念在历史上如何先于"文学"而存在。

三、"文学"一词的起源与现代文学观念的确立

西方的"文学"观念只有 200 年左右的历史。(Eagleton,2008,16;Culler,1997,21)在英语中,文学(literature)一词最早出现在 14 世纪(Williams,1976,184),但是它最初的含义是泛指一切文本材料而非文学。权威的《牛津英语大辞典》给"文学"下的第一项定义是"书本知识,高雅的人文学识",也就是我们今天的文献、学问之意。实际上"文学"一词的"文献"含义至今仍然保留在现代英语之中。西方学术机构中的成员著书立说,第一步就是作出一个本课题的研究综述,尽收前人的研究成果,这称之为"literature review";其中 literature 的准确翻译就是"文献"。(Culler,1997,21)在欧洲,直到 18 世纪末,"文学"一词都还都是"文献"之意,随后逐渐过渡到专指有关古典文献的特别知识和研究;最终于 1900 年前后才形成了现代的文学观念,即专门指涉具有审美想像性的那一类特殊文本。其实不只限于西方,在中国古代,"文学"一词也有一个产生和发展的过程。至少在魏晋以前,"文学"一词泛指一切古代文献。② 至于西方意义上审美的文学观念之流行,则是晚清以后的事了。③

那么现代意义上的"文学"是如何在欧洲产生的呢?一些学者

---

① 伊格尔顿认为"将'文学和意识形态'作为两个既有区别又有联系的现象来谈……,从某种意义上说完全没有必要。文学就这个词所继承的含义来说就是一种意识形态。"(Eagleton,2008,19)在这里伊格尔顿强调的实际上是文学观念的主导作用。
② "'文学'一词,首见于《论语•先进》,皇侃《论语义疏》引范宁说,'文学,谓善先王典文。'杨伯峻《论语译注》说:'指古代文献,即孔子所传的《诗》《书》《易》等。'实泛指学术文化。"(顾易生、蒋凡,2)
③ 关于晚清以后中国现代文学观念的形成,旷新年指出:"现代'纯文学'的文学观念将审美凸现于现代文学价值的中心"(旷新年,5);罗岗指出:"在现代中国,纯粹的文学作为'文学革命'的产儿,它并非完全源于中国古老传统的'内源性发展'"(罗岗,167)。

对"文学"一词的现代用法进行了考证。雷内·韦勒克在《比较文学的名称与实质》(1968)一文中首先描述了西文中"文学"一词的起源。他指出,"文学"一词在18世纪中叶经历了一个"民族化"和"审美化"的过程。这个时期在法国、德国、英国、意大利等国家出现的"文学"一词开始指称以这些国家的语言写成的、具有审美想像性的民族文学作品。比如,伏尔泰在《路易十四时代》(1851)中使用了"文学体裁"和"文学传统"等短语,指的就是诗歌和散文等文学作品。莱辛在《有关当代文学的通信》(1759)中同样也涉及现代意义上的文学。在英国,萨弥尔·约翰逊曾经谈及《国内外文学编年史》(1775)和"我们古老的文学"(1774),乔治·科尔曼认为"莎士比亚和密尔顿"是"古老的英国文学遗产中的一流作家"(1761),亚当·弗格森在他的《文明社会的历史》(1767)一书中辟专章讲述"文学史"。此外,其他同时代文人分别在不同场合下使用过诸如"晚近的文学"、"现代文学"、"文学的演进"、"文学简史"之类术语,其含义与我们今天的用法相近。韦勒克还告诉我们,托马斯·戴尔是第一个英国文学教授(伦敦大学,1828);罗伯特·钱伯斯写出了第一本《英国语言与文学史》(1836)。(Wellek,1970,5—8)

　　其他专门研究和探讨文学观念的学者对韦勒克的名单又作了进一步补充。在为《文学与文学批评百科全书》(1990)所写的那篇颇有影响的词条《文学》中,罗杰·福勒加上了浪漫主义诗人的名字:华兹华斯在《抒情歌谣集》序言(1800)中使用了"文学的不同时期"等短语;柯尔律支曾经谈及"高雅的文学"(1808);皮科克也论及"希腊和罗马的文学"(1828)。福勒指出,"关于文学的'民族'与'断代'的用法对发展出审美意义上的'文学'是至关重要的,因为自19世纪以来,[文学的]民族与审美意义并存是很自然的事。"(Fowler,9)在《文学理论简论》(1997)这本国内学者经常引用的小册子中,乔纳森·卡勒没有过多讨论"文学"一词的用法,而是着重点出浪漫主义批评家对文学观念的阐述。他认为,是法国批评家史达尔夫人在《论文学》(1800)中首先确立了文学作为"想像性写作"的观念。(Culler,1997,21)其他批评家对史达尔夫人对文学研究的贡献也有类似评论。(Macherey,1990,13—37)史达尔夫人曾经于1803—

1804年间旅居德国,结识了歌德、席勒、费希特、奥·威·施莱格尔等人。她深受德国浪漫派文艺观点的影响,是最早把德国古典美学介绍给法国读者的批评家之一。(Wilcox, 364; Bell-Villada, 37)她反对法国古典主义,景仰当时德国文化中的自由精神和个人主义的浪漫艺术理想。对史达尔夫人而言,审美而非古典主义的清规戒律,是艺术性的表现。可见在这一时期,文学作为审美与想像的写作在观念上已经充分自觉。浪漫主义对"文学"一词现代含义的确立功不可没。总的说来,浪漫主义憎恨中产阶级和工业社会,文学则代表有机社会的理想和人的完整统一。因此创造性、想像性、整体性、审美性等价值就附着在文学文本之上,并成为衡量某一类型写作的标准。

在这里我们可以看出,文学具有了某种社会救赎功能而类似于宗教。在19世纪的英国,文学的确在某种意义上取代了宗教的地位。牛津大学的英国文学教授乔治·戈登曾经对此有过如下概括:"英格兰病了,……英国文学应该拯救它。教会(就我理解)已经失败,而其他社会疗救措施过于缓慢。英国文学现在有三重任务:虽然我认为它仍然可以给我们以娱乐和教益;但更重要的是,它拯救我们的灵魂并治愈我们的国家。"伊格尔顿就此评论到:"虽然戈登教授的话说于我们这个世纪,但在维多利亚时期的英格兰却有广泛回响。"(Eagleton, 2008, 20)把文学看作是一种精英文化,并以之补救时弊,在19世纪英国的重要代表人物是马修·阿诺德。阿诺德鄙视他称之为"非利士人"的中产阶级,希望以古代希腊"美好与光明"的儒雅精神改造国民(阿诺德, 16—17),而精英文化中的首选自然是文学。在《当代文学批评的功用》(1864)一文中,他认为批评家应该远离世事的庸俗,"文学批评的任务……仅仅是探究世界上曾经知道和想到的最好的东西,并把它昭示于世人,创建真正新颖的思想潮流。"(Arnold, 597)显然,在阿诺德心目中,这种"世界上曾经知道和想到的最好的东西"就是文学。至此,现代的文学观念已经确立,它彻底从文献中分离出来,成为一类最有思想价值的文本。英国学者彼得·威多森在《文学》(1999)一书中说,在19世纪,英国文学完成了一个"审美拜物化"或"文本拜物化"过程。(Widdowson,

36，50）也就是说，文学成为一种独特之物，而且还具备了某种让人顶礼膜拜的神秘性质。

四、英国文学的体制化

然而有趣的是，虽然"文学"在欧陆和英国批评家眼里如此风光，但在当时英国的教育界却十分下里巴人。在19世纪初，像牛津剑桥这样的老牌大学是不开英国文学课程的。即便在伦敦大学，英国文学也不是自成一体的独立课程，而是混杂于语言、历史、地理、经济等其他人文学科的联合课程之一。文学作为独立课程最早是在外省的那些技术学校等教育机构中开设的，目的在于提高劳工大众的"民族归属感"。（Widdowson，42）牛津大学到1850年代才将英国文学列入课程表。不过，"直到第一次世界大战之前，牛津的'英国文学'课程还主要是一种'妇女课程'，是一种不太适合男性强大智力的'柔性'选题。"男人要学习科学技术或古代经典，而文学这种东西似乎只是"为'女性的头脑'量身定做的"。（Widdowson，43）由此可见，英国文学进入英国教育体制之初，说它类似于我们今天的妇女杂志或言情小说，也许并不过分。

有三位英国批评家奠定了英国文学在教育机构的地位。他们是T. S. 艾略特、I. A. 瑞恰慈和F. R. 利维斯。应该说，他们都是阿诺德在20世纪的传人。艾略特在著名的《传统与个人才能》（1919）一文中要求作家置身于伟大的英国文学传统之中。个人经验与优良传统的结合才能产生诗意的火花。显然这传统是指阿诺德的精英文化传统。英国"文学批评之父"瑞恰慈以客观的方法分析文学，他创建的"细读法"使文学在大学作为一种专业训练成为可能。利维斯则划定了英国文学的"地图"，制定了一个人们称之为"经典作品"的书单。总之他们将"世界上曾经知道和想到的最好的东西"编制成一个可操作的教育程序，"美好与光明"的儒雅文学由理想的观念成为具体的研究对象。

德里达在《这种叫做文学的奇特体制》（1989）这篇访谈中专门讨论过文学和文学性的问题。他深刻地指出，文学是一种思想建构,是知识领域中"规则"的产物;只不过这种思想性和社会规则都镶嵌于文本的内部而难以为人发现。他说:"文学性不是一种自然的本质,不是文本的内在属性。它是文本与某种意向关系发生联系之后的产物。这种意向关系就是一些约定俗成的规则或社会制度中的规则;它们并未被明确意识到,但镶嵌于文本之中,或成其为一个组成部分或意向层面。"(Derrida,1992,4)"如果我们仍然使用本质这个词的话,那么可以说文学的本质是在读与写的历史过程中作为一套客观规则而产生的。"(Derrida,1992,5)德里达的用语比较晦涩,特别是"意向关系"这一术语具有浓厚的现象学色彩。但他的基本意思还是可以把握的:如同胡塞尔把"现象"限定为我们意识中出现的对象,德里达也把文学现象看作是某种社会意识框架中出现的对象。这就是说,某些约定俗成的规则和社会制度对于文学性的建构起到了关键作用。毫无疑问,他的观点为我们理解思想意识和教育制度促成"文学"作为"客体"和"研究对象"的产生提供了强有力的理论依据。即使那些至今仍然力图寻找文学"客观性"的批评家如史蒂文·纳普,也不得不承认,对文学特征的发现有待于人们对"文学的兴趣"。(See Culler,2000,278)因为在文学之所以成为文学之前,它周边发生了很多事。某种思想意识形态把它从众多文献中分离出来,这是文学的客体化过程,也就是文学作为实体的产生过程。然后文学进入教育体制以供人们分析研究,这是它的制度化过程,也就是"文学性"成为学术问题的过程。所有这些过程不光取决于文学自身的特征,而更多地受制于广泛的思想语境和社会体制。因此在回答什么是文学这个问题时,罗兰·巴尔特只好风趣地说,"文学就是那些课堂上讲授的东西"①。

五、知识型构

让我们在此先作一简单总结:西方的文学观念有一个发展演变和体制化的过程。文学是某种思想价值体系的构造物,其产生和发

---

① "Literature is what gets taught." (See Eagleton,2008,172)

展有其意识形态背景。虽然我们称之为文学的作品古已有之,但是把这些文本与其他文献材料分离出来成为一种独立自足的"客体",并赋予它如此崇高的价值,是现代社会的贡献。浪漫主义诗人以及后来的人文主义批评家使我们注意到文学的创造性、想像性、情感性、形象性、整体性、审美性,使之成为高于其他社会文本的特殊文本,是基于某种拯救社会的理想。因此我们可以说,是现代社会的思想知识构成了"文学"本身。英国批评家安东尼·伊索普在《从文学研究到文化研究》(1991)一书中重点讨论了思想语境和知识框架对"文学"的产生、发展和消亡所起到的关键作用。伊索普借助托马斯·库恩的"范型"(paradigm)概念对文学的"构成说"作出了理论说明。(Easthope,3)库恩在《科学革命的结构》(1962)一书中指出,大到一个时代小到一个社会团体的科学家对科学研究的对象、任务、方法都有自己的"共识"。在这种"共识"中,有一些基本原理或假设是被当作公理而不被怀疑的。库恩所谓的"科学革命",正是发端于对这些基本假设的质询。(Kuhn,1962)例如,在欧几里得几何学中,有一条基本定理就是两条平行线永远不会相交。但是我们知道,现代生活中有大量问题是欧式几何无法解决的。如果我们设定两条平行线在无限延长后可以相交并以此推出一套理论,那么这些问题就迎刃而解了。整个非欧几何的理论大厦就是建立在几条基本原理的变革之上。

　　伊索普认为,人文学科也同样存在这种"范型"的变革,而结果就是知识的对象发生变化。"文学"的产生就是思想"范型"变革的结果之一。"文学"作为研究对象是18—19世纪之交欧洲浪漫主义"范型"的产物。正是这种新的"范型"取代了此前的"古典作品研究"(classical studies)而使人们专注于文本的创造、形象和审美的层面。(Easthope,7)

　　伊索普从发展的眼光看待文学,最后引申出类似黑格尔"艺术终结论"的"文学之死说",颇引起一番争议。① 但是他所依据的特定知识结构带来特定的知识对象的理论前提,却是社会科学其他领域

---

① See British Council. *Literary Matters*. 14 (1993):7. 并参见《外国文学评论》对"文学之死"争论的介绍。(1994年第3期,135—36)

早已为人所熟知的观点。这方面有名的理论家可以举出福柯。福柯在《词与物》(1966)一书中阐述了一个"知识型构"(episteme)的概念。所谓"知识型构"就是某一时期全社会共同的知识背景和认知条件,是一个时代的共识或自成一体的"知识空间"。(Foucault,1970,xxii)比如,在17世纪即福柯所说的"古典时期"的"知识空间"里,占主导地位的规则是"相似性"。人们要认识一个事物总是要与其他事物类比。例如当时的诗人普遍把人看作是一个"小宇宙"并与自然界的"大宇宙"类比。(参见胡家峦,18—19,64—70,237—91)但是在随后的新的"知识型构"里,"相似性"原则被"差异性"原则所取代,对"特性"的分析取代了对"类比"的兴趣。福柯指出,"由于西方世界出现了一个至关重要的断裂,其间一个知识场域已经打开。现在重要的不再是相似性,而是确定性与差异性。"(Foucault,1970,50)在这种新的思想语境的笼罩下,过去没有成其为问题的问题现在受到质询与追问;过去为人忽视的对象也受到审视与研究。从"知识型构"的这种变化更替中我们可以看出,通常人们认为是客观事物的社会现象,实际上产生于更为广阔的知识空间。那些看似自然的文化现象实际上是更为深层的社会关系的表象或符号。在福柯看来,历史上的疯癫、疾病包括人性,都是历史的建构。福柯特别提到文学。他这样认为:在西方,文学自荷马与但丁以来就存在;但作为一种"特殊话语形式"的文学与其他话语形式的分离却是十分晚近的事。19世纪以来,"文学与思想观念的话语渐行渐远,并将自己封闭于一种彻底无目的的状态中。它与古典时期使之流传的所有其他价值(趣味、快感、自然、真实)分离开来,……仅仅成为一种语言的呈现。与其他话语形式相反,它除了突出自身的存在之外并不遵循其他规律。"(Foucault,1970,299—300)福柯的观点对于我们理解艺术独立性观念的产生是很有帮助的。"文学性"正是试图对这种新的"特殊话语形式"的特性进行描述。如果说文学作为"特殊话语形式"是有史可查的,那么我们的任务就不应该局限于分析文学本身的构成。福柯提出的任务远为复杂,即考察文学作为历史现象受到哪些社会因素的制约;而隐藏在"自然的"现象背后的是什么样的权力关系结构。这种追本溯源的方法,用福柯的术语说,就是思想观念领域里的"考古学"。

六、外部研究与内部研究

既然"文学"的产生受制于文学的外部空间,那么对"文学性"的内部研究如结构分析、文本细读、审美评价就难以触及文学的实质性问题。外部研究和内部研究是韦勒克在《文学理论》(1942)中对文学批评方法作出的著名区分。他认为,传统文学批评中的传记研究、作家研究、社会学研究、思想史研究以及各门艺术的比较研究均属于"文学的外部研究"。这种研究仅仅局限于对文学外部成因的探讨,"显然绝不可能解决对文学艺术作品这一对象的描述、分析和评价等问题。"因此,所有这些研究仅仅是"以文学为中心"的内部研究的准备工作。"文学的内部研究"不仅包括格律、文体、意向、叙述、类型等修辞学范畴,还包括对文学作品的"存在方式"的考察。所谓文学作品的"存在方式",韦勒克指的是"艺术品就被看成是一个为某种特别的审美目的服务的完整的符号体系或者符号结构。"(韦勒克、沃伦,1984,5,67,147)

形式主义的内部研究固然有相当大的魅力。它不仅丰富了文本的存在空间而且开发了我们的审美感受能力。但是把文学作品看作是一个封闭自足的客体,并相信这种研究是一种客观描述却往往难以自圆其说。人们已经指出,新批评家对文本的结构语言分析体现了南方批评派对秩序的追求。他们对有机形式的热情反映出他们对工业社会的憎恶。因此新批评对文学的描述既不中立也不客观,相反是一种意识形态性极强的作品解读。当然韦勒克也为批评家的主观能动性留下了一定空间。文学作品的"存在方式"这一概念除了形式、修辞因素外还包括"世界"、"思想"等方面的内容。韦勒克引进了罗曼·英伽登关于文学作品的分层理论。英伽登把文本分成若干层面,其结构中留有许多空白点,由读者的经验和想像来补充。以小说为例,作家笔下的人物无论多么丰满,也不能涵盖一个人生活的全部。聪明的作家总是试图激发读者的想像,所谓不著一字,尽得风流,让完整的形象在读者的阅读中完成。可见文学作品必然与它之外的事物发生关系,至少离不开同样具有创造性的读者。实际上文本是一个开放的世界,它的意义往往存在于它的边界之外。萨特的那本《什么是文学?》(1947)并不关心文学的"内在"本质,却对读者的作用给予异乎寻常的礼赞。他说"作品仅仅存在于读者的理解水平之上。""只有在阅读之中创作才会完成。""一切文学作品都是一种呼唤。""审美客体既不会在书本中出现(其中我们仅仅发现生产此种客体的请求),也不会在作者的头脑中出现。""艺术作品的出现是一个新的事件,……作家呼吁读者的自由,即合作生产他的作品的自由。"(Sartre, 375)萨特是最早重视读者的理论家之一。从后来的读者反应批评中我们知道,读者见仁见智,将彻底改变作品的原貌。

这里重要的问题不在于认定文学的外部研究是不可或缺的,这在当代几成不可逆转的趋势。关键是我们如何设定外部研究的对象以及如何理解文学的"内"与"外"之间的关系。传统的社会学研究如泰纳的"种族、时代、环境"说,把文学的"内"与"外"的关系描述为一种简单的因果关系,这早已遭人诟病。而传统的历史主义研究,如黑格尔式的"时代精神"和"典型论",虽然以"表现性因果关系"取代了"线性因果关系",但仍然无法解决形式或"文学性"本身的社会性、历史性问题。① 这是因为,在文学中"内"与"外"的关系既非生硬的拼凑,也非简单的反映。从某种意义上说它们互相渗透和包容。因此这种关系在认识论的层面上是无法解决的。我们需要一个新的角度看待"文学性"问题中"内"与"外"的联系。

七、话语实践

托多罗夫在《文学概念》中把文学的"内"与"外"的研究概括为"'结构'把握"和"'功能'把握"。他认为把文学当作客体分析有很大的"困难"。(托多罗夫,7)因为在文学内部,不同体裁之间的差异甚至比文学与非文学的差异还大。叙事类作品和诗歌作品的特征

---

① 关于文学与社会因果关系的详细论述,参见(Althusser and Balibar, 185—93; Jameson, 1989, 23—28;童庆炳,2001,44—45)。

就很可能"互不相关"(托多罗夫,19)。如何把结构性观点和功能性观点结合起来呢？托多罗夫引进了"话语"概念。所谓话语，就是"在一定的社会—文化语境里被陈述"的语言(托多罗夫,17)，即在具体生活场景中实际运用的语言。这和抽象的语言不同。抽象的语言受语法规则支配，而话语的意义随具体的使用而变化。因此文学的内部研究或结构性观点相当于抽象的语法形式研究；而文学的外部研究或功能性观点则相当于具体的话语研究。语法研究不能代替话语理论，因为对语法的形式分析不能完全说明语言在具体运用中产生的丰富多彩的含义。文学的内部研究也无法解释各民族、各时期对文学看法和运用的差异。"因此文学与非文学的对立让位于一种话语类型学。"(托多罗夫,19)

虽然托多罗夫对文学的看法具有相当多的形式主义色彩并把文学最终归结为一种"体裁系统"(托多罗夫,18)，但无论如何，他试图结合结构性观点和功能性观点并在新的起点上超越文学的"内"与"外"的努力是极有启发性的。在这方面，受到托多罗夫大力推崇的巴赫金的话语理论则更为出色。

巴赫金在《马克思主义与语言哲学》(1929)中认为，话语和语言不一样，它从来就不是中性和客观的；相反，它是一种"不间断的创作构造过程"(巴赫金,1998,90)。因此话语在本质上是政治性和意识形态性的。话语是实践中的语言。在实际运用中，"话语永远都充满着意识形态或生活的内容和意义。"(巴赫金,1998,16)因此，抽象的语言已经被社会含义和权力结构所渗透。我们熟悉的指鹿为马的故事就是典型的例子。鹿和马的词义在权力结构中已经被相互置换。因此它们不再是中性的词语，而是强势者和弱势者之间关系的符号。因此，"语言在其实际的实现过程中，不可分割地与其意识形态或生活内容联系在一起。"(巴赫金,1998,17)甚至可以说，话语权是一种实实在在的权力，语言就是权力斗争的场所："符号是阶级斗争的舞台。"(巴赫金,1998,65)从这个意义上也可以讲，语言是一种行为，一种行动，是人的一种存在方式。

我们还可以引述英国哲学家 J. L. 奥斯汀的语言哲学来说明上述观点。奥斯汀在《如何以言行事》(1955)一书中指出，语言是一种施事行为。奥斯汀在日常话语中区分出一些句子,如"我命令你们开火!""我宣布你们为夫妻"、"我把这条船叫伊丽莎白女王号"等等。这种语言的目的不在于描述,而是在完成一件事情。它们不是陈述,而是一种行为。奥斯汀说,"我认为这可以称之为施事句或施事语……它意味着这种言说是完成一件行动,而非通常认为的那样仅仅是说出了一件事"(Austin,6—7)。由此看来,人可以用语言做事。用我们今天的话说,语言是一种社会实践。

如果我们以这样一种具体而动态的角度研究"文学性"问题,就可以更为深入地说明文学的"内"与"外"的关系。抽象的"文学性"问题与抽象的语法学一样,不能说明实际生活中的文学。研究"文学性"也必须有具体的背景和语境。按照这一思路,我们就不能把文学想像为一个永恒不变的中性客体。文学是和我们的生活息息相关的"生活活动"或社会实践活动。① 这样说有一点存在主义的味道。海德格尔把艺术作品看作是人的一种存在方式或生存空间。(是"人"的存在方式,而非韦勒克"文学作品的存在方式"。)海德格尔在《艺术作品的本源》(1935—1936)中断言,艺术作品"根本上就不是物,而是那别的什么"。(海德格尔,240)他举出梵·高的《农民鞋》加以说明。这个例子由于詹明信在《后现代主义:晚期资本主义社会的文化逻辑》(1984)中的转述而广为人知(Jameson,1991,6—10)。海德格尔满怀激情地说,"暮色降临,这双鞋底在田野小径上踽踽而行。在这鞋具里,回响着大地无声的召唤,显示着大地对成熟的谷物的宁静的馈赠,表征着大地在冬闲的荒芜田野里朦胧的冬冥。"因此,"世界和大地……为伴随着她的存在方式的一切而存在,但只是在器具中存在。"(海德格尔,254)从一双鞋子见出如此丰富而诗意的生活,是与海德格尔的艺术观念密切相关的。对海德格尔来说"艺术的本质应该是:'存在者的真理自行设置入作品。'"(海德格尔,256)这就是说,人的生存空间融入艺术作品之中,艺术作品展

---

① 童庆炳把文学理解为"人类特有的一种存在方式",并将之放在人的"生活活动"的整体"坐标"上考察(童庆炳,2001,45—46)。这一"实践论"的文学观是我国文艺理论界自"典型论"以来对文学本质的最为深刻的探讨。

示了人的存在方式及其生活意义的生成过程。①

与传统的社会学批评不同的是,在了解了如上观点之后,我们已经不能把文学当作认识社会的一种透明的中介,透过它直达历史和现实。同时,与形式主义不同的是,我们也不能把文学当作独立自足的纯粹的"物",可以由外而内进入我们的视野而成为理所当然的客观分析对象。文学不是外在于我们的客体。文学是我们生存的一部分。借用萨特的存在主义术语说就是,文学的存在先于文学的本质。② 文学从根本上说是一种物质现实,一种社会活动,一种"话语实践"。③ 在这一"实践论"而非认识论的理论框架中,文学的"内"与"外"的区分被超越了。文学的外部世界被囊括进文学本身。而"文学性"这一概念在新的视角中将获得全新的解释。

八、意识形态

西方马克思主义的意识形态学说为我们把文学理解为一种生活实践活动提供了理论支持。这里指的主要是路易·阿尔都塞的意识形态理论。他的同时代批评家皮埃尔·马舍雷和艾蒂安·巴里巴尔等人又把他的意识形态概念运用到文学批评中去,并对文学的实践性质作出了出色的说明。马克思主义的意识形态理论在实践层次上把文学的"内"与"外"重新统一起来。

意识形态概念产生于法国大革命时期,早期指的是一种"错误意识"。卢卡奇认为,资产阶级因其阶级立场而无法认识真理。资产阶级思想观念具有极大的历史局限性因而是一种基于自身利益的意识形态。在这里,意识形态是一个否定性概念,并不具备真实的内容。阿尔都塞对这一传统的意识形态概念进行了革命性变革。对阿尔都塞而言,意识形态不属于认识论范畴,因而也就无所谓正确与错误之分。意识形态是主体对某种思想体系的认同活动,是对

---

① 海德格尔将文学看作人的存在的一种形式,在中国赞同者十分普遍:"这样,文学的真正意义也就上升为生命与存在的意义"(傅道彬、于茀,10)。
② 萨特在谈到人性时说,人的"存在先于本质"(萨特,112)。
③ 罗岗在福柯理论的基础上将文学看作是"专家的话语"的产物或与"知识话语相联系的实践"(罗岗,178)。

主体的存在赋予意义的过程。例如,宗教信仰者不仅认同某种价值体系,而且这种价值体系也为其所作所为赋予了意义。因此,意识形态就存在于我们的生活本身,是主体得以产生的土壤。阿尔都塞说,意识形态"召唤"我们进入某种预制的机构之中。

就是在塑造主体的过程中,意识形态彰显出它强大的功能。意识形态可以弥合主体自身的分裂状态,使主体成为一个完整统一的自我。它也可以扫平主体意识与现实的矛盾,从而使主体完成自己的认同。如何理解这一点呢?简单说,我们的自我意识与自身的状况并非完全吻合,也就是说,时常处于分裂状态。拉康的"镜像理论"告诉我们,这种情况在婴儿尤为明显。婴儿在镜中获得的完整形象与它自身尚未发育成熟的状况不一致,因此是一种"误认"。实际上这种"误认"一直贯穿于成人的意识中。托尔斯泰的《安娜·卡列尼娜》(1875—1877)中卡列宁在妻子安娜离开他之后十分消沉。别人劝他振作起来,因为"国家需要你"。此言一出,卡列宁立即恢复了生活的意愿,也找回了生活的"意义"。显然这是一种"误认",因为卡列宁不过是国家机器中的一员,完全可以被其他官僚取代。但这种"误认"却帮助他在生活中重新找到一个位置,抚平了他与现实的矛盾。虽然这只是一个想像的位置,但在心理上仍然使他获得自身的完整统一感,并可以由此为基点说话、做事。这就是意识形态的作用:意识形态使现实中无法解决的矛盾在想像中获得解决,使主体成为一个独立自主的角色。事实上,每一个人、团体、民族都在阐述自己的存在,为其所作所为寻找理由。因此,意识形态的问题不是一个认识问题,而是一个实践问题。自尼采以后,人们已不再认为观念形态的东西如真理有正确与错误之分。特别是在意识形态之中,有意义的只是立场、利益和权力斗争。

文学作为意识形态的一种形式具有同样的作用:它把现实中的矛盾和自我的分裂状态加以"想像性地解决"。这正是马舍雷等人对文学和审美的看法:文学及其审美效果具有抚平现实、弥补矛盾、生产意义的功能。在《论作为一种意识形态形式的文学》(1974)一文中,巴里巴尔和马舍雷认为,文学审美效果的所谓普遍性掩盖了文学概念中所固有的阶级矛盾。现实中的阶级矛盾在文学中本来是有所反映的；它主要表现为一种语言冲突。比如在法国，根据巴里巴尔和马舍雷的描述，教育历来是划分阶级、固定社会分工秩序的手段之一。法国教育体制分为两个层次："基础教育"和"高等教育"。这种分层导致"语言"的分化。基础教育仅仅涵盖普通人的语言，也就是日常语言。而在高等教育中，"语言"得以提纯、升华、优化为一种上层社会的语言。(Balibar and Macherey, 85)这一点在英国也完全一样。在萧伯纳的《皮格马利翁》中，语言学教授希金斯通过对卖花女的语言培训，使她成为一个上层社会的窈窕淑女，而主要的训练手段就是文学。文学作为精英教育的一部分保留在高等教育体制中，其本身也成为"资产阶级语言"的一部分。因此巴里巴尔和马舍雷认为，文学从某种意义上说是语言分化的结果，是阶级矛盾的产物。(Balibar and Macherey, 85)但是反过来，文学却能够很好地掩饰这一矛盾。一旦把文学和审美语言客体化、普遍化、全民化，它作为资产阶级和上流社会的代表的种种特征就淡化了。文学和文学的审美语言成为普遍有效的原则，也就是全人类的财产。但在巴里巴尔和马舍雷看来，这不过是在想像中解决了现实中的语言冲突和阶级矛盾。正是在这个意义上，他们把那种将文学作为纯粹客体对待的研究方法称之为唯心主义方法；把视文学为纯粹客体的观念称之为资产阶级观念。因为所谓普遍性的文学"所带来的正是以统治阶级为主导的意识形态再生产"(Balibar and Macherey, 97)。

　　那么把文学理解为具有实践功能的意识形态，它的特殊性在哪里呢？"文学性"的概念在意识形态的理论框架之中是如何规定的呢？我们自然是首先想到审美，把文学定义为一种审美的意识形态。但在福柯指出追求"特殊性"不过是历史上的一种"特殊的"思维方式，并了解了文学是一种实践活动之后，我们就不能够再将审美作为文学的根本特征了。"审美的意识形态"是伊格尔顿的一本书的题目，但在这里审美并非用来定位意识形态。因为作为普遍原则的审美本身就是需要解释的意识形态，而伊格尔顿所讨论的正是"审美"的意识形态性。如果我们仍然只是关注文学活动的审美效果，就又使我们回到雅柯布森的出发点，即询问文学的本质特征。

我们知道,回答这样的问题需要假设一个"文学客体"的存在。所不同的是,这一次我们将"文学活动"客体化,然后我们自己再采取一个超然的态度去分析它。但如果我们就"存在于世界之中"(海德格尔),即生活在"文学"之中,那如何获取这样一种纯然客观的视角呢?因此,"什么是文学"这样的问题,即探讨文学内在本质特征的问题,在一些理论家如马舍雷看来是一个"虚假问题"。① 同样的道理,我们也不能将文学活动作为一个纯然客观的过程来研究。我们已经不应再作出具有本质主义色彩的设问。在这方面,"文学性"、审美性问题颇有些类似"人性"问题。比照毛泽东对"人性"的论述,②我们也可以说,没有一个抽象的、永恒的、客观的"文学性",只有具体的、历史的、实践中的"文学性"概念。③

九、心理分析

那么如何理解这种具体的、历史的、存在于生活实践中的"文学性"呢?文学的"内"与"外"的结合是如何在社会实践中完成的呢?或者说文学文本作为社会实践本身其构成机制究竟是什么?在问答这些问题之前,我们还需引述现代心理分析的理论。心理分析也是阿尔都塞和马舍雷所依据的基础理论之一。心理分析理论浩瀚复杂,与我们的问题相关的有弗洛伊德关于梦的双重过程的观点和拉康关于无意识具有语言结构的观点。弗洛伊德认为,梦的含义可以区分为"梦的显意"(the manifest dream-content)和"梦的隐意"

---

① 马舍雷说:"我们必须放弃诸如此类的问题,因为'什么是文学'的问题是一个虚假问题。为什么呢?因为这个问题已经包含了回答。它暗示文学是某种东西,文学作为物而存在,作为一个拥有一定本质的永恒不变之物。"(Balibar and Macherey, 98, n.8)
② 毛泽东在《在延安文艺座谈会上的讲话》中说,"只有具体的人性,没有抽象的人性。在阶级社会里就是只有带着阶级性的人性,而没有什么超阶级的人性。"(毛泽东,1991,第3卷,870)
③ 南帆《文学性:历史与形而上学》一文引入弗罗姆的心理分析学说,试图将"普遍的'文学性'问题置换为某一个历史语境之中的文学性",并把文学话语视为"社会无意识的代言",颇有见地。(南帆,2001,107—108)南帆编《文学理论新读本》导言"文学理论:开放的研究"和第二章"文学话语"也有对"文学性"的相关论述。(南帆,2002,1—15,30—37)

(the latent dream-thought)。"梦的显意"就是梦的内容及其表面含义。"梦的隐意"指梦真正的含义或显意的成因。(弗洛伊德,88)通常我们自己并不明白我们梦到的事物究竟意味着什么。因此梦的显意和隐意往往有相当大的距离,甚至没有明显的关系。比如,梦到一处房间可能是因为思念某人,而人并没有出现。所以梦的形成机制可以分为两个过程:一是代表隐意的原初过程(the primary processes),一是代表显意的继发过程(the secondary processes)。(See Grosz,82—89)继发过程是原初过程的结果,它是心理分析的起点而非终点。弗洛伊德就是要通过对继发过程的分析深入到深层欲望即利比多的构成中去,从而对梦文本进行有效的阐释。

拉康在哲学和语言学两方面丰富和发展了弗洛伊德的理论。首先他用黑格尔的欲望概念取代了弗洛伊德的利比多概念。黑格尔把欲望(desire)与需要(need)区分开来。需要是生理性的,而欲望是社会性的。他用主奴关系说明欲望的社会性。他认为,主人如果没有奴隶就会失去主体的位置而沦落为空虚的存在。所以作为"他者"的奴隶是主人存在的前提。欲望从根本上说是对"他者"承认的需求。(黑格尔,1981a,22—124)这一点在日常消费生活中的表现尤为明显。我们消费的物品已经不再局限于它的实用价值。人们要"彩霸"而非彩电,要奔驰而非夏利,要豪宅而非经济适用房,其"欲望"已经超过了实际的"需要"。这超出的部分所满足的就是对地位、荣誉、尊敬的追求。凡勃伦称之为"炫耀消费"(Veblen,68)。因此我们消费的不是物品,而是人际关系。欲望存在于自我与"他者"的关系之中。

拉康的贡献是用语言学说明这种关系的结构。他说,"无意识具有语言的结构"("The unconscious is structured like language.")。他认为,在自然需要和社会欲望之间,还横亘着一个中间项,这就是语言。自我与他者的关系在语言中得以充分表现:"无意识是他者的话语"("The unconscious is the discourse of the Other.")。这就是说主体镶嵌于和他者相关的语言结构之中,语言的字面意义如同物品的实用价值一样并不重要。言外之意、弦外之音才是症结之所在。英国人谈论天气与中国人见面问吃饭一样,其意义不在问话内容本身,而是要建立一个双方的"说话"关系。人们在痛苦、悲伤、委屈之时往往需要对人倾诉也是这个道理。因为在说话之时过去被否定的人际关系又以友好的形式建立起来。弗洛伊德用这个"倾诉疗法"治愈了很多精神病患者,可见语言对建立正常人际关系的重要性。拉康将普通语言称之为"虚语"(empty speech),而把表现自我与他者关系的言外之意、弦外之音称之为"实语"(full speech)。(Lacan,1977a,40—48)[①]我们看到,巴赫金、奥斯汀关于语言作为一种社会关系空间的理论现在有了心理分析的坚实基础。

对于拉康而言,我们的全部语言在某种意义上说都是一种梦文本,或是一种"语误"(Eagleton,2008,146),因为它们都是"虚语"。如果我们仅仅关注字面意义,就等于困于梦境而不能自拔。因为显意的惟一作用就是可以通向语言背后的人际关系。它是第二位的,属于继发过程。它与原初过程、隐意、"实语"、人际关系的联系可以用一个修辞格表述,这就是转喻。就像白宫是美国总统的转喻,白领是中产阶级的转喻;表面词义也是某种关系的转喻。无意识就是被符号压抑下去的人际关系,又以转喻的形式返回我们意识中的语言层面。

明白了语言、无意识、社会关系这样一种联系,我们就可以在新的层面上讨论"文学性"问题以及文学的"内"与"外"的关系了。如果把文学文本等同于梦文本(而弗洛伊德和许多批评家正是这样做的),那文学属于"梦的显意"、"虚语"、"语误"这一范畴系列。无论文学文本具备什么样的特征——艺术形象、完整形式、有机统一、审美效果、语言凸现等等,都无一例外地属于第二位的继发过程。"文学性"的构成和机制对于我们只有修辞学的意义,也就是说,它不过是"实语"等原初过程的一个转喻。描述白宫的审美特征及其建筑的形式构造并不等于就此把握了总统本人的特性,而仅仅为我们了解他的生活提供了可能。因此任何关于"文学性"的结构分析都是研究的起点。其意义仅仅在于能否引导我们走向"梦的隐意"。

[①] 术语中译取自褚孝泉译《拉康选集》(拉康,256)。

那么文学文本中的"隐意"是什么呢？显然它不可能是作者的"意图"，因为这仍然属于"显意"的范畴。它也不应该是传统社会学批评家所强调的生活内容或历史发展规律之类，因为这种同一性的认识论与无意识概念背道而驰。这种"隐意"就是拉康理论中的欲望所体现的主体与他者的关系。它不是一个实在之物，而是一种社会关系结构。至于这种关系结构到底是什么，各个理论家都有自己不同的回答。福柯认为话语背后是权力关系；布迪厄认为文化品位背后是文化资本所形成的"场域"；赛义德认为东方形象是西方文化霸权的产物等等。总之社会关系结构可以多种多样，不一而足，但无一例外都是具体的、历史的、变化的。"文学性"是达到这一变动不居的各种关系的通道；或者用心理分析的术语说是疾病的症候（弗洛伊德）、关系的能指（拉康）。"文学性"的各种特征只是侦测社会关系结构的修辞手段。①

这就是为什么当代文学理论仍然无法对抽象的"文学性"问题作出一个定论，而当代文学批评也基本上放弃了对文学的单纯审美描述而对文学的社会历史文化背景研究趋之若鹜。这种"文化转向"的理论依据就是上述对于"文学性"的全新理解："文学性"是特定社会历史文化关系的集中体现；是在这种关系结构或生活实践中飘浮的能指。这就是"文学性"问题的具体性、历史性和实践性之所在。任何以普遍性面目出现的关于"文学性"的抽象性论述，其本身就是一种意识形态，是值得我们探讨和质询的历史文化现象。

十、一个案例和结论

实际上前面关于英国文学体制化的叙述已经涉及"文学性"的历史构成。现在我们再举出一个中国的例子，看看"文学性"问题是如何成为某种社会关系的集中体现。我们知道，1980年代中国学界掀起了一股声势浩大的"美学热"。这场美学热潮波及文学研究的各个领域并导致方法论上对文学独立性和审美特征的强调。此前

---

① 王一川将文学理解为对人的生活经验的修辞："文学就是一种认同性感兴修辞。"（王一川，2003，93）

注重理性、认识论和历史发展规律的文学观被热衷感性、形式、审美的文学观所取代。在文学批评和文学研究领域,人们对文学形式结构和审美效果的热情远远超过了对社会历史背景的兴趣。形式分析、文本细读、审美描述一度成为行业规范和文学批评中公认的准则。这一思潮一直持续到 1990 年代以降,至今余波未尽。那么学术界对于"文学性"和审美如此关注意味着什么？人们关于什么是文学的种种分析和各种各样的答案是否也是一种意识形态实践？

毋庸置疑这是一个值得深入探讨的问题。限于篇幅,本章不能详尽分析。在这里仅简略指出,"文学性"概念的兴起与现代性问题的关系密切。① "文学性"之所以凸现为一个问题并引发人们的强烈兴趣,和中国知识分子对西方现代性的认同有一定关联。

首先 1980 年代的美学热以及对"文学性"的探讨使我们想起 1920 年代。那时候对西方现代性的广泛认同使唯美主义思潮、艺术自律概念、"为艺术而艺术"口号得以流传。当时还没有"文学性"这一术语,但对什么是文学的追问,对文学独立性的辩护,都是"文学性"概念的不同表述形式。20 世纪初的美学热在 20 世纪末大规模重现,绝非历史偶然。那么它是否也和意识形态一样,具有弥平现实矛盾的功能呢？

应该指出,现代性所覆盖的内容如科学、民主、自由、理性等都是西方概念,并非出自中国本土。作为非西方成员,中国知识分子认同西方现代性必然要付出沉重的代价;因为现代性孕育着对非西方主体的内在否定。我们现在知道,启蒙现代性是一种典型的"欧洲中心论"(弗兰克,2000,31—52),是一种"殖民者的世界模式"(布劳特,12)。它首先假定,现代性由欧洲内部产生随后扩散到世界各地。因此现代性必须设定一系列二元对立:现代/传统、进步/落后、文明/野蛮、理性/蒙昧等等。现代性的实质是用西方/东方的外部区分替代西方社会内部的矛盾(韩毓海,29),从而将世界所有地区

---

① 有关现代性的诸多观念在此不能详述,参见(Walters, 1999)。这里仅仅采用韦伯关于现代性的论述:现代性即西方理性主义传统,包括科学、民主、发展、进步、合理化、工具理性、专业化、实用主义等内容。关于中国现代性的论述,参见(汪晖,1997)。

纳入现代化的版图。显然在这样一种全球模式中,非西方国家包括中国自然成为这一历史进程的客体。正如阿里夫·德里克深刻地指出,"中国历史变作一段附属的历史,它被写入其中的那个叙事其情节远在别处构成。"(德里克,306)这就是说,在这一现代性模式中,中国历史本身并没有意义,它必须衔接到欧洲历史发展的列车上才会发生,不然就永远停滞不前。这就是为什么黑格尔竟然声称中国没有历史,而深受欧洲中心主义影响的马克思也认为中国被"排斥于世界联系的体系之外而孤立无依"(马克思,1972,第 2 卷,26)。马克思用了一个类似 17 世纪英国玄学派诗人的隐喻①,充满奇思异想。马克思说,中国这个"幅员辽阔的帝国,占有世界人口近三分之一",其社会的发展却"像植物一样缓慢地成长"。② 由此可知,在这种思想模式中,中国只是"作为资本主义的客体存在,而不是作为历史的主体存在"(德里克,317)。

因此一旦置身于现代/传统模式,中国知识分子就必然面临丧失主体性的危险,并产生文化认同危机。如何在认同现代性思想观念和西方现代化生活方式的同时,仍然保持主体性所依赖的传统文化价值,就是一个迫切需要解决的难题。在文学研究领域,长期以来我们一直追求一种中国特色的文学理论,就可以看作是维护有别于西方主体性的众多的努力之一。但是如果这个问题得不到解决,随之而来的就是文化认同危机造成的思想人格分裂。

这种分裂和危机在文学中的表现可以举出鲁迅和其他作家笔下的"假洋鬼子"形象。"假洋鬼子"认同西方,但无法改变本土身份;于是这种矛盾处境形成一种滑稽可笑的人物类型。这种人格分裂现象在 1930 年代十分西化的上海也有诸多表现。从现在流行的"老上海"图片中经常可以发现东西文化冲突的不和谐音。其中一幅美轮美奂的月份牌广告画上,竟然可以看到身穿传统旗袍的中国妇女打高尔夫球的景象!(图 1,宋家麟,84)像这样将传统文化和西

---

① 安德鲁·马韦尔在《致他羞涩的情人》一诗中有"植物般缓慢生长的爱情"的诗句("My vegetable love should grow/Vaster than empires and more slow")。

② "That a giant empire, containing almost one-third of the human race, vegetating in the teeth of time,..."(Marx, 1951, 55)

图1 将传统文化与西方的生活方式拼贴在一起，反映出中国文人艺术家既认同西方现代性又企图保持本土文化的努力。在此，知识分子的文化矛盾一览无余。

方的生活方式生硬地拼贴在一起,反映出文人艺术家在两种文化之间的彷徨;以及那种认同西方又难以保持本土性和传统文化的精神危机。在此,知识分子的文化矛盾一览无余。

因此,如何弥补这一文化矛盾,如何抚平精神上的分裂状态,从而获得一种完整统一的人格,成为知识分子面临的问题。李欧梵在研究了上海的城市文化之后发现,1930年代上海全盘西化的生活方式竟然没有给上海人造成文化上的压抑和心理上的不安。"他们从不曾把自己想像为,或被认为是因太'洋化'了而成了洋奴。……虽然上海有西方殖民存在,但他们作为中国人的身份意识却从不曾出过问题。"(李欧梵,2000a,291)这种内心的平静是如何成就的呢?因为上海人有一种广阔的"世界主义"情怀。他们并没有将现代化的生活方式看作是西方所独有的。相反,他们认为现代化是普遍性的、世界性的、全人类的;李欧梵称之为"一种中国[的]世界主义"(李欧梵,2000a,292)。这种"世界主义"消除了一切文化矛盾和人格分裂的思想焦虑,使上海人可以"热烈拥抱"西方文明的"异域风"(李欧梵,2000a,288)而无需再顾及自身的传统。

现在我们可以对"文学性"问题作出总结。1980年代以来倡导"文学性"的文字中,人们并不认为"文学性"是西方所独有的,人们也不曾把它看作是异己的观念而加以排斥。人们从不去追问"文学性"与西方现代性的关系以及它如何反映了西方内部的文化矛盾(丹尼尔·贝尔)和审美与现代性的冲突(哈贝马斯)。① 人们只关注"文学性"在形式方面的特征,并认为它基于人类普遍的审美经验,放之四海而皆准。"文学性"作为普遍的、世界的、全人类的财富,拥有它即可超越中国学术自身所固有的本土性和地理局限。由此可见,中国知识分子在现实中无法解决的文化矛盾在对"文学性"的诗意的阐述中得以"象征性"地解决。而"文学性"所浸透的"西方中心论"则在这种普世主义的光照之下销声匿迹。因此我们可以说,中

---

① 丹尼尔·贝尔认为资本主义内部产生的现代主义文化具有强烈的反资本主义倾向。这一现象被称之为"资本主义的文化矛盾"(贝尔,1989,92)。哈贝马斯认为审美在历史上曾经是对人类异化的一次强烈的反抗,席勒的理论"构成了对现代性的第一次系统的美学批判"(Habermas,45)。

国 20 世纪末盛行的"文学性"概念弥平了东西方的文化差异,创造性地解决了当代知识分子认同西方现代性所带来的身份危机。在这里,现代/传统、进步/落后等二元对立所造成的自我否定均得以克服。本土知识分子在"世界"(西方)历史进程中的主体位置得以建立。在这个意义上我们可以说,"文学性"在中国成为一种不平等文化关系的表述,是西方文化霸权的"转喻",是世界体系里中心与边缘关系的能指。它如此成功地为我们矛盾着的现实生活和分裂着的心理状态勾勒出一套完整的意义系统,成为特定历史条件下出现的文化实践活动。可以说这正是普遍性与特殊性的黑格尔式难题。任何普遍性的东西在具体的情境中都会异化成为自己的反面;"文学性"也不例外。

第二章　方法论:从形式回到历史

在讨论过文学及其社会性质之后,我们自然不会满足于把文学当作纯粹的"客体"进行研究的形式主义方法。但是文学形式与社会历史的"转喻"关系如何影响到我们对文学批评方法的选择?这是我们接下来遇到的问题。

本章主要讨论文学研究的方法论问题以及当前流行的文化研究在理论方面的意义。英美等国家在1970年代左右目睹了社会历史批评的复兴。而到1980年代,女性主义、新马克思主义、文化唯物主义、新历史主义、后殖民主义以及文化研究等社会批评已经取代了新批评和结构主义等形式主义文论,成为学术界的主要潮流。在中国,1990年代所谓后新时期的文学批评与前一个十年也有明显不同。如今对文学作品审美和艺术特征的强调显然有所回落,而社会历史问题越来越成为人们普遍关注的焦点。此外,这一时期文学研究的对象与范围也大大扩展。纯文学之外的文化现象,诸如广告、传媒、通俗读物、日常生活等均被纳入研究的视野;而文学、历史、心理学、社会学、人类学等学科界限则变得十分模糊。那么这一转变在理论方法论上有哪些内在的逻辑?新兴的社会历史批评与西方传统的社会历史批评有哪些不同?它们与我国1950—70年代盛行的反映论、典型论有哪些本质的区别?从文学批评史的角度清理这些问题不仅能够使我们明确传统社会历史批评与形式主义批评的成就与局限,而且有助于我们在批评实践中涉及社会历史问题之时有一种理论上的自觉。

一、形式主义批评的成就与局限

在西方文论史上,对艺术形式的关注可以追溯到古代希腊。正如批评史家所言,从亚里士多德的《诗学》、西塞罗的《演说家》到文艺复兴时期的类型学研究,我们已经看到对艺术作品结构和语言修辞形式的出色分析。(Selden,1988,243)①但是作为系统的批评理论,形式主义兴盛于 20 世纪初。当时文学研究领域特别是英美学界最引人注目的现象就是"对形式的呼唤"。"纯诗"、"纯形式"、"文本"、"结构"这样的批评概念以及派生的"多义性"、"模糊性"、"统一性"、"反讽"等等批评术语广泛流行。而"为艺术而艺术"、"艺术无功利"、"艺术自律"等康德式的美学观念均成为不证自明的真理。文学作品本身具有的审美特点和艺术结构成为文学批评普遍关注的热点。这充分反映在俄国形式主义、英美新批评、芝加哥新亚里士多德学派,以及 F. R. 利维斯对文学经典的阐释之中。实际上从 19 世纪中叶开始,随着象征主义、唯美主义、印象主义等早期现代主义文艺思潮的发生发展并在英语世界传播,回到文学自身的呼求已经不绝于耳。只是这些文学思潮和运动与文学创作关系比较密切。而到 20 世纪上半叶,注重文本结构和艺术形式的批评实践终于形成了自成体系的理论表述,并且在文学研究方法论方面建立了一个坚实的基础。

那么这种以文本或艺术作品形式为中心的批评实践的理论依据是什么呢?上述文学思潮和批评流派隐含着一个与传统的浪漫主义与现实主义完全不同的文学观念。这种观念认为,文学不是对世界的模仿,不是对历史发展规律的形象表述,甚至不是作家主观情感的表现。因为在形式主义者看来,历史规律本身就是值得怀疑的,社会发展模式更多的是人为的想像,而研究作者的情感生活是传记家的事情,与纯粹的文学研究不相干。T. S. 艾略特的"非个人化诗学"、维姆萨特和比尔兹利的"意图迷误"、巴尔特的"作者之死"这些命题,从某种意义上说就是反对把文学研究的注意力放在文本

---

① 历史上理论家对艺术形式概念的解释不下几十种之多,这里不能一一探讨。关于西方文学批评中各种形式概念的发展演变,参见韦勒克(Wellek,1963,54—68)及国内学者的著作(赵宪章,1996)。韦勒克和沃伦在《文学理论》一书中把文学形式定义为具有"审美效果"的多层次的文本结构是本文讨论形式概念的出发点。(Wellek and Warren,140—41)本章所讨论的形式主义批评是指那些把文学作品的文本形式和结构看作是独立自足的客体的理论体系。

之外的非文学因素上面。文学批评应该研究文学之所以是文学的东西，也就是上一章所讨论的雅柯布森等人的"文学性"。文学批评家不应该越俎代庖，承担历史学家、社会学家、心理学家的任务。文学批评研究的对象应该是文本、结构以及文学特有的媒介——语言。正是文学语言的特殊构造方式和表述世界的方式，为我们提供了一个有别于其他人类活动的审美与想像的空间。我们在第一章讨论了韦勒克和沃伦在《文学理论》一书中把这种专注于文本结构的"文学的内部研究"与关注传记学、社会学、心理分析的"文学的外部研究"区分开来的做法。(Wellek and Warren, 73—74, 139—41)韦勒克和沃伦的这一著名区分就是要把材料考据、思想分析、历史考察等传统社会学批评方法摈除于文本研究之外，使批评家更加注重文学作品的艺术特色与审美结构。韦勒克和沃伦认为，对于批评家来说，真正重要的是文学作品的存在方式，即"为特定审美目的服务的完整的符号体系或符号结构"。(Wellek and Warren, 141)

从我国现代文学批评发展的历史看，在1920年代与1980年代也经历了两次向艺术独立性与文本审美性复归的热潮。我们在附录一中将要看到，1920年代初在文学研究会和创造社成员之间发生了"为人生而艺术"还是"为艺术而艺术"的争论，其焦点之一就是艺术独立性问题。当时的"艺术派"异口同声赞颂唯美主义，倡导艺术无用论，反对艺术功利性。比如郭沫若对佩特的神往，郁达夫对颓废主义的迷恋，田汉对《莎乐美》的推崇，成仿吾对唯美主义批评的实践，所有这些概括起来就是艺术至上主义：文学不应该有超越自身的目的。(周小仪,2002,148—67)虽然这场争论最后"人生派"占了上风，并在文学创作中取得了令人瞩目的实绩，但是这一讨论本身对于散播艺术独立性的观念起到了推波助澜的作用；以至于后来闻一多等人的创作实践和美学思想中，"纯艺术"与"纯形式"的唯美主义观念仍然发挥着极大的影响。(刘钦伟,1983,259—76;唐鸿棣,1996,164—86)

而1980年代我国批评界已经从纯诗、文本、艺术自律等艺术独立性观念发展为形式主义文学批评方法论的自觉。1984—1986年间文艺学方法论的讨论就标志着文学研究领域的"向内转"。① 其后,人们普遍把审美特征作为文学艺术的重要标志,文本分析成为文学批评中必不可少的手段。而传统文学批评所强调的政治内容和社会生活现实往往被认为是没有触及文学的本质。各种各样的形式分析方法,审美批评、结构批评、"格式塔"艺术心理学、弗洛伊德心理分析、叙事学、文体语言批评,一时成为主流。虽然传统批评也重视形象思维与典型人物塑造,但 1980 年代批评所强调是审美感性的层面以及作为情感载体的"有意味的形式"(贝尔,1984,36)②。蔡仪等人强调理性和社会历史内容的传统文学理论模式显然无法应对形式主义的挑战。韦勒克和沃伦《文学理论》的译本 1984 在中国出版正当其时。这本在文艺思想上已经十分陈旧的理论著作在中国却拥有极为广泛的读者。③ 实际上,"文学的外部研究"与"文学的内部研究"的对立和历史上所有的二元对立一样并非是平等的关系。在这里"文学的内部研究"所具有的权威性、优先性是显而易见的。用尧斯接受美学的术语说,这本书正符合热衷于形式观念的中国读者的"期待视野"。用福柯的术语说,1980 年代的"知识型构"使这本书显得如此重要。

  应该说,形式主义批评的成就是十分巨大的。在 20 世纪上半叶,形式主义在英美学界基本上是占了统治地位。(Selden and Widdowson,1993,10—14)在 1980 年代的中国,审美批评也覆盖了文学研究的大部分领域,包括文学理论。从形式主义批评发展起来的一些批评概念和分析方法对文学阅读的深度和文学普及的广泛程度起到了重要作用。比如新批评的"细读法"与中国 1980 年代的审美心理研究,就大大开拓了文本分析的空间。这对于作品细节

---

① 关于文艺学方法论讨论的简要叙述见(包忠文,160—167);有关文艺"内部规律"和"外部规律"讨论的摘要和评述见(马玉田、张建业,1067—1069);并参阅(姜飞,71—76)。
② 李泽厚十分欣赏克莱夫·贝尔的形式主义理论。经他推崇,贝尔的"有意味的形式"成为当时十分流行的艺术概念。(李泽厚,1981,15—31)
③ 到 1986 年,刘象愚等译《文学理论》的印数已经达到 44000 册。(韦勒克、沃伦,1986)。关于韦勒克和沃伦的《文学理论》在中国学界的广泛影响以及所引发的争论,参阅(姜飞,71—76)。

的理解,对于读者审美能力的提高都具有重要作用。更重要的是,文学批评作为一种解剖文本的工具,不仅开发出文学本身的审美宝藏,而且为文学摆脱政治和道德理性的束缚发挥了积极的作用。如果审美和艺术特点成为文学批评最重要的标准,那么文学作品就可以以本身的魅力直面读者大众。特别是在美国,新批评的普及对文学研究的平民化起到了至关重要的作用。在1940—50年代,二战结束后大批复员军人面临着再学习和再就业的压力。而他们既没有足够的知识背景又没有受到过严格的学术训练。他们无法分享学院派掌握的那些浩如烟海的档案资料。他们在学术领域的立身之本只能是文学作品本身。通过对文本的分析,他们获得了一种非传统的、非学究式的接近文学的方法。另一种对新批评的意识形态性的分析认为,新批评对结构与形式等文本秩序的追求代表了当时人们对于社会秩序的渴望以及对工业社会人异化的批判:"对于布鲁克斯来说,文学是社会批评的一种形式,它凸现出现代社会的异化情况。"(Jancovich, 20)

在我国,审美批评对于独立的知识分子话语的形成也起到了极为重要的作用。刘康把中国当代文化和意识形态话语分为三个层次:官方话语、知识分子精英话语以及民间和社会话语。刘康认为,"知识分子的精英话语从80年代开始,越来越凸现与官方话语的距离,越来越多元,公开发表的场所也越来越多。"(见史安斌,95)1940年代毛泽东《在延安文艺座谈会上的讲话》(1942)奠定了文学研究的反映论和社会学的方法论基础。从此文学批评成为国家意识形态机器以及官方话语的重要组成部分。这从周扬与胡风的文艺斗争中体现出来。周扬作为官方意识形态的代表身处国家最高权力机构之中。他以俄国民主主义批评家"别、车、杜"(别林斯基、车尔尼雪夫斯基、杜勃罗留波夫)的形象思维论和生活美学击败了胡风那种具有浓厚个人主义色彩的"主观战斗精神"。而1980年代的艺术独立性观念和"美学热"正是要恢复这种游离于政治机构之外的非官方话语。通过对文本独立性和审美的普遍有效性的广泛讨论,通过对艺术作品自身结构与形式具体而微的专业化研究,文学批评与官方政治渐行渐远。文学批评作为知识分子精英话语的一部分其独立性与合法性地位逐步建立起来。因此,通过审美形式接近文学,不仅仅是一种感性的、个人化的"诗学"和纯粹的方法。它更多的是一种对知识分子生存空间的开拓。

从上述对新批评和我国 1980 年代审美批评的简要分析中,我们已经可以看出形式主义批评具有多么强烈的社会性。而艺术独立性与普遍的审美原则背后有多么浓厚的意识形态色彩。只是与传统社会学批评不同的是,这种社会性并非存在于文学分析的内容方面,而是存在于对形式本身的诉求之中。传统社会学批评总是自觉地追寻作品中的社会内容,把文学艺术还原为历史与社会现实的表述。形式主义批评的社会性却蕴含于对社会性的否认之中。它与形式本身不可分割,因而是不自觉的、无意识的。詹明信从美学的角度阐明了形式与内容的这一辩证关系。他用"内在性"(immanence)和"超越性"(transcendence)这两个哲学概念取代了韦勒克的"内部的"(intrinsic)与"外部的"(extrinsic)这种外在的区分。(Jameson,1991,183)詹明信认为,"内在形式"本身就包含了社会历史因素。韦勒克和沃伦在阐述自己的形式主义批评时也反对形式与内容的截然二分,并提及普罗提诺和夏夫兹伯里的"内在形式"(inner form)观念。(Wellek and Warren,140)韦勒克认为内容不能离开形式而存在,没有无形式的内容。另一个形式主义批评家马克·肖勒在一篇著名的论文《作为发现的技巧》(1948)中也阐明了这种观点。肖勒认为,艺术的内容有别于实际的生活经验,是一种"完成了的内容"(achieved content):"只有当我们谈论这种完成了的内容时,也就是谈论形式,即作为艺术的艺术作品,我们才是以批评家的身份说话。"(Schorer,387)由此可见,虽然韦勒克等形式主义批评家强调内容与形式的统一,但实际上还是以形式为本位的。

西方马克思主义关于"内在形式"的辩证论述显然超越了这种形式塑造内容的统一。"内在形式"是法兰克福学派美学的重要概念。本雅明在《德国浪漫派的艺术批评概念》(1920)中借助弗里德里希·施雷格尔的诗学讨论了"内在形式"的观念。他认为,在浪漫派看来,"形式本身即不是规则","它不是表现内容的手段"。"作品的内在倾向"是"形成于作品形式之中的反思"。因此,文学批评不是一种对作品内容或意义的阐释,而是通过对于作品独立自足的形式的分析发现其"内在倾向"的"内在批评"。(本雅明,1999,91—92)阿多诺在这方面也持有同样看法。关于内在性,他主要关注作品形式中的异质性和隐藏的矛盾性。他认为艺术作品有一种内在的矛盾性,"有一种从自我建构的内在统一中挣脱出来的倾向。"(Adorno,1997,88)通过这种自我矛盾的暴露,形式结构就可以触及社会生活本身的矛盾。

詹明信在《马克思主义与形式》(1971)、《政治无意识》(1981)和《后现代主义:晚期资本主义的文化逻辑》(1991)三部重要著作中对艺术形式的"内在性"作了详细论述。(Jameson,1971,401—16;1989,43—57;1991,181—259)①詹明信发挥了本雅明和阿多诺"内在形式"的思想,又吸收了结构主义特别是列维-斯特劳斯神话学和格雷马斯叙事学的成果,对于"内在形式"的构成和它与现实的关系作出了独特的解释。列维-斯特劳斯在《结构人类学》(1958)第十一章"神话的结构研究"中把俄狄浦斯神话拆解为几十个神话素,通过其结构关系的相似性还原为古代人关于人类起源观念中的矛盾结构。(Levi-Strauss,1968,213—16)詹明信认为这种神话与世界观的结构相似性为我们理解艺术形式与社会生活的关系提供了一种有用工具。(Jameson,1989,77—78)他用格雷马斯的"语义的矩形"分析了康拉德《吉姆爷》中人物的矛盾结构关系,把这种关系还原为资本主义社会生活中"行动"与"价值"的矛盾结构,并把艺术作品视为"对这一无法解决的矛盾的想像性的或形式化的'解决'"。(Jameson,1989,254—56,79)在这里,形式与内容的关系并非是存在于作品内部的塑造与被塑造关系,而是作品结构与社会生活结构的平行或同构关系。

从上述介绍中可以看出,"内在形式"与社会生活具有相似或相同的结构。这种关系可以用"格式塔"概念加以概括。歌德曾用"格式塔"概念描述"内在形式"或"内在结构"概念,虽然他的本意更多

---

① 关于詹明信"内在形式"概念的评述,见(陈永国,103—41)。

的是指有机体内部的结构关系。① 而阿恩海姆的"格式塔"艺术心理学则涉及内心世界与外部世界的关系。阿恩海姆认为我们内心的情感是有一定结构的。虽然我们无法用逻辑语言描述它,却可以通过自然界和艺术中的类似的形式表现它。就像"杨柳依依"的曲线可以表现出乡愁不断;"雨雪霏霏"的意境可以象征无限悲情。我们虽然无法触摸心中无形的情感,但是它与外部世界却有一种"异质同构"关系。通过这种外在的"格式塔"形式,我们可以感受、体验和把握情感的存在方式。(阿恩海姆,1984;阿恩海姆,1990,54—78;李泽厚,1985,441—47;滕守尧,97—126)

如果我们把上述情感结构置换为社会生活结构,我们则可以理解吕西安·戈德曼的批评概念"同构性"(homology)的重要意义。"同构性"意味着艺术形式与社会生活也具有同样的平行关系。艺术与生活的对应也可以看作是一种"格式塔"式的"异质同构"。戈德曼在《小说社会学》(1964)中认为,"小说这一文学形式……与市场社会中人和商品的日常关系,以及人与人之间的关系,有着精确的同构性。"(Goldmann,1975,7)在《隐蔽的上帝》(1955)中,戈德曼已经揭示出阶级地位、世界观和艺术形式之间的同构关系。(Goldmann,1964)詹明信在论述形式的"内在性"时高度评价了戈德曼这一思想,认为这一概念对马克思主义文学批评的复兴起到了"无与伦比的历史性作用"。(Jameson,1989,43—44;note 23)因此,我们只能说艺术中所表达的思想观念或使用的生活材料是外在的、"超验的",与生活真实无关。但是艺术"内在形式"的结构,不论它是"矛盾"的结构,还是"语义的矩形",都是通往社会生活的有效途径。

不过,即使运用"内在形式"的概念使文学重新回到社会生活的怀抱,当代文化研究中的跨学科现象仍然无法得到充分的解释。这不仅反映在文化研究囊括了其他各种人文学科的研究对象,就连学院派的纯文学批评的实践,比如美国的新历史主义对莎士比亚、狄

---

① 在收录于歌德科学文集《科学研究》中的一篇文章里,歌德提到"德国人用'格式塔'[结构化的形式]一词来描述自然有机体存在方式的复杂性"(Goethe,63,陈永国,103—41)。

更斯以及其他经典作家的研究,也充斥着这种对档案材料、社会生活、观念信仰的杂乱纷陈的叙述。① 詹明信把这种学科分界的消失,或这种从"文本"到"文本性"的转变,称为"基本研究对象的重建"("reconstruction of basic objects of study",Jameson,1991,186)。波德里亚尔(Jean Baudrillard)也描述了后现代时期幻象与真实、高雅文化与通俗文化等界限的消失,并称之为"内爆"(implosion,麦克卢汉的术语),即"传统两极的崩溃与相互渗透"。(Baudrillard,1983,57)传统学科分界和研究对象差异的消失,正是当代社会文化"内爆"的形式之一。那么我们如何理解批评领域这一现象的方法论意义?

二、文化研究的方法论意义

关于西方文化研究的起源、发展和演变,在英文和中文文献中都有详细的介绍和多个选本可供参考。(During,1993;罗钢、刘象愚,2000)一般认为,德国法兰克福学派霍克海默和阿多诺1940年代对西方文化工业的批判、法国马克思主义理论家亨利·列菲弗尔和后结构主义理论家罗兰·巴尔特在1940—50年代对日常生活和大众文化的批判、英国E.P.汤普森与雷蒙·威廉姆斯等"新左派"1950年代对工人阶级文化和大众文化的研究,是文化研究在社会学领域最初取得的丰硕成果。(Adorno and Horkheimer,1972;Lefebvre,1991,Barthes,1973;Thompson,1968;Williams,1961)但这个时期英美的文学研究领域基本上还是形式主义的天下。只是到后结构主义将文本的封闭性打开之后,1980年代文化研究在文学批评中才逐渐走红。但是文化研究在文学批评中的引进也引起批评与疑问。文化是什么?一个概念如何能够覆盖如此众多的人类活动?文化研究到底是什么?一个学术领域怎么能够这

---

① 见詹明信关于美国新历史主义批评家格林布拉特对莎士比亚和凯瑟琳·加拉格尔对狄更斯的研究的评价(Jameson,1991,190—91)。

样驳杂?① 的确,从人的衣食住行到流行文化,从不同区域的文化形式到不同国家的多边文化关系,文化研究的触角几乎无所不在。而传统的文学研究现在反而像是文化研究的一个分支。文学文本与其他社会文本形式的学术价值日见平等,而艺术性也不再是文学批评的惟一取舍标准。

文化研究对文学研究渗透的结果就是文学研究的范围急遽扩张并向跨学科方向发展。文学研究的对象已经不再局限于文学文本。其他非艺术的文本形式,如档案材料、政府文件、日常生活、历史轶事,总之过去为形式主义批评所排斥的"外部研究"对象又以新的方式进入文学研究的视野。过去文学批评强调的"文本"主要是指经典作品的文本,现在使用的文本则是一切社会文本。从"文本"到"文本性"(textuality)是对这一现象的简要概括。这种研究领域的扩张还不能仅仅理解为学术研究本身的开拓与创新。应该说,作为对形式主义批评的反弹,这种泛文本化倾向反映出某种对历史的焦虑。形式主义试图摆脱内容的束缚,远离社会的尘嚣;然而历史就如同一个挥之不去的梦魇,像幽灵一样徘徊于批评家之侧。毫无疑问,文学研究需要历史。而新的材料和新的文化形式的加入,拉近了我们与历史的距离。日常生活形式是社会本身的组成部分,文学文本与社会文本的结合在某种程度上使文学摆脱了孤立的状态,使文学研究再次走向社会生活的广阔天地。所以文学研究领域的扩展实际上反映了文学与生活的新的组合方式,表现出文本与历史的一种新型关系。那么这种新型关系是如何构成的呢?或者说新的社会历史批评在促成文本与历史的结合时有哪些理论依据?

首先,在传统的现实主义和历史主义批评理论中,人们假设历史是可以通过对文本所表达的具体内容以及文本周边材料的分析加以认识的。这就是所谓文本与历史的因果关系:历史发展为因,文学现象为果。通过对文学现象的解读,揭示历史本质的真实。这种因果关系又可以分为两类;用阿尔都塞的术语说,一种是"机械因

---

① 关于文化研究作为学科的讨论,参见(Johnson, 1996)。第九章还要专门讨论文化研究问题。

果律"(mechanical causality),一种是"表现因果律"(expressive causality)。① 机械因果律在科学中的代表是牛顿,在哲学中的代表是笛卡尔,也是日常生活中最普遍的思维方式,强调直接的线性因果关系。恩格斯批判过的庸俗唯物主义的经济决定论也属于这一范畴。而当前流行的科学技术决定论实际上也是这一因果律的现代翻版。② 在文学批评中,对作品人物作实证主义的考察,或从作者生平中寻找解释作品的依据,都是基于这一机械因果律的思维方式。但是如果在作品和生活中找不到一一对应的证据,那么文学批评又如何进行呢?比如我们面对李商隐的七律和莎士比亚的十四行诗,当我们对这些作者的生平知之甚少时又如何理解、阐释、把握作品的复杂多义性呢?

实证主义的局限促成第二种因果关系理论的发展,这就是基于黑格尔哲学的表现因果律。在黑格尔哲学里,任何事物都是作为整体的一部分来理解的。而整体则有一个贯穿始终的主导精神或本质,其中各种元素都是这一内在本质的表现。我们过去经常运用的"寓杂多于统一"、"整体大于各部分之和"等美学和艺术批评原则,就含有这个意思。特别是我们在分析文学艺术作品时频繁使用的"时代精神"概念,就是典型的黑格尔式的美学范畴,只是黑格尔称之为"绝对精神"或"理念的感性显现"。(黑格尔,1981b,第 1 卷,135—48;朱光潜,1979,470—82)这就是说,无论一部作品有多么复杂丰富,都有一个主题把各种细节统一起来。一个作家、一个流派、一个时期的作品无论多么驳杂多样,也同样有一个主导性风格渗透于各个细节之中。这种统一的主题或风格,如巴洛克风格、哥特式风格以及我们常说的"五四精神",所表现的就是时代精神,即一个时期占统治地位的思想意识形态。这种表现因果律不拘泥于作品与外在生活的一一对应,因为元素或细节离开整体就变得毫无意

---

① 阿尔都塞和他的学生巴里巴尔关于机械因果律、表现因果律以及下文讨论的结构因果律的理论得到詹明信的高度评价。参见(Althusser and Balibar, 185—93; Jameson, 1989, 23—28)。中国文艺理论家童庆炳对三种因果律也有过详细阐述并在文学理论研究中进行了出色应用。(童庆炳,1989,66,67—82)
② 参见詹明信在提及机械因果律时对马克卢汉技术决定论的批评。(Jameson, 1989, 25)

义。它从探讨作品的外部动因转为考察作品的内部动因,因而可以解释更多的文学现象。

在文学批评领域这种表现因果律最有影响的代表就是前苏联和我国1950—60年代流行的"典型说"。"典型说"有浓厚的黑格尔美学色彩。而熟悉黑格尔哲学的别林斯基、恩格斯和卢卡奇对典型理论的建立和发展都有重要的贡献。这种既有个性又有共性,既有丰富多彩的性格特征又反映出历史发展规律的艺术形象,成为我们认识社会生活的途径。典型环境中的典型人物成为文本联系历史的一种普遍有效的方式。在我国1980年代,由于当时批评家对于作品的审美层面和个人情感表现出极大的热情,典型说竟用于改造主观的情感表现,认为只有反映时代精神的情感才是具有典型意义的情感。一时"典型的感情"、"典型体验"、"典型情绪"等新概念相继出现,引发了文艺界的广泛争论。(马玉田、张建业,972—80)由此可见典型理论的生命力和影响。我们在第四章中还要从"剩余快感"的角度对"典型情感"概念进行新的解读。

但是上述理论有一个共同的假设,就是历史是可以认识的。无论是通过历史材料的考据,还是通过历史发展规律的分析,我们这些后之来者可以发现历史,接近过去的生活。只是这种发现,由于材料的多寡,有准确与错误之分;或者由于分析的粗细,有理解的深刻与浅薄之分。总之历史静静地沉睡在那里,只要我们掌握了足够的材料,运用有效的理论工具,我们就可以使之复活,重建历史之本来面目。然而问题是如此简单吗?古往今来的批评实践已经说明有关历史的问题是一个极为复杂的理论问题。

其实人们重建历史的梦想从来没有完全实现过。每个时代都对历史材料重新组合并"发现"新的历史。而所谓历史发展规律,是客观事实还是主观想像,本身就是问题。每个时代对历史都有不同于前一时代的理解。比如我们现在还有兴趣探讨《红楼梦》中封建社会没落这一问题吗?特别是欧洲的封建制度这一概念能否应用于中国历史已经引起了争论。或者,在读过阿里夫·德里克的历史著作之后,我们还能相信"亚细亚生产方式"这一东方特有的"历史现象"吗?或许它根本就是现代性这一理论框架中生成的历史想像。(德里克,304—22)事实是,当我们去寻找历史的时候我们的头脑里已经有了先入之见。对历史材料的检索不是为了去发现,而更多情况下是去证实某个已经存在的观念。可见,是历史在先还是主体的认识框架在先,是一个难以遽下结论的问题。我们因此陷入了一种"阐释的循环"(hermeneutical circle)。一方面,我们要从浩瀚的历史材料中发现某种规律、现象、特点。但另一方面,如果没有某种"先见之明",这种发现就无从下手。即便是掌握了历史材料,也是完全没有意义的堆积。即使考证出某些"事实",这些史实也是根据当时人的记载,其中所掺杂的主观理念和社会权力运作在所难免。而我们今天对材料的取舍,也体现了当代人对历史的理解。因此克罗齐则干脆认为,"一切真正的历史都是当代史"。(Croce,12)

但是当代文化批评仍然承认历史的客观性,承认文本与历史有着密切关系,绝非一切均为主观创造。只是历史就像是一块黑暗的大陆,理性之光难以投射其上。就像我们无法认识我们心中的无意识,因为它无影无形。但是它的"不在场"却丝毫不妨碍它发挥作用。实际上它无时无刻不发生决定性影响。这也正是历史的特点。我们无法确切地知道过去究竟发生了什么,但是过去仍然笼罩着我们的现在。因此,如果要摒弃解释文本与历史的关系的简单化倾向,就必须引进主体的心理分析作为中介。拉康谈到主客体关系时使用了"想像界"、"象征界"、"真实界"三个概念。"真实界"这种理性无法认识、语言无法表达的领域,按照詹明信的理解,就是历史。(Jameson,1988,vol.1,104)拉康对"真实界"概念没有系统地论述,而是散见于不同时期的著作和讲座中。在1955—56年度的讲座中,拉康把"真实界"定义为"绝对抵制符号化"的东西,也就是说是言语无法表达的东西。(Lacan,1993,81-82)这一无法言说之物又分为主客体两个方面:"既可以在精神世界又可以在物质世界里发现它。"(Bowie,94)从主体方面说,它与弗洛伊德的"伊特"(id)和心理创伤(trauma)有关。从客体方面说,它可以看作是斯宾诺莎和阿尔都塞的所说的那种"不在场的原因",也就是詹明信所说的历史。实际上这两个方面是有一定联系的。这不仅仅表现为心理分析主要涉及的是个人的"历史",即个人过去的经历。更重要的是,一个民族的历史也有精神创伤或集体无意识的心理因素在起作用。我们平常所说的"五四情结"、"文革情结"就包含有这个意思。这就是为什么詹明信说"历史是那些让人感到疼痛的东西"("History is what hurts.")。(Jameson,1989,102)

因此,我们对历史的理解与对无意识的认识一样是复杂而且困难的。我们从来不知道无意识是什么样子,但是我们可以通过对梦的分析,对语误、玩笑、重复、空缺、症候等非正常思维和特殊语言材料的把握,了解它的结构、功能与运作方式。我们面对的文学文本从某种意义上说正是类似于这种梦文本及边缘化的语言材料。就像梦的荒谬内容不直接反映无意识的真实一样,作品中所表现的内容也同样不直接反映历史的真实。文本只是语误,或是症候。症候与疾病固然有联系,但绝非对应关系。梦是无意识的产物,但它的内容却是无稽之谈。因此我们关注作品形式而非内容,就是基于这样一种认识:内容与社会生活的关系不是同一性的关系,历史在文本中缺席或不在场。而形式才是回归历史的可能途径。

阿尔都塞和巴里巴尔在《读〈资本论〉》(1968)一书中把这种阅读在文本中的"空缺"、"误解"、"疏忽"里反映出的深层含义的方法称为"症候式阅读"(symptomatic reading)(Althusser and Balibar,1970,28)。法国批评家皮埃尔·马舍雷的《文学生产理论》(1966)把这一方法运用于文学批评。(Macherey,1978)中国学者蓝棣之也将心理分析运用于现代文学作品并称之为"症候式阅读"。(蓝棣之,1998)"症候式阅读"要求批评家关注文本的无意识内容而非理性内容,要求我们解释作品中没有说出的话或不愿意说出的话。正如伊格尔顿在论及拉康语言与无意识的关系时指出,"对拉康来说我们的全部话语从某种意义上说都是一种语误……,我们永远无法确切地表达我们说出的东西,而且我们也永远不能说清楚我们想要表达的意思。"(Eagleton,2008,146)因此,"和所有书面文字一样,作品的洞见深深地植根于作品的盲点之中:作品没有说出的东西,以及它为什么沉默,与说出的东西一样重要。那些看起来不在场、边缘化或模糊不清的东西也许为理解作品的意义提供了最关键的线索。"(Eagleton,2008,155)伊格尔顿在这里阐述的正是马舍雷在

《文学生产理论》中所要表达的对文学作品与无意识之间关系的理解。

因此可以看出,我们正是在对这种历史"不在场"的分析中发现了历史。只不过这是在更高层次上对历史的回归,超越了对作品表面的阅读。这种历史主义批评不抛弃形式、不排斥文本、不忽略作品的审美感性。但是文本与历史的关系却获得了一种空前复杂的表述,因为两者之间横亘着一道心理和语言的中介。因为历史只有经过主体对它进行再文本化之后才变得可以理解,而文本化则拉大了我们与历史的距离。詹明信指出,"必然性并非是某种内容,而是事件的无可避免的形式。因此它是一个叙事范畴,是对历史的再文本化。这种再文本化并非将历史变为一种新的表现或'景象'或新的内容,它是斯宾诺莎和阿尔都塞所说的'不在场原因'的形式结果。……历史只能在这种结果中被理解。"(Jameson,1989,102)因此历史只能在文本形式而非内容之中被发现与阐述。阿尔都塞把这种从形式和结构本身探讨历史"不在场原因"的方法称为"结构因果律"(structural causality)(Althusser and Balibar,1970,186—88)。也就是说,原因内含于结果之中,形式与历史"异质同构"。从某种意义上可以说,这是西方马克思主义文论对20世纪文学批评理论最重要的贡献之一。上述理论在当代文化研究和新历史主义文学批评中的应用,用詹明信的语言表述,就是从形式回到历史。

那么在"从形式回到历史"这一命题中,对形式概念如何理解呢?由于历史因素通过无意识对于文本的非理性渗透,传统的形式概念也发生了根本性的变化。文本与历史的非同一性关系,使那种从古希腊到浪漫主义以及新批评以来把形式理解为一个完整和谐的整体的观念受到挑战。这种有机主义的形式概念已经无法容纳广阔的历史内容。即使是上述"格式塔"和"同构性"形式概念,也难以囊括丰富多彩的社会文本与庞杂多样的边缘材料。就在文本历史化的同时,历史也促使文本从封闭走向开放。因此形式的概念从完整统一走向支离破碎是后现代文化的特征,我国学者也开始关注这一点。(刘月新,2001)现在无论是在文艺创作领域还是在文化批评领域,人们已经很难再使传统的形式概念复活。那种完整的语义结构以及像自然界生物一样和谐成长的有机形式概念,那种封闭的、和谐的、统一的形式概念已经让位于开放的、多元的、破碎的形式概念。如果用修辞学术语描述这两种形式的特点,可以说一种是完满和谐的隐喻,一种是机械组合的转喻。专注于一棵古松的优美与和谐并见出人格的刚强伟大,这是传统美学家朱光潜的兴趣。收集政府文件、逸闻趣事、日常生活材料,与传统文本一起排列组合为一套新的叙事,是当代理论家福柯、赛义德以及新历史主义批评家的拿手好戏。作品中为人忽视的边角内容、日常生活形式、档案馆里尘封的文献,这些过去理论家不屑一顾的材料如今都具有了真实而重要的意义。因此症候式阅读是一种更丰富、更广泛也是更艰苦的阅读。这种阅读正是当代文化研究的批评实践所屡见不鲜的。所以文化批评已经不再局限于文学作品本身,它的触角覆盖了社会生活的各个方面,这是基于一种对形式的新的理解。

因此后结构主义打开了过去封闭的文本和结构,使崇尚和谐整体的美学转换为异质的、非连续性的、矛盾冲突的、多义性的美学。但是,这种开放的文本只是提供了文本走向历史的可能性。德里达和巴尔特的解构主义仍然是远离社会的形式主义之一种。巴尔特在 S/Z (1970) 一书中对文学文本的拆解以及其他文本后结构主义的断裂、异质、散播理论,正如詹明信所指出,只是阿尔都塞阐释学的出发点。阿尔都塞"要求把文本中的碎片、不相称的层面、杂乱文章的倾向重新协调起来,但是以一种结构差异和显示矛盾的方式联系起来。"(Jameson, 1989, 56)通过不和谐的形式与分裂的文本回归历史,组合成一套新的系统或叙事,美国新历史主义批评家称之为"文化诗学"。新历史主义批评正是将令人眩晕的庞杂史料组合为新的历史叙事,用以说明文学与社会历史的同构关系。格林布拉特将警察机构、种植园、金币伪造、文艺复兴时期的语法、语言教学与莎士比亚的方言并置研究;(Jameson, 1991, 191)W. B. 麦克斯从医药、赌博、产权、虐待狂、奴隶制、摄影、契约、神经病、货币等种种社会史料的聚合推导出自然主义的逻辑。(Jameson, 1991, 193)从这些文化批评实践中可以看出,"寓杂多于统一"和内在形式概念在当代文化研究中已经发展为极为复杂的体系,而且是基于矛盾对立的体系。关于这种批评方法,詹明信用极为生动的术语使之概念化,称之为"魅力史料的蒙太奇"(montage of historical attractions)。(Jameson,1991,190)这种重新组合过的叙事符号系统与历史不是"反映"关系,也不是"象征"关系,而是"寓言"式的异质同构关系。正如杨小滨在《否定的美学:法兰克福学派的文艺理论和文化批评》(1999)中指出,这种"寓言"法则,使本雅明能够"把废墟、摧毁、打断、震惊这一类反和谐的范畴引入美学理论",使艺术形式中的"虚无的、破碎的、枯朽的元素"重新获得了历史与现实的意义。(杨小滨,6,42)

最后我们回到文学研究方法论这个问题。当今文化批评的驳杂性、多样性、跨学科、反传统等诸多特点的背后有其坚实的理论依据。人们对于形式与内容的关系以及文本与历史的关系有了全新的理解。文本与历史之间关系的复杂化、中介化以及形式概念向社会生活领域的极度扩张,为人文学术研究展示了一个广阔的视野。借助这些新型理论工具与批评方法,文学研究终于可以走出传统形式主义的象牙之塔,步入社会生活的十字街头。恩格斯在 1859 年评论斐迪南·拉萨尔的悲剧《济金根》时提出了著名的"美学观点和历史观点"批评原则,并称之为"非常高的、即最高的标准"。(恩格斯,1982,182)如果从传统的内容与形式结合的观点看,这一原则的内涵不过是政治性与艺术性的统一。但是在引进了"内在形式"以及文化碎片的蒙太奇组合诸概念之后,美学与历史的结合就达到了空前复杂的程度。我们在第五章讨论伊格尔顿关于《呼啸山庄》与爱尔兰文化的研究中,可以看到这种美学与历史结合的出色研究案例。我们将要感受到当代马克思主义文学批评的复杂性与魅力,并发现"不在场"的爱尔兰历史是如何以无意识的方式呈现在英国文学的文本之中。

第三章　无意识的主体与拉康的想像界

上一章谈到文学并不直接反映现实生活，而历史是以无意识的方式表现在文学作品之中的。那么文学与历史之间的联系就是这个心理中介。这就涉及主体问题，以及精神分析的一些基本概念。我们将在下一章通过作者问题详细讨论主体概念的历史与现状。这一章主要对拉康的精神分析概念进行探讨，以便对主体问题有一个初步认识。

法国精神分析学家雅克·拉康自1920年代从事医学和心理学研究以来就一直对人格的心理构成有浓厚的兴趣。他对妄想型人格、攻击性人格以及人的心理生成等进行了深入研究，并围绕着一个中心问题，即主体问题，展开讨论。拉康在1950年代初语言学转向之前对主体的探讨都是以哲学为理论基础的。虽然1953年提交的会议论文《罗马报告》标志着拉康在精神分析方法论上的突破性进展，但是1926—1952年这一"前语言"阶段为以后理论的发展奠定了哲学基础。而且这一阶段产生的著名的"镜像理论"贯穿着拉康后来的学术生涯，成为最广为人知的精神分析观念之一。因此，对拉康早期思想和精神分析实践的探讨有助于我们理解他的全部思想体系，也有助于我们了解当代西方文论中的主体性概念。

一、拉康的思想渊源：黑格尔哲学

拉康早期的主要著作有：1932年完成的博士论文《论妄想型变态心理及其与人格的关系》，1938年为《法兰西大百科全书》第八卷所写的两个长篇词条（1984年合并发表为《个性形成过程中的家庭情结》），以及会议论文《精神分析研究中的攻击性问题》（1948）和《镜像阶段在自我形成过程中的作用》（1936,1949）等。在这些著述中,拉康从不同角度论述了人格,包括病态人格的形成过程,并阐述了自我与其外在的人文环境的关系。拉康的基本观点是:自我之外的人和事物对主体具有能动的构成作用。主体的生成是建立在与他者之间的关系的基础之上的。这一思想深受黑格尔哲学的影响。

在 1933—1939 年间,移居欧洲的俄裔左派黑格尔哲学家亚力山大·科也夫在巴黎举行了一系列关于黑格尔《精神现象学》(1807)的讲座。虽然在此之前法国已有人译介黑格尔哲学,但是在知识界真正产生影响的却是这些讲座。许多学术界、艺术界的名流如哲学家巴塔耶、梅罗-庞蒂、凯诺,以及超现实主义艺术家布列东,当然也包括拉康都参加了这些讲座。当时法国哲学界是笛卡尔传统哲学和新康德主义的一统天下,因此这些讲座有巨大的理论革新意义。科也夫认为黑格尔关于主人与奴隶的辩证关系的论述是一个重点。这一关系实际上涉及自我意识与他人意识的关系以及为他人承认而进行的斗争和欲望本身的性质等重要问题。对黑格尔来说,自我意识的产生和存在是依赖于他人的,是以他人意识为前提的。

黑格尔说,"自我意识是自在自为的,这由于,并且也就因为它是为另一个自在自为的自我意识而存在;这就是说,它所以存在只是由于被对方承认。"(黑格尔,1981a,122)因此,自我与他者不可分割,自我由于非我而得以生存。这一点在主奴关系中得以充分表现。主人之所以是主人是由于奴隶的承认,由于对奴隶的奴役和驱使。在这种支配性关系中主人的身份和地位得到确立,主人的自我得以实现。但是这种关系也使主人处于危险的境地,由于主人对奴隶的依赖性使其无法超越自身而进入自由王国。而奴隶实现自我的方式则是劳动。通过对物的加工改造,奴隶作为人的存在得以确定。而由于奴隶的产品不仅满足主人的需要,也得到社会的承认,因此奴隶的存在则更具有社会性和独立性,因而最终具有更大程度的自由。黑格尔说,"正当主人完成其为主人的地方,对于他反而发生了作为一个独立的意识所不应有之事。他所完成的不是一个独立的意识,反而是一个非独立的意识。因此他所达到的确定性并不是以自为存在为他的真理……"而奴隶的情况正好相反。"正如主人表明他的本质正是他所愿意作的反面,所以,同样,奴隶在他自身完成的过程中也过渡到他直接地位的反面。他成为迫使自己返回到自己的意识,并且转化自身到真实的独立性。"(黑格尔,1981a,129)

拉康极为重视黑格尔关于自我意识产生的辩证法,认为这是理解自我概念的基础。后来在1953—1954年度开办的"研究班讲座"中,拉康专门讨论了黑格尔主奴关系的理论。他说,黑格尔出色地论述了人之间关系的问题,但他认为这种关系"不是人之间的合作,也不是契约,更不是爱的结合,而是斗争和劳作"。黑格尔正是从"否定性"的角度来理解这一关系结构的性质。(Lacan,1988,223)这时拉康已经从想像界和象征界的角度理解主奴这两个角色了。他认为主人与对象是想像性关系,奴隶则为象征性关系。因为"当你去工作的时候,由于有规则,时刻,我们也就进入了象征的领域。"(Lacan,1988,223)

从黑格尔的理论中,拉康得出了几点启示。首先自我不是一种生物性的存在。自我是一种对自我的意识,产生于他人的承认。所谓欲望是对他人欲望的欲望,是对他人要求的满足。这一思想使拉康得以把人的心理欲望与生理需要区分开来,并超越了弗洛伊德和"自我心理学派"以生物学为基础的自我概念。正是在力求获得他人承认这一点上人与动物有了区别。动物毁灭对象,饮食并不能产生自我意识。而人,比如主人,他保留对象,奴役他但并不消灭他。通过奴隶的存在获得主人的意识。因此主体不是一个实体,而是一种关系,一种与他者的关系,他者在自我的形成过程中起着决定性的作用。获得家庭成员的承认则成为某种家庭的角色或自我;满足社会的需要则形成社会性的自我。这个"他者"的性质越抽象,范围越广阔,主体的社会化程度就越高。

因此在拉康对自我的表述中,"里比多"的概念被黑格尔的"欲望"概念所取代。而欲望从本质上说是一种空无,一种不在场,一种等待他者填充的空白。在《镜像阶段》一文的开头,拉康声称他的主体理论是与笛卡尔"我思故我在"的哲学传统背道而驰的。(Lacan,1977a,1)因为这些哲学都是以"存在"或"有"作为理论出发点。不管这一"自我"的内容和性质是什么,无论它是笛卡尔的思维主体,还是康德的先验主体,或者是弗洛伊德晚期的本我或"伊德",它们都是"有",是一种先验的"存在"。而拉康的出发点则是"无",或者说是"从无到有"。自我首先是一种"不在"或"零度"存在,只是由于后天与他者求同才获得一种关于存在的感觉和心理意识。

可以说拉康继承了哲学史上另一个源远流长的传统,即"否定性本质"的理论传统。柏拉图在评论诡辩学派时说,"不在"和存在同样重要:"此物的本质在于与他物关系的总和。"(Smith II and Helfand, 147)这实际上已经涉及了存在与不在,自我与非我之间的辩证关系。斯宾诺莎也持有类似的观点。但他不仅认为"不在"与存在相关,而且"不在"有决定性力量。他认为"一切决定性作用都是否定性的"。因此"不在"也就成了自我获得存在的内在动力。黑格尔的主奴关系辩证法正是这种思维方式的形象表述。只是在黑格尔那里,这种关系更为复杂,是一种相互转化的动态结构。此外萨特也可以包括在这一否定性传统之内。拉康正是从黑格尔的角度理解萨特的。他避开了萨特关于纯粹独立的自我的存在主义观点,而经常涉及《存在与虚无》(1943)中关于自我与他人,观看与被看以及趋从与支配等辩证关系的分析。沿着这样一条思想脉络,拉康把自我看作空无,把欲望定义为"存在的缺乏"(lack of being)就不足为怪了。正是这种"缺乏"促使我们为了我们的存在,为了他人的承认而奋争。我们在不断地吸收、内化他人的欲望的过程中获得自我的建构。因此,拉康认为欲望并不存在于我们内心之中,欲望存在于我们与他者之间。欲望不是生物性能量的迸发,而是人际间的交流。

拉康用黑格尔哲学改造了弗洛伊德的理论,挖空了自我中的"里比多",并以家庭、社会关系取而代之,继而以语言关系取而代之。在其早期著作中,拉康从心理和病理诸方面讨论了这一关系。他主要从肯定和否定两个角度分析了主体和他者的动态结构。

二、主体与他者的肯定性关系:镜像作为同一性幻觉

弗洛伊德关于自我的认识前后并不是统一的。弗洛伊德有两

个关于自我的概念。一个是在《论自恋》(1914)和《哀悼和忧郁症》(1915)等文章中表述的由自恋产生的自我。一个是在《自我与本我》(1923)和《精神分析概要》(1938)等文章中阐明的基于"本我"的自我。在自恋模式中,自我被理解为在"里比多"驱使下的一系列求同行为的结果。因此自我是动态的、发展的,是一个过程。"里比多"把所爱的人或物作为释放能量的对象,也可以把自己的形象或身体的某一部分作为释放能量的对象。而这两种对象是可以互相转化的。在哀悼行为中,由于所爱对象的丧失,"里比多"就有可能转移到自身,形成自恋其身体,甚至自恋其身体上某种病痛的忧郁症。在本我模式中,本我被理解为"里比多"的载体。自我作为本我和超我之间的调节中介,一方面受"里比多"的驱动,一方面服从于社会文化戒律。这一自我虽然是文明实施压抑的结果,但仍然有浓厚的生物学色彩。

拉康曾经提倡"回到弗洛伊德"。这是拉康不满"自我心理学派"发展弗洛伊德的本我模式的自我观念,而号召人们返回自恋模式的自我观念。因为自恋模式的自我所涉及的是一个非固定的主体,一个分裂的主体。在自恋模式中,自我不是一个实体,它在不同时间,不同关系网中表现形式也不同。自我甚至不是一个完整的统一体。当它的能量转向自身时,它就同时兼为主体和客体,处在一种分裂状态。拉康的自我观念非常接近这一模式,但他关于心理能量或动力的来源的看法与弗洛伊德不同。弗洛伊德认为"里比多"是最终的动力,本我就是"里比多"的大容器。而拉康则认为"缺乏"、"不在"或"空无"才是真正的动力,它促使自我填补自身的空虚。

因此拉康的自我观念以"空无"作为逻辑起点。拉康描述了婴儿自我意识的形成过程。首先婴儿的身体处在一种不和谐状态之中。婴儿的神经系统尚未发育成熟,无法随意支配自己的四肢,也无法控制和协调自己身体的其他部分。因此它的感觉和对外界的体验都是不确定的。拉康用了一个双关语"l'hommelette"来称呼婴儿。这个法文词的一个意思是"小人",另一个意思是像鸡蛋那样的浑沌状态,因而正好描述了婴儿的状况。这种状况从婴儿出生起一直延续到大约一岁左右,比任何动物所用的时间都要长。在这段漫长的"动力无助"(motor helplessness,弗洛伊德语)时期,婴儿充分体验了身体功能的不健全以及肢体之间的不谐调所引起的不安和焦虑。这种对"破碎的"或"分裂的"身体的体验无疑在婴儿的心理上留下了深刻的印记,以至于这种体验和"破碎的身体"(the fragmented body)的形象还会出现在成年以后的梦中。(Lacan,1977a,4)

但是在第六个月婴儿的视觉器官发展到一定程度时,拉康根据其他人的心理实验,婴儿开始注意到自己镜中的形象,并且对它异常地感兴趣。① 婴儿在镜前的表现是令人吃惊的,它身体"微微前倾,试图用凝视捕捉镜像,把这瞬间的形象带回"。(Lacan,1977a,2)虽然婴儿现在仍无法主宰自己的行动,离开他人的扶助甚至无法站立和行走,但是它却可以支配镜中的形象,它的运动可以导致镜中形象相应的运动和变化。镜中形象的统一性、整体性、固定性和完美形态预示了婴儿的未来。婴儿把自己等同于这一理想形象,从而克服了对"破碎的身体"的不良感觉和体验,获得一种超前的自我意识。因此婴儿对自我的第一次确认也是一次误认。自我的形成是建立在主体与身体的实际状况的想像性关系的基础之上的,是无意识最初产生的地方。

这里也可以看出拉康与弗洛伊德对无意识看法的区别。对于拉康来说,无意识不是冰山下隐藏的黑暗部分,也不是在山洞深处发现的秘密。无意识不是实体,而是一种关系,是主体和他者之间的关系结构。此外意识与无意识也是相反相成的,正如一张纸或一枚硬币的两面:从某种角度看是意识,是自我的确认,然而这一确认或自我意识同时又是虚幻的、想像的、不真实的,是对自我实际状况的歪曲,因而也是对自我的无意识。

镜像不只在婴儿时期发挥作用,作为"他者",它对自我的塑造功能贯穿于人生的始终。拉康说,"我把镜像阶段的作用看作是一

---

① 拉康所引用的证据已经过时。根据当代心理学家的实验,婴儿在 15 个月之前不能把自己等同于镜像。参见诺曼·霍兰德《拉康理论的弊病》。(霍兰德,195—96)但拉康的镜像理论仍在文学批评和电影评论中被广泛接受和引用。

个建立在机体与现实、内与外的关系基础上的物象(imago)作用的特例。"(Lacan, 1977a, 14—15)由于自我本质上的内在空虚性,它需要外在的他者不断充实和确认自己。镜像只是其中的一种,其他事物也可以具有镜像的功能。比如母亲的关注,父亲的权威,家庭中的角色,社会中的地位,语言中的"我",都可以起到塑造自我的作用,都为主体提供了一个心理的生存空间。这就是拉康后来概括的"想像界"。它超越了时间上的阶段性,成为我们获得身份感的主要模式。

拉康"镜像理论"的影响是极为深远的。阿尔都塞的意识形态理论就吸收了拉康的镜像观念并加以发挥。阿尔都塞把意识形态定义为人与现实之间关系的想像性表述,具有明显的拉康色彩。阿尔都塞认为人作为社会的一员从根本上说是无足轻重的。用我们熟悉的比喻说,人只是这架社会大机器上的齿轮和螺丝钉。人是某种社会角色,是社会结构派生的功能。任何人都可以充当这一角色,占据这一位置。但是我们这种无足轻重的性质或"空无"的本来面目并不是我们对自己的看法和体验生活的方式。我们通常把自己想像为主动的、重要的人,从事着有价值的活动。这样生活才有意义,我们才能摆脱令人烦恼的空虚,为我们的生活赋予意义和价值。使我们的自我理想化的思想体系就是意识形态。意识形态掩盖了我们的实际性质和与外界的真实关系,把我们置身于一个虚幻的中心位置,使我们处于对现实的"无意识"状态之中。

阿尔都塞认为,宗教就是这样一种意识形态。宗教维持的就是人与现实的想像关系。上帝存在与否这并不重要,关键是关于上帝的假设为人的生存提供了意义,为人与世界的关系、人与他人的关系提供了一套解释。虽然这一套解释并不一定反映人的实际生存状况,也许正是掩盖了人的阶级关系、民族矛盾。但是正是这种掩盖或想像为信仰者创造了一个积极的心理空间,使他可以克服生活中的缺陷、困惑、不足与空虚,使一个充实而完美的自我,一个统一的、理想化的主体得以诞生。因此宗教不是科学,不是哲学认识论,它是一种生活实践,是人的一种生存方式。它可以从心理生成的角度,特别是可以用"镜像理论",加以解释。

三、主体与他者的否定性关系：妄想型与攻击型人格

但主体与他者的关系是复杂多样的，并不仅限于同一性的肯定关系。人类不仅创造了有价值的思想体系、乌托邦、人文理想、文化艺术等为人的生存提供意义的"他者"，人类还进行战争、杀戮、毁坏、犯罪等负面行为。在这些行为中，人不是构造对象而是毁灭对象，不是与"他者"求同，而是对它进行否定。那么这种现象又如何解释呢？它与镜像求同现象有什么区别与联系？主体与他者的这种否定性关系是否也可以从个体心理生成过程中找到雏形呢？

拉康很早就开始关注病态人格中主体与他者的否定性关系这一问题。他的博士论文《论妄想型变态心理及其与人格的关系》详细研究了一个他称作埃梅（Aimée）的精神病患者。埃梅是一个38岁的铁路职工，一天晚上在巴黎一家剧院持刀攻击了一个著名的女演员。事后她解释说这个女演员要迫害她，并散布有关她的谣言。而实际上她们并不相识。

通过调查和交谈，拉康发现埃梅是一个很有艺术气质和文学野心的女性。她写诗，写小说，但都被刊物和出版社拒绝。她早年与母亲同住，后来与姐姐生活在一起，始终没有独立。她对她们的关系和感情很奇特，既依赖于她们，又想逃脱她们的控制；既尊敬她们，而内心深处对她们又十分冷漠。拉康认为这种既爱又恨的矛盾心理预示了埃梅后来的人格分裂。很显然，被刺的女演员所代表的是埃梅的人格理想，是她要达到的人生目标；因此是她的"镜像"，是她努力求同的"他者"。但是当埃梅的文学实践失败后，这一理想与她的自我的距离和虚幻关系就暴露了出来。这一"镜像"所反映的不是一个完美统一的自我，相反，它映衬出自我的另一方面，即"缺乏"、"不在"、"空无"的前镜像状态，并激起焦虑与仇恨的负面心理体验。因此从妄想型求同失败后涌现出的自我是一种极度分裂的人格。"他者"与自我处于一种否定性关系中：它否定自我的存在，昭示自我的"缺乏"。因此它确确实实是一个"迫害者"。当埃梅的刀刺向对方时，她所要否定的是对她的否定，她想消灭的正是她内

心的虚无。

拉康把这一心理现象称之为"否定性移情"(the negative transference),即所爱的理想形象可以同时成为痛恨的对象。通过某种"象征性的贬损",结果使对方"降格、转变、受抑制"。(Lacan, 1977a, 14—15)拉康也把这种行为称之为"自恋自杀式的攻击"(narcissistic suicide aggression),即对他人的攻击实际上与自我的状况密切相关,是自恋行为的变体。在自我得以形成的求同和自恋活动中,"毁灭性因素已经交织其中,逃避异化的惟一方式就是对异化状态的攻击。"(Bowie,34)也就是说,攻击对方的缺陷或"存在的缺乏"是克服和逃匿自我存在的缺陷的有效途径。

这种现象在侵略性人格中表现得尤为明显。在《精神分析研究中的攻击性问题》一文中,拉康把"破碎的身体"看作是人类毁灭性行为的核心象征。它有多种表现形式,如臆病患者的肢体幻象,儿童的砍杀游戏,原始社会中的切割礼,以及古希腊普罗克拉斯提斯的神话。① 在所有这些活动中,中心目的就是要把对象还原为"破碎的身体"。这种对对象的毁坏实际反映了主体本身的分裂状态。拉康十分推崇弗洛伊德《否认》(1925)这篇文章。弗洛伊德认为,人们常说"我不是这个意思","我不想伤害你"等等,但实际上他所说的正是这个意思,他所做的正是在进行伤害。因此他否认的内容正是他潜意识中要表达的内容。弗洛伊德说,"在否认的条件下,被压抑的形象和观点能够通向意识中去"(Freud,1957,235),这就是说,他否认的正是他自己的真实状态和与他人的真实关系。

拉康吸收了这一观点,在对心理病人进行治疗时,他有意鼓励病人与医生发展出一种否定性关系并进行对话,以探测病人内心的实际状况。拉康说,"我们千方百计试图避免让病人发现他的攻击性意图可以由反对、否认、夸张、说谎之类的反应组织起来加以说明。根据我们的经验,在对话中,这些正是自我功能的典型存在方式"(Lacan, 1977a, 14—15)。因此否定正是曲折而隐晦地肯定某种事物存在的一种方式。而在攻击性行为中,攻击者所揭示出的对

---

① 普罗克拉斯提斯为古代希腊的强盗,传说他抓住人后让高者睡短床,砍去身体多出的部分;让矮者睡大床,并把其身体拉长。

方的短处和不足，正是自我在另外某些方面的短处和不足的象征。他使对方遭到破坏、毁灭，使之还原为"破碎的身体"，正是自我对其本身的破碎和分裂状态的恐惧和忿恨的表现。这就是攻击型人格毁灭对象时所具有的心理状态。

拉康的镜像理论可以应用于广阔的文化研究领域。比如，主体与他者的这种肯定和否定的关系就反映在西方人所营造的"东方主义"之中。"东方主义"有两种形态，一种是 19 世纪下半叶由一批法国和英国的印象主义画家和唯美主义作家、艺术家所构造的东方主义理想或"艺术乌托邦"。其代表人物有莫奈、德加、马奈、惠斯勒、奥布里·比尔兹利、王尔德、叶芝、A. S. 萨利文等。他们深受东方艺术的影响；他们收集东方的艺术品，工艺品，生活用品，从中获得艺术的灵感。在他们的作品中，东方的人、物被描绘得具有异国情调、神秘色彩；在他们的文字叙述中，东方国家成为太平盛世式的理想王国。王尔德曾经表达过对东方国家的向往。他说他要到日本去旅行，亲眼目睹如画的东方美景。他说，"我感到一种不可克制的欲望，我要去日本漫游，在那里度过我的青春。我要坐在开满白花的杏树之下，用青瓷杯品尝琥珀色的茶，观看没有透视点的风景。"(Wilde, 1962, 120) 显然，这一田园诗般的东方国家成了西方人眼中的理想形象，无论它是否与事实相符。

然而在西方人眼中还有另外一种东方，一种历代殖民主义者勾画的蛮荒而丑恶的东方。在这里，东方不再是艺术的摇篮，东方人也不是文明的族类。东方人被描述成自私、野蛮、懒惰、无知、凶残、固执的人，相貌丑陋，互相残杀，具有奇怪的生活习惯、荒诞的宗教信仰。他们是无身份、无个性的一群，生活在丛林草莽之中、荒原山峦之上，或奇异神秘的城市之内。19 世纪法国作家于勒·凡尔纳在《环球八十天》(1872) 中就描写了这样的东方。在这本书里，日本成为一个奇怪的国家，其国民也十分怪异。他们擅长魔术，精于杂耍。"杂技艺术家"的鼻子很长，很坚挺，可以支撑数人于其上。印度成为一个野蛮而恐怖的国家，寡妇要在亡夫的棺材上被焚烧。庙宇肮脏而拥挤，人们横七竖八地睡在地上。丛林神秘而潮湿，人们以大象为运载工具。

其实这两种东方的形象都无真实性可言。爱德华·赛义德在《东方主义》(1978)一书中说,"东方主义抹杀了东方"(Lodge,1988,298)。东方主义话语中的东方与实际的东方社会并无什么关系,而与西方社会却有深刻的必然联系。东方的形象是西方的他者。这两种东方的形象与西方主体与他者的肯定和否定的关系相对应。在肯定的形象中,西方艺术家所奉行的"为艺术而艺术"的理想得以实现。而西方工业化生活中的弊病因此得以克服,商业化生活中的实用关系在想像中得以掩盖。艺术家通过东方主义营造了一个超然于社会之上的主体的家园,为其存在赋予了深刻而美好的意义。而在否定的形象中,西方对东方的"躯体"进行了肢解和还原,把西方人在东方的经历描述得如同精神病人的梦魇一般。而实际上,通过对东方形象的抨击、诋毁、嘲弄和攻击,西方人自己得以逃脱这一梦魇,清洗了对本民族残酷历史的记忆。通过外化自身的缺陷和病痛,西方人宣泄了对这些缺陷和病痛的恐惧。他们试图在想像中割掉社会中的毒瘤,其目的不过是为了拯救自身的机体而已。在第五章中涉及英国与爱尔兰之间的文化关系时我们还会讨论这一否定性关系。

总之,拉康关于主体与他者的"想像性"关系的论述不仅有助于我们了解自我的心理生成过程和机制,而且使我们对主体的性质有一个更为深入的认识。主体概念是拉康理论的核心,与之相关的心理状况更是他关注的对象。拉康曾说,他一生都在研究以"爱"为主题的哲学家。然而在他生活的动荡不安的年代里,正如评论家指出,他的理论更多地解释了"痛苦"、"失恋"、"欲望"与"缺乏"。(Sarup,x)

第四章　作者、主体的能动性与剩余快感

上一章论述了拉康的镜像理论以及无意识的主体作为文学与社会生活之间的"心理中介"问题。在了解了拉康早期对主体的看法之后,有必要对西方思想史上的主体概念作一个历史回顾,使我们对这个问题有更为深入的理解。本章从作者概念着手,从三个方面讨论了主体性观念。笔者认为,在人文主义、后结构主义主体概念之外,我们可以探讨第三种主体性。而作者概念,特别是近年来西方学界对"作者的回归"的讨论,以及晚期的拉康和齐泽克对主体问题的洞见,为我们理解新的主体存在方式及其能动性提供了可能。

一、"作者"概说

所谓作者,在文学批评中指那些根据自己独特的生活经历和想像力创作出文学作品的人。这是 M. H. 阿布拉姆斯在其权威的《文学术语辞典》(2005)中按照常识给出的定义(Abrams, 2005, 15)。但阿布拉姆斯紧接着指出,这一基于常识的作者概念在 1960 年代受到了来自结构主义与后结构主义理论的挑战。由于结构主义与后结构主义拒绝将主体或个人当作作品意义的最后来源,"作者"也就成为一种交织着各种文化符号与社会关系网络的"空间":"作者被说成是文本的产物而非文本的生产者;即被描述成为一种在文本语言作用下的'结果'或'功能'。"(Abrams, 1999, 15)按照这种表述,作者由传统文学批评中的个人转化为某种社会文化的建构过程。"作者"成为各种社会力量和话语实践构成的"场域"。

引发作者概念由实体转换为空间的是 1960 年代前后崛起的三位法国理论家:巴尔特、福柯、德里达。他们分别就作者问题写过一

篇专门的论文。巴尔特和福柯的文章发表于 1960 年代末,影响很大,已经成为 20 世纪西方文论的经典。德里达的文章源于 1979 年加拿大蒙特利尔传记文学会议,观点十分独特,值得关注。巴尔特在《作者之死》(1968)中说,写作"消灭"了作者的声音,并取消了作者的原创性。写作是"中性的、组合的、不透明的空间,我们的主体在其中滑脱了。写作又是否定的空间,其中所有的身份都丧失了"(Barthes, 1977, 142)。正因为如此,"文本不再是一行行发出单一'神学'意义(作者/上帝的'信息')的字句,而是一种多维度的空间,各种非原创性写作在其中混合并碰撞"(Barthes, 1977, 146)。这种关于作者的理解和表述有些类似巴赫金早在 1920 年代就提出的对话性作者和复调小说。在《陀思妥耶夫斯基艺术问题》(1929)(后于 1960 年代修改再版为《陀思妥耶夫斯基诗学问题》)一书中,巴赫金将文本之外的"他者"以及它与实际作者的思想互动看作是作品意义的来源和组成部分。从这个意义上说,作者不再是一个有血有肉、有理智有情感的活生生的个人。巴尔特认为,在文学作品中,"是语言,而非作者,在说话"(Barthes, 1977, 143)。如果说作者真有什么作用,它充其量不过是一部"大辞典"(Barthes, 1977, 147)。

巴尔特判定"作者之死"是有历史依据的。他提及作者概念产生和发展的历程。巴尔特说,"作者是一个现代人物,是我们社会的产物;它产生于中世纪、英国经验主义、法国理性主义以及摄政时期对个人的信仰"(Barthes, 1977, 142—43)。遗憾的是巴尔特并没有就这一出色论题作进一步探讨。但巴尔特的这一历史维度得到了福柯的认同。福柯并没有简单地取消作者的存在,而是把它看作是特定历史时期某种思想文化的建构。因此福柯把作者定义为"话语的一种功能"(Foucault, 1995, 235),也就是说,在某一历史时期或社会结构中已经存在的思想观念或话语模式需要一类我们称之为作者的人物存在。首先作者这个名字与实际人物有着重要区别。如荷马或莎士比亚这些名字主要是和其作品有关,或者进一步说和文学话语系统有关。至于这些名字背后是否有其人并不重要。文学话语系统要求作者是其作品的拥有者,这反映了著作权的概念。因此从西方"作者"概念的发展看,它主要产生于 18 世纪,是与

"人"、"文学性"这些概念类似的"差异性"的概念。我们在第一章讨论了福柯在《词与物》中对这个问题的看法。福柯认为,随着17世纪末到18世纪自然科学的兴起,人们对事物间类比的兴趣让位于对事物间差异的兴趣。人们开始关注事物的特殊性,即一事物与他事物之间的差别。于是开始关注人的本质、文学的本质这样一些问题。实际上,从根本上说这是资本主义市场经济、法律制度以及个人主义意识形态的产物。可以说作者就是某种社会结构的功能和结果。

因此我们可以将作者理解为一种建构。巴尔特视之为语言建构,福柯视之为历史建构。那么按照这种逻辑,脱离语言和历史的社会文化建构来讨论作者并没有意义。作者之所以存在,是因为某种特定的历史时刻,话语系统把作者和文学作品联系了起来。从实际生活中看,作者的生活之所以引起广大读者的兴趣,也是因为他的作品。作品点亮了作者的生命之光;作者因为作品回到这个世界之中。这样说有些类似尼采的"永恒轮回"概念。德里达正是从"永恒轮回"的角度看待作者。德里达的论文《在作品中聆听作者的生活:尼采教学与名字的政治》(1984)虽不如巴尔特和福柯的文章那样轰动,但也经常被人引用。德里达提出一种作品与作者的"辩证法":在作品之前,作者不为人知,处于"死亡"状态;在作品之后,作者的生活,特别是伟大作者的每一生活细节,都显示出重要性。作者在作品之后"诞生",具有"死亡"与"复活"的双重特性。简单说,作品使作者生命化,也使作者的生平文本化,作品是作者的"前言"。德里达以尼采为例,尼采早期的作品如《重估一切价值》、《查拉图斯特拉如是说》、《偶像的黄昏》等,都是他的自传《瞧,这个人!》的"序言"。(Derrida, 1985, 12)这个死与生的分界线就是"尼采"这个特有的名字。当尼采在书本上挥笔写下这个名字之后,他就复活了。他的作品在"讲述他的生活"(Derrida, 1985, 12),他的作品是他生命的"储蓄"(Derrida, 1985, 8)。因此可以说,一个本真的尼采,一个原有的、事先存在的尼采,"仅仅是一种偏见"。"没有人听见我说话或看见过我,我只生活在我的储蓄之中。"(Derrida, 1985, 8)我们记得德里达的名言:文本之外别无他物。那么作者概念也遵循着同样的逻辑:不仅作品之外没有作者,而且作者还是作品的"延伸"。德里达这样评论尼采:"在他的名字中他延伸了他自己。"(Derrida,1985,9)

德里达使我们回想起英国作家王尔德的奇特观点。王尔德以通俗的格言形式表达了同样的思想:他说,"生活本身是第一位的,也是最伟大的艺术;其他一切艺术作品不过是对它的准备。"(Wilde,1966,103)同样,王尔德在这里强调的不是作者,而是文本化的作者生活。由此可见,德里达关于作品与作者的辩证法不仅继承了巴尔特关于作者是语言建构的观点,而且更进一步,把作者生活本身也理解为这一建构的产物。"你无法理解他生活中的任何事情,无法理解他的生活和作品,直到你聆听到他的思想。"(Derrida,1985,13)因此作者是文本的"叙事"(Derrida,1985,11),每一个作者都是其作品的"遗腹子"。

以上三位理论家颠覆了传统的作者观念。虽然此前 T. S. 艾略特、比尔兹利和维姆萨特以及更早的巴赫金等对作者的作用、作者的意图和作者与他者的关系都有过精彩论述,但是巴尔特、福柯、德里达使作者问题具备了空前的理论深度,现在任何人讨论作者问题都不能无视他们的存在。那么他们关于作者之死、作者的历史性、作者的轮回这些观点的理论依据是什么?他们根据什么样的哲学、语言学、心理学理论将作者概念推演到这样一个极端?在他们之后,我们是否还有重新理解作者概念的空间?在回答这些问题之前,我们需要先对文学批评史上的各种作者观念以及相关的主体理论作一个简单的回顾。通过梳理作者观念在历史上的发展演变,我们可以理解这些理论家的承前启后的作用,同时也为我们超越后结构主义,进一步理解作者提供可能。

二、自我/面具概念与文学批评中的修辞学作者

在古代希腊和罗马,作为作品意义之终极根源的作者并不存在。作者对于作品的作用完全不像今天这样突出且重要。作者与作品的联系还没有在特殊的话语体系中建立起来。虽然有些批评

家如阿布拉姆斯对这一看法持怀疑态度,但总的说来,把作者看成是神的代言人在古代希腊十分普遍。我们熟悉的荷马史诗就是典型的例子。我们看到荷马(学者倾向于把他看作历史上许多诗人的集合体)在《伊利亚特》和《奥德赛》中都频繁地祈求神的灵感。在《伊利亚特》的开篇有这样的句子:"歌唱吧,女神,唱出阿卡琉斯的愤怒。"(Homer,1997,1)在《奥德赛》则更为明显:"在我心中歌唱吧,缪斯,通过我讲出那个全能之人的故事。"(Homer,1961,13)古代人认为,艺术这类事情由缪斯掌管;艺术创作远非人力所及。所以荷马史诗中所传达的思想和信息来源于神,而非"作者"。柏拉图的对话《伊安篇》对这一思想作出了理论概括。伊安是个唱诗人,在诗歌朗诵比赛中获得大奖,得意洋洋。他在归途中遇见苏格拉底。经过一番巧妙的逻辑推演,苏格拉底最终说服伊安,他的灵感和成就均来自神灵。神性就像是一块"赫拉克勒斯"磁石,诗人、唱诗人、听众不过是挂在磁石下面的一连串"铁环"。神性就像磁力一样发散,把灵感传递给旁人。伊安和所有其他"诗人"一样,"并非借自己的力量在无知无觉中说出那些珍贵的辞句,而是由神凭附着来向人说话。""神……用他们作代言人。"(柏拉图,1991,9—10)

荷马史诗和柏拉图的例子清楚地说明大多数古代人如何看待"作者"。我们今天所理解的、作为创造性天才的作者并不是流行观念。当然对于这样一种看法,如上文所提及,有些学者持保留意见。阿布拉姆斯在《什么是人文主义文学批评?》(1995)一文中认为,所谓后结构主义关于作者之死的言论只是一种认知模式,并不能完全说明文学史上的全部事实。即使在古代,比如维吉尔与贺拉斯的时代,诗人仍然"要为他们的题材、形式和品质负责。"(Abrams,1995,23)贺拉斯在《诗艺》中提出诗人必须训练自己以成为语言和诗艺的主宰。(Abrams,1995,23)可见,这种人文主义视角与后结构主义是完全对立的,而且有自己的历史依据:"我们在亚里士多德的《诗学》、朗吉弩斯的崇高风格论和其他古典作家对修辞的论述中都可以发现这种认知模式,以及类似的关于文学作者的角色的观念。"(Abrams,1995,24)其他批评家也指出,在柏拉图、朗吉弩斯时代甚至以前,关于"文学创作的'技术'理论"就已经十分流行。我们甚至可以发现古代许多关于创作技巧的"手册"（Technical "how-to" manuals）。这些手册补充说明了朗吉弩斯的信念："艺术天才"并非全部是先天的；特别是在风格和语言技巧方面，诗艺是"可以传授的"。（Mitscherling et al, 27—29）

关于阿布拉姆斯以及其他批评家所论述的"修辞学"作者的问题，我们在后面还要详加讨论。在这里我们仅指出，既然阿布拉姆斯把作者的"生与死"理解为两种"认知模式"或"范型"（paradigm），那么对这些"认知模式"本身的探讨就具有重要意义。实际上"认知模式"的概念本身就具有十分激进的后结构主义色彩，与福柯的"知识型构"（episteme）的有异曲同工之处。在第一章中我们讨论了托马斯·库恩在《科学革命的结构》（1962）一书中提出的"范型"说对文学概念的构成作用以及它与福柯的联系。所以关注"认知模式"对概念的塑造作用，正是福柯的思想方法：探讨"知识型构"，梳理各种观念的起源、发展和演变，发展出所谓思想观念的"考古学"。

因此，考察作者观念的历史演变，并研究它与"个人"概念的关系，是理解作者问题的有效途径之一。首先我们看一下"个人"这个概念。"个人"这个词源于拉丁语 persona，意思是"面具"或通过面具发出的声音效果。Persona 这个词我们今天在戏剧领域还在使用，意指戏剧人物即舞台上的角色。所以，历史上人的第一个"身份"是面具；人并不具备我们今天所理解的先验本质。人只有站在舞台上，戴上面具才能说话。因此，柏拉图关于人是神的"代言人"的观点并非不可思议。在当时戏剧风行的时代，把人理解为某种角色并不奇怪。崇尚希腊文化的王尔德说，给人一副面具，他就能告诉你真相。这和我们今天在私有财产和个人主义盛行的年代把人理解为个体存在一样，都是某种思维定式所决定的。

法国社会学家马歇尔·莫斯早在 1930 年代就指出，"人的观念"或"自我的观念"在西方是逐步产生并经过许多个世纪才发展成熟的。（Mauss, 59）在其著名的《社会学与心理学论文集》（1938）中，莫斯以大量的历史事实证明，"自我范畴"、"对自我的膜拜"是一个"多么晚近"的社会现象。（Mauss, 62）莫斯给出了一个"个人"诞生的路线图：从古代希腊的面具和角色概念，到古代罗马的公民概念，到中世纪基督教的道德责任和忏悔中产生的自我意识,个人逐渐在社会生活中崭露头角。后来经英国哲学家休谟的个人感觉观念,笛卡尔的理性自我观念,到康德与生俱来的主体认识范畴,"个人"终于从生活实践上升到哲学观念。莫斯指出:"从化妆假面到面具,从角色到人、名字、个人,从个人到形而上学价值和族群价值,从道德意识到神性存在,由此到基本的思想和行动模式,这就是我们所涵盖的路线。"(Mauss,90)

我们今天奉为常识的作者概念就是建立在这样一个"个人"概念基础之上的。从莫斯的研究中我们可以看出,这个个人概念在中世纪开始出现萌芽。基督教祈祷和忏悔的日常生活实践开启了个人的自我意识。人因此需要为自己的行为和思想承担责任。而这种独立的自我意识反映在哲学领域就是笛卡尔的个人理性和休谟的个人感觉观念。到康德的"先验综合",人的概念上升到如何认识世界的能力的问题。经过19世纪欧洲浪漫主义运动,个人主义思想传播到文艺领域,个人的情感作用被无限夸大,个人的才能被认定为文艺创作的源泉。柏拉图关于神传导灵感的作者概念被替换为个人灵感的作者概念。这种个人灵感说,经过大量的创作实践和批评实践,使天才作者的形象深入人心,逐渐成为人们的常识。批评家的职责就是去努力发掘作者的意图,以期对作品有更好的阐释。普通读者更是愿意相信有关作者的种种神奇的传说。英国诗人柯尔律治吸食鸦片之后在半睡半醒状态下创作《忽必烈汗》的掌故广为流传。而客人的敲门声惊醒诗人的睡梦,致使诗篇成为未完成杰作,不知让多少读者为此惋惜扼腕。

在文学批评领域,天才作者观念在20世纪演化为有关道德情操的"真诚"(sincerity)概念。作品之所以伟大,是因为诗人有一颗高尚的心灵。但丁的诗篇发自他的内心深处,所以如此感人。在这方面,美国批评家莱昂内尔·特里林的《真诚与真实》(1972)是代表作。在这部讲演集中,特里林探讨了西方文学中的"道德自我"和"真诚"观念。他引用英国诗人锡德尼的话表达自己的观点:"洞察你的内心然后写作。"(Trilling,1972,12)实际上对这种真诚自我与文艺作品的密切关系,我国读者并不陌生。在1950—1970年代中国文艺界十分流行的名言警句诸如"风格就是人"(布封)、文学是"生活的教科书"(车尔尼雪夫斯基)、作家是"人类灵魂的工程师"(斯大林)等等,就是肯定天才作者和真诚自我的观念。虽然这些口号分别来自法国、俄国和前苏联,但与上述"道德自我"的观念异曲同工。这些都是本质主义自我观念的理想主义表述。它们影响广泛,深入人心。

然而,将天才作者概念作为主要的批评视角,或者说把作者的思想感情等同于作品中所表达的思想感情,在批评实践中有很多困难。其中最大的难点就是,古往今来有许多优秀的作者言行不一;也就是说,作者的思想感情与其作品并不统一。在作品中,作者可以表现出崇高伟大的风范;而在实际生活中,这个作者却可能蝇营狗苟甚至是卑鄙小人。我们熟悉的英国作家培根就是其中一个。多少年来,培根的散文风行于世,感人至深。作品中所呈现出的那个作者不仅深刻、睿智,而且品德高尚,趣味纯粹。然而在实际生活中培根却是一个不惜一切手段追逐名利的"小人",把朋友和婚姻当作谋取财富和政治资源的手段。这种反差让喜爱培根作品的读者难以接受。中国古代的散文家韩愈也同样具有这种思想品格的二重性。他的散文艺术和生活作风均堪比培根。

这一普遍存在的作者二重性现象为崇尚真诚作者概念的批评家提出了难题:如何从逻辑上解决作品中的主体与生活中的主体之差异甚至分裂。一些人文主义主体性理论家已经意识到其中的矛盾。写过《论文学的主体性》(1985—86)的批评家刘再复还写过《性格组合论》(1986)。实际上作品人物的多重性格也是作家多元性格的曲折表现,就像"高、大、全"的人物形象也是单一品德的作者的表现。但是,康德哲学、浪漫主义诗学所要求的主体性必须是统一的,不允许有这样的内在矛盾存在。性格组合论与真诚概念是水火不相容的,承认前者就等于颠覆后者。因为,作者思想性格的二重性如果是普遍存在的现象,那么在文学批评中讨论"真诚自我"又有什么意义呢?

实际上早在文艺复兴后期,对人的"内在统一性"的普遍质疑就已经存在。这些人被称作"怀疑论者",其代表人物有蒙田和帕斯卡尔。蒙田曾经这样解释他作品中各种自相矛盾的思想:"我完全不能使我的主题固定不变。……我把这种情况看作常态。""我当下就在改变,这并非偶然为之,而是有意为之。"(Burke,1995,309)不仅如此,蒙田还把自己的作品看作是"一种庞杂的、变化无常的……和矛盾思想的记录"。他说,"我的确时时刻刻都与自己相矛盾。"(Burke,1995,309)这里我们可以看出,蒙田并没有把自己看作是一个完整统一的主体。他的作品也没有蕴含着一个天衣无缝的思想体系。相反,作者坦承自己无法克服思想的矛盾性,而且"时时刻刻都与自己相矛盾"。但是作者并不认为这种矛盾性有什么不合理,因为这是一种"常态"。蒙田这种大胆披露自我矛盾的做法,受到当代批评家的推崇。

类似的哲学家在当代思想家中产生共鸣的还有帕斯卡尔。英国学者约翰·弗罗斯特在《主体概念简史》(1987)一文中论及怀疑论时特别引用了帕斯卡尔的《沉思录》。帕斯卡尔在这本书中多次表达了对自我问题的思考。他认为人没有一个先天的、固定的、内在的本质。人的本质取决于人的行为、社会地位甚至外表。他风趣地说,"如果有人仅仅爱上我的判断力和我的记忆,是否是爱上了我呢?即爱我本人?非也,因为我可以失去这些品质,但不会失去我自己。那么如果这个自我既不存在于人身上也不存在于人心里,它到底存在于何处?而且如果我们不是去爱这些品质又如何去爱一个人的身体和心灵呢?除了这些可以消失的品质之外还有其他什么能构成自我?难道我们爱的是一个人心里包罗万象的抽象本质吗?这既不可能,也有悖常理。因此可以说我们从来就没有爱过某个人,我们爱的仅仅是这些品质。"紧接着帕斯卡尔又强调了一遍,"让我们不要再去嘲笑那些因为职务和地位获得荣耀的人,因为我们所爱的仅仅是这些借来的品质。"(Pascal,245)

按照帕斯卡尔的理解,所谓自我除了这些外在品质之外别无所有。"自我"原本不属于自己,因为它仅仅是由"借来的品质"组合而成。这一观点在当时来讲无疑是相当深刻的。它让我们想起拉康、阿尔都塞和福柯等后结构主义理论家关于自我是由他者构成的观点。而前面蒙田关于自我矛盾的观点则被批评家看作是与结构主义语言学家关于"言说之我"(speaking I)与"说出之我"(spoken I)的区分有些类似。(Burke,1995,305)这一点我们下面还要讨论。总之,"怀疑论者"关于自我矛盾性的思想是浪漫主义主体论无法解决且刻意回避的问题。

由此可见,无论是在理论上还是在批评实践中,独立自足的自我概念和完整统一的作者都很难自圆其说。实际上内在统一的作者是关于人文主义主体性的一种理想主义表述。当这种理想化的作者概念与现实生活发生冲突时,人们开始求助于古代的面具概念和修辞学。自19世纪末以降,修辞学作者又引起人们的重视。这说明作家、批评家对作者概念的二重性与自我的分裂状态有着清醒的认识。在这个时期人们又开始承认,文学作品中作者的声音和现实生活中的作者是两个完全不同的范畴。如果把作品中作者的声音、意图、情感、思想理解为一种人为的修辞而非自然的表达,反而更加符合创作中发生的实际情况。因此古代面具概念在19世纪末20世纪初英美作家中广泛流行。透过面具理解自我,并把作者与作品区分开来,是当时令人着迷的想法。在这方面,王尔德、马克斯·比尔博姆、阿瑟·西蒙思、叶芝、庞德和许多不知名的作家对面具概念都有引人注目的表述。王尔德说他对面具比对人更感兴趣;马克斯·比尔博姆认为如果佩戴面具足够长久,面具就成为人的"第二本性";阿瑟·西蒙思在诗歌中对作为面具的化妆品大加赞美;叶芝在诗歌、戏剧和文学批评中广泛引进了面具概念;庞德则把自己诗歌中的人物称为面具:"我在《人物》一书中寻找真相,在每一首诗中布置了自我的完整面具。"(Pound,1991,277)一时间面具成为当时文学创作和文学批评中的时髦观念。(Zhou,1996,77—131)以前困扰批评家的作者二重性现象反而成为一种被争相描述的"自然"状态。分裂的作者在文学创作和文学批评中获得了合法性。

作者的分裂问题在20世纪文学批评中也得到深入地讨论。其中影响广泛的是我们熟悉的T. S. 艾略特的"非个人化诗学"、比尔兹利和维姆萨特的"意图迷误"以及韦恩·布思的"隐含的作者"这三家理论。艾略特将作者称之为能够使传统和生活经验得以融合的"中介",如铂金一样可以促成化学反应而本身并无增减。对艾略特而言,作者并非浪漫主义诗学中的表现主义者。作者是修辞学一类的匠人。比尔兹利和维姆萨特的"意图迷误"比较浅显。他们把作者的意图看作是和语言一样的具有公共性的产品。这有些像我们传统文学理论所说的,作者是时代社会的产物。布思的"隐含的作者"(Booth, 74)也是修辞学意义上的概念。"隐含的作者"是作者的"官方版本";它有别于真实的作者,是作者在作品中刻意塑造的"第二自我"。(Booth, 71)关于这三位批评家的作者观念,国内外都有众多文献可以参阅,我们在第六章还要涉及,在此不作赘述。值得注意的是,这些关于文本中第二作者的理论都可以追溯到19世纪末的面具概念。把20世纪作者概念和面具概念比较,读者不难发现两者在思维方式与结论方面的高度一致性。面具概念率先在文学批评中复活了古代修辞学传统,并把作品与作者区分开来对待。两者之间的历史和理论传承是十分明显的。作为恩师和密友,庞德对艾略特的影响自不待言。而布思的"第二自我"与比尔博姆的"第二本质"也有异曲同工之妙。因此19世纪末面具观念的广泛流行,为作者概念从"人"过渡到"文本"铺平了道路。但核心的问题还不在于修辞学作者与面具的历史关联。我们关心的是为什么面具观念和作者的二重性问题在现代社会风靡一时。从前面的叙述中可以看出,古代人特有的生活方式诸如神灵世界、戏剧的普及孕育了面具概念和修辞学作者。而现代世界,特别是18、19世纪西方现代性高度发达时期,是什么社会因素促使人们重新发现了尘封已久的面具概念和修辞学传统呢?

这其中的因素肯定是复杂多样的,非本书可以涵盖周全。在这里我们仅仅简单讨论一个重要的因素,即现代消费社会的崛起。自18世纪西方资本主义高速发展以来,消费主义逐渐成为一种普遍的生活方式和主流社会文化。消费社会直接导致了自我的分裂或人格分裂。在《消费社会学》(2001)一书中,王宁依据法兰克福学派的理论分析了消费社会中广泛存在的时空分裂,包括工作时间和休闲时间的分裂,与工作空间和生活空间的分裂。总体而言,这种分裂的生活状态导致多重人格的出现。狄更斯的小说《远大前程》(1861)中的律师杰格斯先生就这样一个典型的分裂型人格。杰格斯在工作中对客户非常冷漠,甚至残酷。然而在工作之余,他在生活中却显得十分温情。他对艾丝黛拉及其母亲的全力救助并非受到利益驱使,凸显他善良人性的一面。一般读者对这种双重人格的机械组合会十分困惑。但如果把杰格斯放在19世纪英国文学中考察,就可以发现类似的双重人格非常普遍。随手举出的例子就有:史蒂文森《化身博士》(1886)中的吉杰尔医生和海德先生,王尔德《道林·格雷的画像》(1891)中的道林·格雷,比尔博姆《快乐的伪善者》(1897)中寻找圣人面具的乔治勋爵等等。批评家直接用"双重人格"(Doppelgänger)这一术语描述这一文学现象。而修辞学作者在同一时期出现也绝非偶然。这无疑是社会人格分裂现象在文学批评领域的集中体现。

因此修辞学作者不仅是文学批评领域的重要成果,也是特定社会历史时期某种生活方式的反映。下面我们将要看到,随着晚期资本主义的到来与后现代文化的流行,批评家对作者概念的理解更加趋于极端。后结构主义"作者之死"理论将修辞学作者概念中在技术方面残存的一点主体的能动性也彻底抹去,作者成为社会结构和意识形态机器中完全被动的齿轮和螺丝钉。应该说,这反映了1968年之后西方知识分子对资本主义体制彻底的悲观态度。

三、当代主体理论与人文主义作者概念的解构

理解"作者之死"的深刻含义必须对当代主体理论的背景有一个了解。当代主体概念的理论基础是结构主义语言学和结构主义心理分析。"主体的消亡"和"作者之死"等等惊世骇俗的口号都是由结构主义引发的所谓"哥白尼式的革命"的逻辑推论和理论成果。前面引述了巴尔特关于语言在说话的名言,就足以见出语言学对于主体理论的重要性。因为"语言只知道有主体,不知道有个人"(Barthes,1977,145)。在第六章里我们还要详细讨论结构主义语言学。这里我们仅对索绪尔语言学的几条相关的原理进行必要的回顾。

索绪尔的语言学并没有直接涉及主体问题。但是索绪尔关于

词与物、能指与所指的关系的洞见，经过后来其他结构主义语言学家的发挥，改变了人们把自我当作实体的看法。现在我们都熟悉索绪尔的观点：一个词的意义是在与其他词的关系中生成的。词义并不是由这个词所代表的客体所决定的。这一原理应用到自我概念中就产生这样一个推论："我"这个词并不能代表我这个人。索绪尔的追随者法国结构主义语言学家本维尼斯特在《普通语言学问题》(1966)一书中专门研究了代词的性质，并认为"我"是一个可以随时更换客体的转换词。本维尼斯特说，"我"这个代词没有固定的客体，"每一个我都有自己的特指"。(Benveniste, 218)换一个场合这个"我"又可以指别的人。因此"我"这个代词仅仅"与其在语言中的位置有关"。(Benveniste, 218)这就是说，"言说之我"与"说出之我"实际上是两个相互独立的概念，后者不能代表前者。我们平时所说的"我是某某"、"我认为怎样"、"我要做什么"等等语句中的"我"不能代表正在说话的"我"。我们在上文中提到，这两个"我"的区别有些类似面具与个人的区别。庞德就此有一句被人经常引用的话，他说，"人们说'我是'这个，那个，或其他什么；但这些话还没有说出口，他已经不再是这些东西。"(Pound, 1991, 277)实际上，在日常语言中我们把两个"我"合二为一是为了交流方便的缘故。但久而久之我们都习以为常，真的认为那个"说出之我"就是"言说之我"。如果我们观察一下刚刚学习说话的儿童，就可以发现，把这两个"我"结合起来是一件非常困难的事，绝不是我们想像中的自然状态。儿童完全不能了解为什么"我"这个词既可以指代父母，又可以指代自己。他必须学习把你我区分开来。(Belsey, 2002, 56—57)这种指代对象的混乱对儿童的理解力构成挑战，所以通常儿童干脆对"我"字弃而不用，直接称呼自己的名字。语言学家早已发现，在所有的词汇中，"我"这个词对儿童来讲是非常难的，也是在语言习得过程中最后一个被掌握的代词。

实际上我国古人对这两个"我"的区别早已了然于心。古人非常清楚，"说出之我"绝非"言说之我"。"说出之我"仅仅是"言说之我"临时承载的某种家庭社会功能："说出之我"是一个社会角色，"言说之我"只有认同这个角色才能说话。于是古人在称呼自己时往往用"朕"、"臣"、"妾"、"鄙人"、"在下"、"小人"等等,就是基于上述对于"我"的理解。在这类称呼中,人已经不再是一个固定不变的实体,而是一个等待认同或随时变换的角色。担当这个角色,人就成为主体。在现代社会,我们频繁使用"我"这个词,实在是为了方便交际而不得已。但是所遗留的副作用就是人们往往混淆了两个"我"之间的界限,造成两者可以相互指代的错觉。

在这里我们已经过渡到"认同"、"错觉"等心理学问题。实际上这两个"我"涉及心理分析理论中的所谓"分裂的主体"。这两个"我"——自我和角色——在语言中处于分裂状态,但我们说话时为什么没有意识到这种分裂呢?相反,我们时时去消除这种分裂,回避这种分裂,努力维持一种自我是一个完整统一体的幻觉。从这个意义上说,我们一旦说话,我们就处于无意识之中。拉康在"镜像"理论之后第二个重要理论贡献就是把这种分裂符号学化。拉康用语言学中能指和所指的分裂置换了弗洛伊德关于"本我"和"自我"的分裂。拉康用语言学概念取代了"里比多"等生物学概念。在第一章我们已经谈到,拉康在著名的《罗马报告》中认为,我们日常生活中的语言可以分为"实语"(full speech)和"虚语"(empty speech)。(Lacan,1977a,40—48;拉康,256)人们见面打招呼,问天气(英国)或问是否吃饭(中国),这些都是"虚语"。因为人们的真意并不在天气或吃饭等实质性内容。人们的真实意图在于问候本身所表示出来的礼貌、友善倾向,这才是"实语"。问候语的言外之意就是要建立起一种友好的人际关系。从这个意义上说"虚语"是"实语"的转喻,语言只不过是广义上对生活关系的修辞。在弗洛伊德看来,我们只有在梦境、语误和疾病的症候中表现出无意识。在拉康看来,正如伊格尔顿所总结的,"我们的全部话语从某种意义上而言都是一种语误。"(Eagleton,2008,146)我们所说的一切语言都是"虚语",因而我们一开口就处于无意识状态当中。因为说话仅仅是人际关系的一种无意识的修辞性表述。

在明白了分裂的自我与无意识主体诸概念之后,就不难理解"作者之死"了。在文学作品中,作者可以说是不在场的。这不仅仅是因为两个"自我"的分裂状态使作者退居作品之后,而且作者在作品中所表述的所谓"意图"本身就是"虚语"。如上所述,这种"虚语"和"实语"的关系是一种修辞学的转喻关系,即言此而意彼。那么作者的作用就剩下这个修辞学功能了。不过这个修辞学作者与我们前面讨论过的修辞学作者有本质的不同。古代修辞学与现代文学批评中的面具概念都是属于"意识"范围内的范畴。也就是说,作者的修辞功能是建立在理性的技术基础之上的。现代作者是一个理性的修辞学工匠。但我们现在讨论的修辞学作者是在无意识控制之下的作者。虽然这个作者的所作所为仍然是修辞,但这并非文本和技术上的修辞,而是广义的生活修辞,即对社会关系的修辞。而且这个被无意识控制的作者,并不一定是一个冷静的工匠如艾略特的铂金条,而完全可能是一个激情的作者。这为我们下面在作者概念中重新引进直觉、印象、情感、快感、审美等非理性范畴提供了广阔的理论空间。但在讨论快感等概念之前,我们有必要了解一下福柯的历史主义和作者的社会构成。

如果说自我、主体、作者在语言中是不在场的,那么是什么因素决定了他们的构成呢？早在 1920 年代,巴赫金就提出了"对话主义"作者的概念。在巴赫金看来,作品是由作者与不在场的"他者"的对话中产生的。因为,作者在作品中提出的任何问题都隐藏或包含着一个回答。作者在作品中的独白并不是单声部而是"复调"的。也就是说,作者的思想是与他人对话的结果。巴赫金的对话理论在 1960 年代介绍到英美学界之后受到广泛关注,与他的思想与后结构主义理论有某种类似有关。巴赫金正是把作者理解为一种关系的产物,因为对话就是一种人际关系的表述。那么这种作者与他者的关系的具体内容是什么,许多批评家追随福柯的历史主义方法,考察了历史上不同时期的作者概念是如何通过法律、商业、财产权等社会关系建构起来的。因此 1990 年代以后,关于作者概念的理论探讨让位于对作者概念的历史背景研究。正如安德鲁·本内特在《作者》(2005)一书中指出,"对于作者概念的社会历史考察,特别是关于 17、18 世纪现代形式的作者是如何出现的讨论,在过去 20 年间的文学研究中占主导地位"(Bennett, 2005, 89)。在这里批评家试图回答,是什么社会关系结构产生了关于作者的概念。

西方学者关于作者观念的历史研究十分丰富。从中世纪作为神学权威的阐释型作者(Burke,1995,23—25)到文艺复兴时期印刷品取代手稿这一"历史性转变"对作者的影响(Wall,1993,9);从17世纪版权法的实施所赋予作者的知识产权(Nesbit,1987,230—34;Rose,1993,2—15)到18世纪文学作为商品进入经济领域后出版社与作者的关系(Woodmansee,1994,40—55);从19世纪文学市场(Hadjiafxendi and Mackay,2007,15—71)到20世纪电子文化(Hadjiafxendi and Mackay,2007,145—62);西方学者从各个方面具体深入地考察了作为物质文化实践的作者概念。这个书单还可以很长。这些论著和论文所涵盖的范围是如此广泛全面,以至于安德鲁·本内特写到,"一部关于作者观念的历史正在写成。"(Bennett,2005,31)这些研究使我们不仅仅停留在理论层面考察作者问题,而把目光投向日常生活实践。至于浪漫主义的天才作者观念,本内特认为,仍然是这一部作者建构史上的一环。用布迪厄的术语说,它不过是现实社会的倒影,以相反的方式参与社会经济活动而已。(Bennett,2005,52)正是这种参与和反参与的方式是我们接下来要讨论的问题。

四、作者与主体的能动性

就在1980年代后结构主义广泛流行,"作者之死"的观点深入人心之时,发生了两件耐人寻思的事件。一是1983年美国解构主义批评家保罗·德曼去世之后,人们发现他在纳粹期间为比利时一家刊物撰写的一批反犹文章,证实他与法西斯之间的联系。按照"作者之死"的观点,德曼完全可以不必为他过去的行为负责。那么他所信奉的后结构主义理论是否让他有逃避责任之嫌?

第二件事是1988年索尔曼·拉什迪出版了《撒旦诗篇》这部充满争议的作品,其中有大量文字亵渎了伊斯兰宗教信仰。与其他后现代主义元小说作者一样,拉什迪本人也在作品中抛头露面,并把自己与神明混为一谈。他在小说中写到,"上帝如同拉什迪,有些秃顶,戴着眼镜。他中等个头,十分结实,腮帮子上还留着灰黄的连鬓胡子。"(Rushdie，1988，318)这些渎神的文字激怒了伊斯兰教国家。当时伊朗的霍梅尼政府向他发出了追杀令。拉什迪是否应该为他的作品负责？如果按照"作者之死"的逻辑推论，拉什迪与《撒旦诗篇》无关。但这很难让伊斯兰公众信服。因此，如批评家指出，"对《撒旦诗篇》愤怒的反应是'主体回归'的绝好例证。"(Fhlathuin，282)

由此可见，虽然"作者之死"在理论上似乎无懈可击，但是在日常生活中却有很多困难。虽然我们生活在网络、大众传媒与文化产品机械化大生产的年代，而且集体创作、批量生产的文学作品比比皆是，但是对于那些有名望的作家、批评家，其独创性仍然受到社会肯定。这本身就是一个悖论：当我们谈论"作者之死"的时候，不可避免地要引用巴尔特、福柯、德里达。现代出版制度中对著作权也有严格的规定和保护。那么后结构主义的"作者之死"是否仅仅是一种理论修辞，为了证明主体的消亡而故作惊人之语？

就在"作者之死"观点甚嚣尘上的1990年代，西方学者就一再讨论"作者的回归"。英国学者桑·博克在《作者之死与回归》(1992)一书中甚至认为，"作者之死"凸显了当代理论的"无能"。后结构主义的作者理论表现出理论与实践的完全分离。他指出："在巴尔特、福柯、德里达的著作中作者之死是一个盲点，是他们所努力创建和探索的空白点。但这个空白点已经事先(always already)被作者观念所占据。"(Burke，1992，154)博克认为，"作者之死"实际上包含了两个命题：一个是"方法论"的，一个是"本体论"的，而上述批评家把两者的界限"混淆了"。(Burke，1992，157—58)因此，重新探索"事实上"的作者，而非"原则上"的作者，是克服"作者之死"说那种理论抽象和简单化倾向的有效途径。(Burke，1992，158)从这个意义上说，作者问题并非是关于作者的"理论问题"，而是"针对理论本身的问题"。也就是说，这是关于"理论的不可能性"和"局限性"的问题。(Burke，1992，174)因为上述批评家无法解答"作者之死"说在理论和事实之间存在的矛盾。

在博克后来所编的《从柏拉图到后现代主义的作者观念读本》(1995)一书的序言中，他又进一步说明，克服这一矛盾的有效途径是把作者放在具体的社会历史情景中考察。这正是福柯从考古学向谱系学的转变,也是新历史主义、文化唯物主义和后殖民主义批评家对作者的理解。(Burke,1995,xxvii)前面谈到,近20年来对作者的理论探讨让位于对各个历史时期作者概念的社会历史研究,特别是对18、19世纪法律、商业对现代作者概念形成的影响的研究。正如《从理论到物质实践背景中的作者概念》(2007)一书的编者所言,作者观念是一个在"物质实践中不断变化的领域"。(Hadjiafxendi and Mackay,12)这种对作者概念的物质文化背景研究极大地丰富了我们对作者的认识。从18世纪的商业印刷文化,到19世纪文学市场,到20世纪理论方法论热潮,到今天后现代网络文化,作者观念随着具体的历史情景的变化而变化。这有些类似我们在第一章中讨论过的文学性和人性诸概念。我们试图说明,只有具体文化实践中的文学性,没有抽象的文学性。这是典型的黑格尔悖论:一旦纯粹理念外化为实际的存在,它就转化为它的反面。

不过在黑格尔的辩证法中,在正题被反题取代之后,还有一个合题出现。作者问题从理论方法论探讨转向物质文化实践研究之后,也为我们开辟了不脱离实践并从理论上探讨其能动性的可能。浪漫主义者把作者想像成一个激情澎湃的生命体;后结构主义把作者描述为社会机器中被动的玩偶或空白。而在实际生活中,这两者并非水火不相容。只是两者的结合需要"无意识"作为心理中介。而作者回归的起始点就是我们在写作、阅读、审美、阐释中所得到的"快感"。

令人惊讶的是,正是宣告"作者之死"的罗兰·巴尔特最先注意到作者的能动性表现在"快感"之中。在他晚期的作品《文本的快乐》(1973)一书中,巴尔特进一步发挥和修正了早先他对作者的看法:"作为机构制度的作者已经死去:他的公民地位,他的传记个体都消失了、被抛弃了。这些因素对于他的作品不再像一个严父一样,通过文学史、教学、公众舆论的建立和评价,发挥影响。但是在文本之中,以某种方式,我欲望着作者:我需要这样一个人物……而且他也需要我……"(Barthes,1975,27)巴尔特在这里使用了一个与感觉和身体相关的词:"欲望"。我们如何理解呢?在《萨德、傅力叶、罗亚拉》(1971)一书中巴尔特作出了解释。他说,"文本的快乐也包括作者的友好回归。当然,这不是那种作为机构制度的(历史的、文学教学的、哲学的)作者的回归;他甚至不是传记意义上的英雄人物……离开文本进入我们生活的作者并非一个整体,他仅仅是各种各样的'魅力点'……他不是一个(公民或道德的)个人,他是一个身体。"(Barthes,1976,8)在这里我们可以把巴尔特的作者理解为审美感性的作者。这个作者与他过去所说的那个语言系统中的机械装置或"大辞典"有所不同。这是一个有"欲望"、有"魅力"、有"身体"的感性存在。

罗马尼亚批评家尤金·塞弥恩早在1981年就注意到巴尔特关于作者概念的新发展。他在《作者的回归》(1981,英译1996)一书中以大量的篇幅介绍和讨论了巴尔特晚期的作者概念(Simion,101—18),并认定快感问题是把握这一作者概念的核心:"作者的存在以一种让人意想不到的方式进入批评家的视野:他在文本的快感中出现,蒙着快乐阅读的面纱。"(Simion,104)不过如何理解快感问题与作者的回归之间的内在逻辑关系,无论是巴尔特还是塞弥恩,在这里都语焉不详。

实际上,所谓"欲望"、"魅力"、"身体"、"快感"等等词汇涉及的都是心理分析问题。如今我们已经拥有拉康心理分析学说这一强大的理论工具,可以尝试对"快感"与作者能动性等问题作出新的理解和说明。首先我们需要引进拉康的"剩余快感"(surplus-enjoyment)理论。"剩余快感"是齐泽克十分推崇的心理分析概念,对于我们在后结构主义之后理解主体的能动性很有启发意义。按照齐泽克的说法,"剩余快感"是比照马克思"剩余价值"学说发展起来的。我们的政治经济学教科书一般把"剩余价值"定义为:由工人阶级创造出来的、被资本家无偿占有的、超过劳动力价值的价值。那么我们可以把"剩余快感"通俗地理解为:由他人创造出来的、被主体所体验的、超过他人的快感的那一部分快感。拉康在题为《精神分析的伦理》(1959—1960)的讲座中认为,我们的快感可以转移给他人,或者说他人可以代替我们表达情感。拉康讨论了古希腊悲剧《安提各涅》中合唱队的功能。拉康说,"当你晚上走进剧院的时候,你可能还为白天的事情烦恼:你丢失了一支笔,你第二天还要签署支票。"但是不要紧,舞台上的"合唱队可以来管理你的情感",他们对剧情充满"激情的评价就是为你而作"。因此,"哪怕你对戏剧毫无感觉也没有关系,合唱队可以替你去感受。"(Lacan,1992,252)从这个意义上讲,拉康把合唱队看作是代理观众体验剧情的工具,而不是对剧情的表现:"什么是合唱队?……这里涉及手段,情感手段。在我看来,合唱队就是那些受到感动的人。"(Lacan,1992,252)在这里,合唱队的作用与我们通常所理解的表情达意相差甚远。合唱队可以代替我们欣赏悲剧,哪怕我们自己完全无动于衷。齐泽克所举的例子更为通俗。他说,电视上那些雇来的观众,广播中的录音笑声,哭灵人的真诚表演,都可以代替我们表达情感。(齐泽克,2002,48)我们可以忙于他事或心不在焉,但这些情感代理人可以代替我们审美,完成艺术欣赏的全过程。我国学者王一川在评论冯小刚的电影《甲方乙方》时用"后情感主义"概括这一现象。他认为,在当代社会,我们的情感完全可以由商业运作所代理。这种工业化的情感"可以理解为一种替代、虚拟或构拟的情感"。(王一川,2004,6—9)

在这里我们看到,"剩余快感"使我们对主体概念有了新的理解。可以说这是对人文主义主体论与后结构主义空白主体论的扬弃与综合。"剩余快感"的主体是"不在场的",但同时又是感性的、审美的、能动的。浪漫主义的感性内容转化为后结构主义空白主体的结构形式。或者这样说,后结构主义主体性这个十分机械的装置中加入了审美愉悦的内容,不过这仅仅是他者的审美愉悦而已。从这个意义上说,巴尔特把主体称之为破碎的"身体",有一定的道理。如果他者不固定,那么主体的快感也不可能固定。应该说,这是有别于前两种主体性的第三种主体性。拉康称之为"快感的主体",以区别于早先他所研究的"由能指所代表的主体"。(Voruz and Wolf,124)研究晚期拉康思想的学者认为"快感是人类存在的特征"。(Voruz and Wolf,ix)法国哲学家雅克-阿兰·米勒也强调主体与快感有着内在的联系。(Miller,2007,60—69)

实际上在以往的文学批评中,我们可以找到关于"剩余快感"的蛛丝马迹。这里我们着重谈谈1980年代中国学者提出的"典型情感"说。自1950年代起,在我国文艺界占主导地位的核心理论就是"典型论"。"典型论"是蔡仪、以群等理论家综合了俄国批评家别林斯基的象征理论、恩格斯和列宁的典型环境说,以及卢卡奇的典型说等发展而来的一套系统的批评理论。典型性是指文学作品中的人物既有独特的生动个性,又具有某个时代的共性。用黑格尔的术语说就是时代精神在具体人物身上的感性显现,别林斯基称之为"熟悉的陌生人"。"典型论"的影响一直持续到1970年代末。但在1980年代的"美学热"中被朱光潜和李泽厚的情感表现论所取代。1980年代的批评家对于情感、审美诸概念十分热衷,而且"典型论"确实也很难解释抒情类的文学作品。当时有些批评家试图结合典型论和表现论两者的长处,提出了"典型情感"说。一时间"典型的感情"、"典型体验"、"典型情绪"等新术语相继出现,在文艺界引起广泛争论。(马玉田、张建业,972—980)他们认为抒情作品中的情感也可以具有时代共性,也就是典型性。但当时人们并没有对这一概念深入研究,或进行系统化的理论表述。今天我们从"剩余快感"的角度看,"典型情感"说仍然有其理论价值。情感之所以具有典型性,就是说个人在审美、感性和直觉等方面仍然可以成为他者(在这里为时代精神)的代理人。虽然情感的内容是超越个体并具有时代共性的,但它又是由作者这个个体所亲身体验的。此外在形式、技巧、修辞等方面这个主体也是个人,具有个性。这里我们又看到了主体在场与不在场的辩证法:情感内容的不在场(情感的时代共性)与个体技巧和感受的在场(体验的具体个性)相结合。在拉康的"剩余快感"中,不仅他者可以取代主体体验艺术情感,主体也可以作为他者的代理人进行审美观照。这一点在拉康的"注视"概念中得以充分说明(Lacan,1977b,75),在此不再赘述。

　　可见,"典型情感"说中主体的能动性表现在感性和修辞方面。"典型情感"说的这一修辞属性应该引起重视。从"典型情感"说或"剩余快感"的角度看,柏拉图笔下的伊安有充分的理由快乐。他的幸福感体现了主体的辩证法。伊安正是一个具有"典型情感"的唱诗人;他所体验的快乐正是诗神或他者的"剩余快感"。可惜苏格拉底对他的指责过于苛刻,对他来之不易的成就也过于冷漠。的确,伊安不是一个具有所谓"独创性"的人,他的灵感来自诗神。但他本人仍然不失为一个在形式、技巧、修辞等方面出类拔萃的人,而且关键是他沉浸在代理表达的幸福之中:他仍然是一个能动的主体。只是古代的诗神在现代有不同的叫法:黑格尔称之为"绝对理念",别林斯基称之为"时代精神",马克思称之为"历史发展规律",恩格斯称之为"典型环境",毛泽东称之为"人民性",何其芳称之为"共同美",后结构主义者称之为"他者",拉康则引进了无意识概念,称之为他者的"注视"。所有这些术语所表述的都是一个原理,那就是,主体可以通过他者进行审美,主体也可以代理他者体验快乐。(周小仪,2006,3—14)

现在我们可以对作者问题作一个小结。巴尔特的"作者之死"主要针对的是浪漫主义时代的天才作者概念。他的理论依据是后结构主义的空白主体论。从逻辑上看,作者作为主体的确从语言系统、社会机构、意识形态和历史过程中消失了。作者本人的生活和情感对于后结构主义者来说无关紧要,因为他们所关心的是作者背后的决定性因素。这些都颠覆了我们奉以为常识的浪漫主义作者概念。福柯在巴尔特的消解论之后追问作者的社会历史构成。而1990年代以来关于作者的众多研究成果基本上实践了福柯的历史主义方法,即从理论转向历史考察。这些研究显示出作者在不同的历史时期呈现出不同的面貌,它与法律、出版业、印刷业和商业的联系似乎比那种抽象的情感更为密切。这无疑加深了我们对作者的物质文化构成的了解。但是,对作者不在场的理论探讨和对作者社会历史构成的考察,都不足以令人信服地解释现实生活中执笔写作的人。后结构主义主体概念忽视了人的感性的一面,把人仅仅理解为社会机器中的木偶,这是一种过度悲观的看法。晚期的巴尔特意识到这一理论缺陷而谈及作者的回归。而重新认识作者的要点就在于他所推崇的身体的快感和文本的愉悦。在这方面拉康的"剩余快感"为巴尔特含混的说法作了注脚。"剩余快感"的主体包含了作者在场与不在场的辩证法,以及能动与被动的有机结合。拉康的理论告诉我们,不在场的主体仍然有自己的快乐。这一全新的视角使我们重新探讨作者成为可能。作者又回到直觉、审美、情感等个体感性的范畴。但与浪漫主义不同的是，作者是以"代理人"的方式体验情感与审美要素的。与古代面具观念和现代修辞学作者不同的是，这种修辞是以无意识为基础的，而非传统修辞学的理性计算。这是一种更为广义的生活修辞。因为作者说出的话仅仅是他与他者的关系的转喻。实际上作者是为他所处于其中的社会关系进行修辞，所以他本身就是这一关系的转喻。因为，用拉康《精神分析的四个基本概念》中的术语说，作者所看到的，只是大写的他者对他注视的反射。(Lacan,1977b,75)我们可以从这个更宽泛的意义上理解德里达的"作者轮回"之说：作者被再一次生命化、具体化、修辞化，但他的快感是一种隶属于他者的快感。

第五章　社会历史视野中的文学批评

我们从上一章已经了解到主体概念以及作者个人化的审美体验仍然是社会关系的体现。那么这一结论是否可以应用于文学批评？我们知道，对于新批评家和其他形式主义者来说，文学批评仅仅是对文本的解读。但是熟悉当代西方文论的读者会觉得，这一论断在当今的学术研究中显得十分武断。在这一章，我们通过一个文学批评家的思想发展轨迹来说明文学批评的社会功能和历史性。当然，文学与社会的联系，如前所述，并没有那么简单。下面我们将要看到，在英国批评家伊格尔顿的笔下，这种联系是多么复杂而且生动有趣。

特雷·伊格尔顿是我国读者最熟悉的西方批评家之一。他经常到中国访问并发表讲演；他的著作如《文学理论导论》(1983,1996,2008)甚至被重复译成中文。[①] 那么，除了对当代西方文论的出色介绍之外，伊格尔顿对于文学理论，特别是马克思主义文学批评的主要贡献是什么？他的文学思想以及对于文学批评的看法对我们第三世界的学者有哪些启示？本章通过对伊格尔顿各个阶段的几部主要著作的分析试图对他的思想发展轨迹作一个简单描述，并对以上问题作一点初步探讨。

伊格尔顿生于英国一个工人阶级家庭，祖父是爱尔兰移民。伊格尔顿早年在剑桥大学求学，师从英国著名的马克思主义文学批评家雷蒙·威廉姆斯，并深受其导师的影响。从伊格尔顿最初的著作《莎士比亚与社会》(1967)中就可以看到威廉姆斯的思想痕迹。伊格尔顿毕业后留任剑桥大学讲师，后转入牛津大学从事文学批评和文学理论的教学与研究工作，现在在曼彻斯特大学执教。牛津大学

---

① 伊格尔顿的《文学理论导论》在大陆比较流行的中文译本有：《二十世纪西方文学理论》，伍晓明译，1986 年；《当代西方文学理论》，王逢振译，1988 年。

是传统英国文学研究的重镇,以古典文学、文学史以及具体作家作品的考据研究见长,因而对伊格尔顿的"理论"难以产生共鸣。伊格尔顿的学术研究在相当长的一段时间里在正统的英国文学研究领域是十分边缘化的。虽然从1980年代初开始伊格尔顿就已经具有了一定的国际名望,但直到1990年才被晋升为教授,而此前一直任讲师。伊格尔顿与传统学术之间的矛盾在他的许多著作中都可以看出。在《文学理论导论》、《理论的重要性》(1990)中都有他与传统学界的争辩与对话。(Eagleton, 2008, xiii—xiv)也许正是由于有这样一种批评与否定的学术环境,使他的著作通常是深入细致又通俗易懂,对文学理论的普及起到了很大作用。可以说伊格尔顿很多著作都是连接传统文学研究与抽象理论问题的桥梁。

伊格尔顿是一个马克思主义文学理论家,因此他的著作中关于文学、文学批评与社会历史的关系的探讨占了很大比重。这包括他关于英国文学、英国文学批评与资产阶级社会兴起的著作《文学批评与意识形态》(1976)、《文学理论导论》、《文学批评的功用》(1984),也包括关于美学与意识形态的研究《审美意识形态》(1990)以及1990年代关于爱尔兰社会与文化的研究《希思克利夫与大饥荒》(1995)、《疯狂的约翰与主教:爱尔兰文化论集》(1998)、《19世纪爱尔兰的学者与反叛者》(1999)。不过对于普通读者而言,伊格尔顿最有影响的著作还是那本《文学理论导论》。这本书在英美国家至今仍然是同类书籍中最好的一部,公认为是文学概论教材中的"经典"著作。这很大程度上得益于作者深入浅出的功夫。例如,其中关于心理分析理论的介绍,对于想了解拉康早期和中期思想的读者,就是最好的入门读物。和詹明信那篇论述拉康的深奥文章相比,他对拉康简明生动的讲解可能更加吸引普通读者。(Jameson, 1988, vol. 1, 75—115)此外这本书中关于文学概念的历史沿革的探讨也是继韦勒克和沃伦的《文学理论》(1942)之后研究文学本质和定义的最好篇目之一。韦勒克和沃伦的著作是新批评派的理论总结,把文学作为纯粹的客体加以研究。这种本质主义的方法使之更加关注文学作品本身的"结构"层次与"审美效果"(Wellek and Warren, 1975, 140—41)。而伊格尔顿则把文学看作是一个历史的概念,因而文学的产生、发展和消亡的过程是他的兴趣所在。伊格尔顿对文学的意识形态性质及其发生发展的历史条件进行了详细的阐述。(Eagleton,2008,15—46)显然,这一历史主义的立场与当代西方文论的发展方向是一致的,是当前文学批评和文化研究的主要模式之一。韦勒克等人的审美立场本身作为意识形态已经被纳入了这一模式的研究视野。

因此,文学与社会、文学批评与历史的关系是伊格尔顿学术研究的出发点,也是他所有著作中一以贯之的主线。从他早期关于莎士比亚、理查逊、勃朗特姐妹等具体作家作品的研究(Eagleton,1975,1982,1986),到他中期关于文学、文学批评、美学、文化与意识形态的关系的研究,以及 2000 年以后关于文学理论的历史文化背景的研究,这一思想从不同角度得到了阐述。这一点也反映在《文学理论导论》中。希望了解西方文论最新发展动向的读者未必对"英国文学的崛起"那一章有足够的重视。但实际上这一章非常能够代表作者的思想。伊格尔顿在这里描述了"文学"在英国产生与发展的历史过程,但有别于通常意义上的文学史。伊格尔顿把"文学和意识形态"作为"相互关联的现象来谈"。(Eagleton,2008,19)伊格尔顿认为,英国今天关于什么是"文学"的观念产生于 18 世纪资产阶级兴起之际。诚然,18 世纪之前在英国已经出现了大量的"文学作品",但是,正如我们前面所谈到的,乔叟甚至蒲伯对我们今天这种想像性的文学观念"一定会感到非常奇怪"。(Eagleton,2008,16)在 18 世纪之前很长一段时间里,"文学"并非像今天一样是艺术的一个门类。那时候一切书面文字都可以称作"文学"。是浪漫主义诗人赋予了文学一种人文主义的价值;而"创造"、"想像"、"有机性"、"整体"诸概念随后才与某种形式的写作联系起来。从此"文学"中的象征、审美、体验、和谐诸种特征日益受到人们的重视。与其说"文学"是一个纯粹的客体,不如说它是一系列价值观念的载体。正是在这一体系的整体框架之中,文学作为有意义的社会活动和写作形式呈现在人们面前。促成这一价值体系的形成可能有如下社会因素:当时基督教的衰落造成人们精神上的空白并需要一种新的秩序加以整合;工业资本主义的发展使人的身体、劳动、生活、情志发生分裂与异化因而需要一种有机观念对支离破碎的"人性"予以拯救;此外艺术家摆脱了对宫廷、教会和贵族的依赖之后发展出来的独立人格也对独立的文学观念之产生创造了条件。"由于失去了保护人,作家便在诗歌里发现了一种替代物。"(Eagleton,2008,18)

因此,正如我们在第一章中所强调的,文学之所以成为文学,从历史上看与其说与本身的结构和审美特征相关,不如说是文学与其他社会因素的关系使然。文学的产生与"文学性"的关系并没有形式主义者后来所认为的那样密切。文学观念是社会的产物,是人们对某种价值体系的认可,最终导致审美特征得到重视以及"经典作品"的确立。当然这还有待于批评家以及学术机构的运作。大学以及出版物在英国文学经典的形成过程中起到了至关重要的作用。因此探讨文学的产生无法忽略文学批评与社会的关系这一层次。而伊格尔顿在《文学批评与意识形态》与《文学批评的功用》这两部书中对此作了出色的阐述。从这两部著作中我们知道英国文学批评的产生和发展与两个杂志有密切关系。这就是18世纪的《观察家》(*Spectator*)杂志和20世纪初的《细绎》(*Scrutiny*)杂志。《观察家》是英国早期大众传媒的重要形式,它所代表的城市读者群成为英国文学批评得以传播的社会空间。实际上,英国文学批评是资产阶级知识分子摆脱贵族和宫廷权威的束缚,介入社会并扩展自己生存空间的有效方式。英国文学批评传播启蒙主义价值观,崇尚理性与大众趣味,为资产阶级在文化领域赢得一席之地。因此英国文学批评从来都不是文学创作的附庸;相反,它是资产阶级意识形态的体现,也是资产阶级争夺文化领导权的战场。(Eagleton,1984)这种文化领导权建立的标志之一就是文学研究学科的建立和英国文学经典的确立。伊格尔顿认为F.R.利维斯及其《细绎》杂志塑造了英国文学史,所发表的批评文字使某些文学作品变成经典,并使审美的文学经验"自然化",也就是使之变得天经地义。而英国文学所体现的审美趣味和人文主义价值则成为主流意识形态。(Eagleton,1976,13—22)当然,利维斯所代表的美学理想,包括马修·阿诺德以来的人文主义传统,与工业资本主义的发展是互相抵触的。脱胎于资本主义社会的文学已经走向它的反面;用丹尼尔·贝尔的话说这就是资本主义的文化矛盾(Bell,1976),或者说是一个自己反对自己的现代性传统(Calinescu,1987,3—10)。

伊格尔顿与卢卡契、阿多诺、马尔库塞、詹明信等西方马克思主义理论家一样,始终关心着美学问题。他的早期著作《文学批评与意识形态》就不断提及"审美意识形态"并论述了"审美价值"。(Eagleton,1976,20—21,162—87)在对文学观念和文学批评作了历史主义的考察之后,伊格尔顿转向更为抽象的美学问题也是十分自然的逻辑发展。《审美意识形态》这部巨著包涵了他多年来对美学问题的思考,涉及康德、席勒、黑格尔、叔本华、克尔凯郭尔、马克思、尼采、弗洛伊德、海德格尔、本雅明、阿多诺等18—20世纪西方几乎所有重要的美学家。那么,审美是否与文学和文学批评一样,也是一个在特定历史条件下不断变化的概念呢?

回答当然是肯定的。但是这部书所涉及的问题还远远不限于此。伊格尔顿所关注的是审美与人类的解放、审美与权力的运作、审美在当代的历史命运等等更为复杂的问题。审美作为身体与感性的话语是人类社会实践活动的一个重要维度。从18世纪美学作为学科诞生之日起,审美在古典和现代美学家那里经历了一个从救赎、反抗到衰亡的过程。在这一过程中审美作为具有革命意义的乌托邦理想终于被资本主义的发展所吸纳与同化。而这一点对于我们理解当代文化的现状是很有意义的。

《审美意识形态》从讨论鲍姆嘉登和18世纪英国经验主义美学开始。但是伊格尔顿并没有像一般美学史家那样拘泥于各种美学观点的叙述,而是关注审美本身所具有的矛盾性:"审美从一开始就是一个矛盾的、双重性的概念。一方面,它是一种真正的解放力量,人们在社会中通过感性冲动和情感体验而非各种法律结合在一起;每个人都保持了独特的个性又同时形成一种社会性的和谐。……但另一方面,审美也表现出马科斯·霍克海默所说的那种'内在的压抑',并使社会权力更深地印刻在民众的身体之中,成为一种政治霸权极为有效的运作形式。"(Eagleton,1990,28)这里我们可以看出伊格尔顿吸收了法兰克福学派对于启蒙现代性的批判以及关于审美解放的二律背反的观点。的确,在席勒以及其他德国古典美学家那里,审美远离商业的运作,与实用主义绝缘,是人类精神领域未受污染的领域。审美代表着感性与理性的结合以及个性与社会性的统一。审美是人类日趋物化的社会现状的解毒剂,也是摆脱现代性工具理性的出路。但是历史的事实表明,古典审美理想非但不能使人们脱离日趋严重的物化状态,反而自身完全屈从于资本的霸权。物化、规则、统治通过审美的中介深入到人的感性之中。晚期资本主义消费文化的发展使资本完全渗透到符号、形象、文化和审美的领域就说明了这一点。人们整个生活方式的审美化并非意味着人们从异化的状态中解救出来;相反,审美成为物化的一种最新形式。伊格尔顿悲观地指出,"积极的审美传统已经耗尽了能量,它发现对立面太强大了因而无法击溃它。"(Eagleton,1990,369)正因为如此,艺术在社会中的角色发生了转变,它的形态也发生了变化。所谓反审美的艺术形式诸如达达主义和当代行为艺术等先锋派应运而生。"那是一种拒绝审美的艺术。一种反对自身的艺术,它承认艺术的不可能性。"(Eagleton,1990,370)

由此可见,伊格尔顿不像传统美学家那样有条不紊地分析审美经验的构成和美感的实质。伊格尔顿一如既往,关注美学观念背后的社会状况。审美作为权力运作和资本扩张的场所,其意义完全不在自身。这一问题上,伊格尔顿与詹明信、波德里亚、布迪厄以及法兰克福学派的阿多诺等人一样,为我们理解审美在当代资本主义社会中的共谋作用提供了一条思路。

自1980年代末以来伊格尔顿开始关注民族问题。在此之前他关于文学、文学批评和美学的研究主要是基于阶级分析的方法,即探讨文学观念形成过程中社会阶级力量对比所起到的作用。而1980年代末到1990年代的许多著作则代表了他新的思想发展:从阶级的范畴转向民族的范畴。可以认为,这一理论框架的转换与当代资本主义全球化发展不无关系。当今发达资本主义国家内部经济结构的变化使白领中产阶级在人口中的比例大为增加。虽然劳资冲突仍然存在,但是传统的资产阶级与无产阶级的界限变得十分模糊。整个社会对中产阶级生活方式和思想观念的广泛认同使传统马克思主义的阶级斗争理论显得过时。阶级斗争被看作是 19 世纪的社会现象,而社会学家更倾向于用利益集团概念取代陈旧的阶级概念。因此传统马克思主义的阶级理论如何面对当代社会经济的变化是一个重要课题。实际上,放弃阶级理论的人们忽略了这样一个事实:资本主义在全球领域的发展使那些处于边缘地区的国家变成了"世界的工厂"。资本的输出使许多第三世界国家中整个民族都变成了"工人阶级"。过去资本主义国家内部的劳资矛盾转化为发达国家与发展中国家之间的矛盾。位于经济发展中心地区的国家与处于边缘地区的国家之间的斗争在某种程度上取代了古典意义上的阶级斗争。因此民族观念与民族斗争是阶级观念与阶级斗争的最新表现形式之一。伊格尔顿在《民族主义:反讽与立场》(1988)一文中引用雷蒙·威廉姆斯的话来支持他的看法:"在这个意义上民族主义就像阶级一样,拥有它,感觉到它的存在,才是消灭它的惟一方法。如果你不能对它有所坚持,或者过早地放弃了它,那么你只会受到其他阶级与其他民族的欺骗。"(Eagleton, Jameson and Said, 1990, 23)

　　伊格尔顿正是以这样一种民族主义的立场开始研究和批判英国文化中欧洲中心主义的霸权。他选择的第一个研究对象是英国文学史上备受争议的爱尔兰作家奥斯卡·王尔德。伊格尔顿写了一部关于王尔德的戏剧《圣奥斯卡》(1989),并附有一篇出色的序言。用他自己的话说,这是一部"思想剧",一部比论文还更为直接地表达他对王尔德的看法的作品。那么伊格尔顿为什么对王尔德产生如此浓厚的兴趣呢?王尔德出生于都柏林,就学于牛津,成名于伦敦。他的作品与行事风格之夸张、幽默、华而不实、自我中心,实际上比英国人还要英国化,无一不显示出英国贵族纨绔子的特征。然而,正是这种对英国人夸张的模仿,王尔德显示出自己是一个真正的爱尔兰人。王尔德的这一矛盾性在很大程度上产生于他作为英国社会的边缘人的生存状态,以及他在主流文化中所经历的身份危机和同化作用。一个远道而来的外乡人,在这样一个等级森严的社会中为自己的名声奋斗,只有把英国人的特点发挥到淋漓尽致方才有可能获得社会的认可。而这种刻意的模仿,不仅分裂了自己的人格,更重要的是暴露了被模仿文化的种种弊端和虚伪之处。这就是王尔德即使不是同性恋也无法见容于英国社会的原因所在。伊格尔顿指出,"在维多利亚社会,这种人即便没有与昆斯伯里侯爵的儿子有染也会成为国家的敌人。"(Eagleton,1989a,127)

然而,也正是由于他这种特殊的民族文化身份,王尔德能够妙语连珠、言辞激烈,思想超越时空,大胆预言了某些后结构主义理论家的卓越观点。实际上,正是这种边缘人的地位使他能够清醒地认识主流文化所构造的种种神话,并从内部予以颠覆。就像德里达、克里斯蒂娃、巴尔特、福柯作为移民、妇女、同性恋者的边缘人地位使之可以颠覆现代性主流文化的道理一样。(Eagleton,1989a,126)不过有趣的是,伊格尔顿指出,他们那些激进的思想,我们在19世纪末王尔德的作品里已经知道了很多:"王尔德的许多观点诸如语言实为自我指涉,真理是随意的虚构,人类主体充满矛盾并被'解构',文学批评是'创作'的一种形式,身体及其快感是对伪善的意识形态的反抗等等,使我们越来越觉得他像是一个爱尔兰的罗兰·巴尔特。"(Eagleton,1989a,125)

由此可见,在阐述王尔德双重文化特征的过程中,伊格尔顿研究的重点已经从一种文化内部的观念与社会的关系过渡到不同文化之间的相互关系。这一非本质主义的结构主义方法在《希思克利夫与大饥荒》一书中更为充分地显示出来。这部资料浩繁的著作是关于爱尔兰文化的研究。但其中对爱米莉·勃朗特的《呼啸山庄》(1847)这部英国文学经典与爱尔兰文化的关系的论述十分引人注目。在这一章里,伊格尔顿提出了对作品男主人公希思克利夫性格之谜的一个全新理解。伊格尔顿认为,希思克利夫那种残暴、乖戾、疯狂、不可理喻与自我毁灭的性格与勃朗特姐妹的小弟弟布兰威尔有某种相似之处。勃朗特一家祖上是爱尔兰人,而布兰威尔身上就表现出典型的爱尔兰农民的特征。因此爱米莉·勃朗特笔下林顿与希思克利夫的冲突,以及画眉田庄与呼啸山庄的对立正是理智文明的英国文化与粗俗野蛮的爱尔兰文化之间不可调和的冲突。爱尔兰民族那种非理性、反审美、极端实用主义的"土豆与鲱鱼"的文化在这部英国文学经典中如同一股汹涌澎湃的暗流不断浮现于文明的表面。

但伊格尔顿的深刻之处并不在于尽显这两种文化的差异,而是指出这种差异实际上是英国文化内部矛盾的外在显现。伊格尔顿指出,人们在欣赏英国文化中审美、诗意、优雅的一面时完全忘记了它还有极为粗俗和野蛮的一面。"英国在整个19世纪,逐渐理想化、审美化的关于自然与社会的话语实际上和那些与文化相脱节的、具有浓厚生物学色彩、更为粗鲁和物质化的语言格格不入的。这是一种资产阶级政治经济学语言,以一种斯威夫特式的野蛮简化,把男男女女说成是劳动工具和生育机器,与文化理想主义那一套正统语言毫无关联。"(Eagleton,1995,8)然而问题的关键还不在于这种粗鄙庸俗的、被唯美主义者称之为市侩的语言无法与英国人引以为自豪的审美趣味兼容。更为严重的是,它对文明的英国人建立起来的理想社会秩序起到一种颠覆作用。"这种极端实际的话语对英国统治秩序本身的理想化、神秘化构成威胁,而且这也反映出工业中产阶级的语言与他们从贵族祖先那里继承下来的语言之间的冲突。"(Eagleton,1995,8)因此,英国人对于爱尔兰人的打压,英国文化对于爱尔兰文化的嘲讽、蔑视、同化,特别是英国在1845—1850年爱尔兰爆发大饥荒时见死不救,正是英国人克服自己内部固有的文化矛盾的一种行之有效的方式。我们在第三章所讨论的拉康早期有关攻击型人格的研究表明,正是把自身的缺陷外化、并对之发起攻击,使精神分裂患者得以保持一种虚幻的完整的自我。(Lacan,1977,8—29)因此,爱尔兰是英国的"他者",是被强行压制而沉默下来的"无意识",是英国文化得以维持其和谐、理性、文明等虚幻统一形象的不可或缺的存在。这些观点对于我们理解西方对于其他民族文化的霸权关系结构以及所谓东西文化冲突具有重要意义。

从以上的简述可以清楚地看到伊格尔顿思想的发展轨迹:从探讨文学兴起的社会背景,到研究文学批评作为资产阶级拓展生存空间的社会实践;从关注审美过程中社会权力的运作,到不同文化之间无意识关系的阐述;伊格尔顿把马克思主义文学批评的历史主义和社会学分析方法发展为一个如此复杂的体系。相对于新批评的文本分析和形式主义的文学性观念，以及传统社会学批评的关于文学与社会背景的简单联系，伊格尔顿所代表的当代文学理论已经达到了多么深刻的程度。其实，对历史主义者来说，很多光彩耀人的观念都是十分可疑的，包括许多人所钟爱的"文学性"以及审美。这些观念的普世性掩盖了其本身固有的矛盾，也掩盖了强势文化对弱势文化的权力关系。伊格尔顿关于爱尔兰文化的出色研究在这方面可以提供不少启示。

伊格尔顿、詹明信和已故的雷蒙·威廉姆斯构成了当代英美学界马克思主义文学批评的三足鼎立之势。虽然他对英国文学史的造诣与感受不如威廉姆斯深邃和细腻，他的意识形态理论也不如詹明信"政治无意识"概念深刻，但他的著作以其"博学、诙谐、睿智"（安东尼·吉登斯语）赢得了广大读者。他对马克思主义文论的普及，对阿尔都塞和哈贝马斯的理论在文学批评中的应用，以及他在2000年以后的众多著作中对当代文化发展状况的真知灼见，无疑都引起了人们的重视。特别是在《理论之后》(2003)一书中，伊格尔顿对批评理论的洞见使我们对资本主义体制内部的反抗的局限性有所认识。这一点我们将在第十章加以论述。

第六章　20世纪西方文论的发展流变

从以上章节可以看出，我们对文学的理解是不断深入的。从把文学理解为审美对象和学术研究的纯粹客体，到把文学看作是社会文化实践的话语空间，我们经历了从形式主义到后结构主义的漫长发展历程。那么，这些文学批评流派接替更迭的发展逻辑是什么？它们之间有什么内在联系？我们可以通过回顾20世纪西方文论的发展史，对当代文学观念和文学批评的演变有一个整体的把握。

一、20世纪西方文论的理论转向

20世纪是西方文论成熟和繁荣的世纪。虽然自柏拉图起，无数思想家都谈论过文艺问题，并提出了许多至今仍然有价值的创见；然而文学理论作为一门独立的学科，在20世纪之前的发展是缓慢的。在近2000年的漫长历史中，文学理论或者是哲学的附庸，或者是文学创作的附庸。这种局面在20世纪有了彻底的改变。首先是现代主义运动重新界定了文学批评的对象。对形式的呼唤，对文本的强调又被后起的新批评发扬光大。一批卓越的新批评家雄踞大学讲坛，他们的功绩之一就是使文学批评摆脱了自古以来的依附状态。1960年代被称为理论热潮兴起的时刻，这时不仅文学批评真正具备了理论形态，而且许多思想家，如法国的巴尔特、德里达、阿尔都塞、福柯，都是文学批评中无法忽略的人物。此外因为文学和语言学有着极为密切的联系，文学作为话语的一种形式对人类社会存在方式的构成起着重大作用，所以当代以语言学为基础的文学理论成为社会科学中的重要学科之一。

对20世纪西方文论的描述可以有许多种模式，最常见的方法是叙述西方文论的发展流变过程，指出各个阶段之间的内在联系。

一些理论家已经指出,在现代主义文学创作和文学批评理论中可以发现后现代主义的理论因子,这种追本溯源和强调连续性的方法主要受益于黑格尔历史主义的传统。历史被看作是一个不断发展和完善的链条,一环紧扣着一环。然而如今在各种理论百家争鸣的时代,我们还可以选择其他角度补充和扩大我们的视野。本章在描述西方文论发展流变的同时也强调各个阶段之间的断裂,指明各种理论的基本出发点的差异。这种论述方式和当代强调非连续性的历史思想是吻合的。

为了方便起见,我们暂且把 20 世纪西方文论诸流派大致分为三组讨论。第一组称之为人文主义文论,包括现代主义文学批评、新批评、神话批评、象征美学。这些理论主要流行于 20 世纪初到 1950 年代。它们的共同特点是在继承 19 世纪浪漫主义、表现主义关于"人"的概念的基础上,吸收了一些流行于 19 世纪和 20 世纪初的科学主义精神,成为一种强调客体的现代人文主义。第二组姑且称之为科学主义文论,包括俄国形式主义和结构主义。俄国形式主义产生于 1920 年代,但在欧美真正发生影响却是在 1950 年代以后。法国结构主义者托多洛夫把俄国形式主义介绍到欧洲,而英语世界对俄国形式主义的知晓主要是通过维克多·厄里奇的一本书——《俄国形式主义:历史和理论》(1955)。因此无论是从时间上还是从精神实质上,俄国形式主义都可以看作是和结构主义一起活跃于 1950—60 年代的文论。这组文论的弱点是纯粹的科学主义,排斥一切以人和主体为出发点的理论假设。第三组文论因为在当代文学批评中还经常应用,就粗略称之为当代文论,包括德里达和巴尔特的文本后结构主义、拉康的现代心理分析、阿尔都塞的结构马克思主义、福柯和新历史主义、部分女权主义文学批评以及后现代主义理论和后殖民主义理论。这组文论主要活跃于 1960 年代以后,一般人们把 1968 年法国学生运动作为当代文论的起始点。当代文论不仅抛弃了文艺复兴以来以人为出发点的传统人文主义假设,否认主体作为先验实体的存在;同时也摒弃了近代自然科学兴起以来以客体为出发点的科学主义假设,否认客体作为先验实体的存在。因此可以说当代文论在思维模式方面发生了相当大的转变。

与这三组文论相应的是其理论出发点的变化。从思想史上看，各种思想体系都有其最初的假设，这就是理论出发点。这些基本命题被当作常识，被广泛接受而逃避了理论的检验。思想史上的各种变革往往就是这种出发点的变革。旧的命题受到理论质询和挑战，新的命题则开辟了新的思维模式和新的研究领域。我们在第一章中已经看到，库恩的"范型"和福柯的"知识型构"所概括的就是这一现象。

首先我们看一看20世纪初西方文论中主体向客体转换的倾向。传统人文主义的一个基本出发点就是大写的人的观念。个性先于社会性，人取代上帝成为宇宙的中心。这种观念的主要哲学表现形式就是笛卡尔和康德的主体哲学，有些论者称之为"我"哲学。笛卡尔的"我"哲学建筑在一个众所周知的基本命题之上，即"我思故我在"。思维着的主体成其为理论出发点。康德哲学则有主客体统一的特点。但这种统一仍是建立在先验主体之上的，康德称之为先验的自我。这一先验自我在认识客观事物的时候具有能动性和创造性。时间、空间、原因、结果、必然性、偶然性等十几种范畴是主体的先天属性。主体之所以能够认知世界，就是因为这些范畴可以帮助我们把纷纭复杂的事物条理化。

在这样的背景下，20世纪以前的文学创作和文学批评强调的是作者、作者的情感和作者的生活经验。这使得文学作品中不乏高大的英雄人物和细腻的情感体验。而文学批评中则充斥着与创作主体密切相关的概念，如"天才"、"想像"、"创造"、"表现"、"直觉"等。20世纪初的现代主义运动却使文学创作和文学批评的面貌发生很大变化。诗歌失去了华兹华斯式的温馨的情感表现形式。现代诗歌语言变得十分艰涩、瘦硬，缺乏连贯性，被艾略特称之为"难懂的诗"。小说和叙事作品中则出现了非英雄化的小人物，如乔伊思笔下寻寻觅觅、蝇营狗苟的布鲁姆，卡夫卡笔下无助的大甲虫，艾略特笔下秃顶的中年人普鲁弗洛克等。这些人物行为卑琐，形象渺小，缺乏英雄气概。浪漫主义时代大写的人变成了小写的人、普通的人。这预示了20世纪初的一种思想取向。这一倾向可以概括为主体向客体的转换。批评家在论及艾略特等现代主义者时指出，"现代主义者通过在诗歌语言中追求客观性的基础而改变了浪漫主义传统。"(Christ，1984，3)这种转换首先是理论出发点的转换。现代主义对传统人文主义大写的人的出发点提出了质疑。"我是谁"，"我在哪里"，这些现代派作家经常提出的问题显示出自我的确定性受到了广泛的怀疑。人们发现"人"并非像笛卡尔和康德所描述的那样理性、确定和独立自足。弗洛伊德对无意识的发现更是一种非理性自我的确证。资本主义条件下的现代人处于丧失自我的困惑之中，也处在寻找自我的焦虑之中。他们需要一个新的支点，其结果就是对规范、对秩序的强调。正如伊格尔顿所言，作家在生活中失去的东西，在艺术中找到了替代品。(Eagleton，2008，18)

第一组文论中绝大多数理论反映了这种转换。对艾略特来说，传统作为知识结构取代了个人天才；对苏珊·朗格来说，人类情感取代了个人情感；新批评家接受了艾略特的提法强调"欧洲人的心灵"；罗格·弗莱则以人类原始心灵作为理论基础。在具体的文学批评中，作者的地位和其他主观因素普遍地下降了，而文本、形式、结构等客观因素却全面地上升了。形式和结构被认为是沟通个人与人类的纽带，个人情感只有进入了普遍的人类情感结构之中才有意义。结构化所带来的结果是普遍化、集体化。因此，文本形式一度成为文学批评的中心概念。

接下来我们看到的是结构主义语言学引起的转变。在大写的人变为小写的人这次转换之后，文学批评仍然保留着人文主义基础。只是它吸收了一些了科学主义精神之后，成为人文主义的现代理论形式。人文主义在科学的外衣下仍然顽强地存活着，它的真正消亡是在结构主义兴起之后。结构主义语言学导致了20世纪西方文论的又一次思维转向。纯粹的科学主义在文学理论中植根之后，彻底排除了以人的概念为基础的理论。结构主义的结构概念与新批评、朗格象征主义、弗莱神话批评以及格式塔理论中的结构概念有着本质的区别。正是这两种对结构的截然不同的理解显示出科学主义和人文主义的对立。前者的结构概念以符号为基础，符号与被指称的事物之间的关系是任意的，丝毫没有结构或形式上的对应关系。也就是说，符号只能代表某种东西而不能表现某种东西。后者的结构概念则以象征和表现为基础,符号与符号所表示的事物之间有某种对应关系,而非任意的组合,如某种特定的形式结构可以表现某种情感或人类经验。索绪尔在谈到符号的任意性时特别区分了这两种结构概念,他说:"曾有人用象征一词来指语言符号,或者更确切地说,来指我们叫做能指的东西。我们不便接受这个词,恰恰就是由于我们的第一个原则。"这个原则就是符号的任意性。索绪尔接着说,"象征的特点是:它永远不是完全任意的;它不是空洞的;它在能指和所指之间有一点自然联系的根基。象征法律的天平就不能随便用什么东西,例如一辆车,来代替。"(索绪尔,1980,104)正是结构主义的结构这种"任意的"、"空洞的"、非象征性的特点,使结构主义与人文主义彻底区分开来。情感、经验、现实均被一个无形的系统结构所排除了,"人"也在结构中消失了。

如果我们今天重新审视结构主义理论,可以看出它对人文主义的否定是成功的,但它所建树的东西却是存在疑问的。结构作为纯粹客体先验存在的观点后来受到多方面的批判。结构主义强调结构内部各个元素之间的关系却忽视了结构与外部事物的关系。一个简单的事实是:结构之外还有更大的结构。例如我们考察文学作品的时候,意义并不单纯产生于文本的结构;把文本放在作者一系列作品之中时,文本的面貌及其意义就会有所变化。而把文本放在整个社会和意识形态背景之中时,其意义又会有所改变。这里就产生了一个问题:在结构成其为结构,客体成其为客体之前,它们不是已经被其他外在因素决定了吗?

这就涉及了20世纪西方文论的第三种理论取向:即对人文主义和科学主义理论基础的超越。这次转变的意义是很大的,可以说西方文论由现代阶段进入到后现代阶段。此外,文学批评家的思维模式也发生了转变。在文学理论研究中,传统的思维模式是把思想、情感、经验、自然、无意识以及社会现实看作具有某种本质属性,把语言、文本、文化看作是它的反映或表现;前者决定后者,后者只有符合或反映了前者才有效,才正确。在西方文论中,主体和客体都曾被当作这种本质存在,决定着建筑在它们上边的文化等其他东西。这种模式已经被当作常识和不证自明的公理接受下来。虽然这一模式可以变换不同形式,例如在现代文论中的决定性因素由主体变为客体;但人们很少对这一模式本身提出疑问。

第三组文论中的各种理论颠覆了这一传统思维模式,从不同角度指出我们不能把两者割裂开来。文化并非依赖于自然,社会也不是建筑在人的本质之上。事实正相反,自然的观念和人的观念本身是文化的一个组成部分,是近代才产生发展起来的。这一思维方式的转变使主体和客体均失去了决定他者的特性,而成为他者的构造物。他者就是指存在于主体之外的东西。我们在第三章讨论拉康的理论时看到,拉康认为他者先于主体。在儿童的镜象阶段,镜中形象使儿童获得了第一个关于自我的经验和印象,自我开始由他者、由对象构造起来。在语言阶段,儿童只有把自己纳入语言秩序所规定的各种关系中,纳入父母、子女、性别这些关系网中,才能成为一个家庭成员,然后才成为一个社会的成员。只有通过这种方式,人才能成为一个主体。阿尔都塞则在更为广阔的背景上发展了拉康的主体构成理论,他认为,意识形态先于主体。意识形态给人提供了各种各样的主体"位置",人只有进入某一位置,扮演某种特定的角色,才成为社会成员,成为某种价值体系所承认的人,即成为主体。阿尔都塞举例说,如果在街上一个警察对你喊"喂!",你一旦应答,就成为主体。这个例子还不够通俗。我们再举一个类似的例子。伊拉克前总统萨达姆·侯赛因受审时法官问他,你叫什么名字?萨达姆回答,所有伊拉克人都知道我叫什么名字;但我不认识你,你叫什么名字?这不是普通的争论,这是主体构造之争,是存在方式之争。试想,如果萨达姆按照法官的要求说出自己的名字,那么他就占据了一个被法庭设定的主体的位置。因此他拒绝承认自己是被审判的主体,拒绝报出自己的姓名。可以看出,在上述这些理论中,主体并没有一个先在的本质,人文主义所依赖的先验主体概念在构造论的冲击下崩溃了。

更有意义的是当代其他理论也瓦解了科学主义的基础——先验的客体。后结构主义认为,结构并非是一个独立自足的实体,而是一个发展流变过程。文学文本是一个敞开的文本,它并非完成于作者之手,也不是一个固定的客体可以由结构主义者去分析其意义结构。这种分析和阅读本身也是创作的继续,是这个客体形成过程中的一个环节。福柯则从历史的角度,通过对性、疯癫病人、监狱及医院的研究论证了被认定为客观存在的疾病、疯狂、犯罪和性在不同时代的变化。客体在成为客体之前,已经由某一时代的"知识结构"所决定了。客体的客观性、知识的真理性均是历史的产物。

从这个意义上说文化本身就是物质现实。它的能动作用可以在当代的广告语言学中得到很好的说明。现在人们已经认识到广告并不单纯是某种事物的反映。广告具有极为有力的能动构造作用,直接影响着人的消费。在旧的思维模式中,我们十分自然地认为,我们有某种生活需要,它是第一位的,然后根据这些需要生产出产品对它予以满足。因此生活需要是自然的、基本的;产品是第二位的,是迎合需求的;广告甚至是第三位的,是产品的说明。生活需要决定了产品和广告。然而从新的思维模式看这个问题,结论恰恰相反。当代社会学和广告语言学认为,是产品和广告塑造、规范、刺激以至生产了消费者的需要。因为我们身上所谓"自然的"和"生理的"需要实际上是一种理论抽象,在现实生活中都是以具体的社会和文化形式表现出来的。这就是马克思在《1844年经济学—哲学手稿》所说的,人的需要都是以"人"的形式呈现出来的,所谓"动物性"需要只是一种还原。从这个意义上说,任何需要都是由外在事物创造出来的,因而它也就是社会性的。

阿尔都塞在他著名的《意识形态和国家的意识形态机构》(1970)一文中发展了马克思关于再生产的概念。他指出,人类的需要并非是生物性的,而是文化和历史的产物。资本主义社会维持劳动力得以再生产的最低限度的工资额并不是由工人的生理需要决定的,而是由历史上的各种文化因素所决定的。也就是说,工人的工资所维持的不是最低限度的物质生活,而是最低限度的精神生活。这不仅要使生命得以延续,而且要使生活可以忍受。阿尔都塞援引了马克思的例证,说英国工人阶级需要啤酒,法国工人阶级需要葡萄酒,这说明人类需要已经掺杂进文化因素和社会因素,而不单纯是生物性的。实际上人类的物质消费从某种意义上说就是一种精神消费和文化消费。人类需要本身就是某种文化的体现。

因此,并不是消费要由人类需要加以解释,而是人类各个历史时期的不同需要应该由外在于它的事物来作说明。广告就是这些外在事物之一。朱迪丝·威廉逊在她研究广告的经典著作《解译广告》(1978)中指出,广告在人类生活中扮演了一个十分积极的角色。广告不仅刺激和创造了人的消费需要,更重要的是,广告和消费在某种意义上确定了人的身份,确定了人的存在。广告是人赖以确定自我的简单快捷的方式,它可以让我们快速地与外在事物认同。这些外在的事物规定了我们的性质。在消费社会中的一个常见现象是:人是以其消费的对象来划分等级的;而人又是被广告创造出消费欲望的。因此广告对人的存在和性质都有极其明显的决定作用。

这一次理论转换在文学批评中的影响是十分深远的。可以说,当代西方文论的各个流派基本上都延续着这一方向。这一"外因论"的出发点使我们可以把属于社会历史范畴的概念重新引进文学研究。意识形态、权力、种族、阶级、政治等概念在各种当代理论中又成为热门话题。西方文论自 1960 年代末以后,从社会历史角度研究文学的成果不断涌现。在英国学界中,1970—80 年代主要是对欧陆理论的引进和介绍。像伊格尔顿的《文学批评和意识形态》(1976)、罗瑟林德·考伍德和约翰·伊里丝的《语言和唯物主义:主体理论在符号学中的发展》(1977)、凯瑟琳·贝尔西的《批评实践》(1980)以及德里达在美国的追随者耶鲁学派的著作都是很有社会影响的理论作品。此后在英语文学研究中,这些理论得以广泛应用。一些具有后结构主义思想的批评家开始了重读英语文学史。莫德·艾尔曼以拉康的理论研究艾略特和庞德,写出了很有影响的《非个人化的诗学》(1987)。贝尔西以后结构主义主体理论研究16—17 世纪戏剧,出版了《悲剧的主体》(1985)。文化唯物主义批评家乔纳森·道里莫尔和阿兰·辛菲尔德发表《政治性的莎士比亚》(1985)一书,可以与美国新历史主义批评家格林布拉特的著作比美。成功应用理论的例子还有很多,这里就不再赘述。[①]

在简要梳理了 20 世纪西方文论的思想脉络之后,还有一些说

[①] 关于 20 世纪英国文学批评理论的全面介绍和评述,可参阅(Wolfreys, 2006)。

明。后结构主义的一个重要方面就是引进了时间观念,德里达的著名概念"延异"就是一个例子。德里达认为,结构主义者所说的结构中元素之间的差异并不是固定的,而是一个发展过程。虽然符号的意义是由符号间的差异产生的,但是一个差异预示着另一个差异,一个符号可以潜在的与无限多的符号联系在一起,形成一个具有时间性的链条。意义不断生成,终结处总被延迟。人们不可能找到这个意义链条的终端。因此差异不仅是空间意义上的两个元素之间的区别,而且还是时间意义上的动态流变过程。后结构主义的时间观念使我们对文本有了一个新的理解,当"自然"进入文化并成为文化的一部分之后,它实际上与文化处于同一层面,处于历史发展的长河之中。

此外,理论转向虽然在编年史上可以找出先后顺序,但本章重点强调其理论出发点的不同。导致黑格尔式的时代精神更替的旧历史主义模式认为,某个历史阶段具有一种统一的时代精神。这一观点已经受到质疑,并被多种思想并存的观点所取代。实际上,各个阶段的历史已经不被看作是一个个统一的实体。没有一种"一元"的历史,而只有"矛盾的"历史;不存在一种统一的20世纪时代精神,而只有多元并存的世界观。这一点在20世纪西方文论中有明显表现。科学主义思想可以追溯到孔德和泰纳的旧实证主义以及维特根斯坦的新实证主义。人文主义思想则在读者理论中延续到了1970年代。而后结构主义思想已经在尼采、马克思、弗洛伊德三位19世纪思想家的理论中表现出来。因此,本章在描述20世纪西方文论时把各种理论分为几个部分,而非明确的发展阶段,就是为了避免黑格尔旧历史主义那种各个阶段不断更替的模式,从而使我们更多关注理论的基本出发点和知识结构的转变。

二、以人文主义为基础的文论

(一) 现代主义文学批评

现代主义运动起始于19世纪末,大约结束于20世纪40年代。

许多现代主义作家同时也是文学批评家。像 T. E. 休姆、T. S. 艾略特和维吉尼亚·伍尔夫都对文学批评作出过很大贡献。现代主义运动因此包含了两项内容，除了一批现代主义经典作品之外，还包括了围绕这些作品的现代主义文学批评。现代主义文学批评并没有建立某种理论体系，它的贡献主要是开辟了一种新的研究方向。这一新的方向表现为对作者作用的否认和对形式作用的强调。艾略特是现代主义时期最为杰出的批评家之一。他的"非个人化诗学"影响极其深远，特别是直接影响了美国的新批评家。非个人化理论采取了和浪漫主义自我表现理论截然相反的立场。表现主义理论把文学仅仅看成是对作者情感的表达："一切好诗都是强烈情感的自然流露。"（华兹华斯）而艾略特则认为诗歌并非是传达作者生活经验的运载工具，并非是作者情感的传声筒。"诗歌不是表达情感，而是逃避情感；不是表现个性，而是逃避个性。"（艾略特，1989，8）艾略特把诗人看作是一种"中介"，使各种情感或经验以一种独特的方式构造出来。而这种情感经验也未必一定是诗人自己经历过的，他人的经验也同样可以服务于这一目的。在《传统与个人才能》(1917)一文中，艾略特用了化学实验作比喻来说明作者作为中介这一思想。在化学实验中，当铂丝出现在氧气和二氧化硫之中时就会使两种气体结合成硫酸。这种结合只有在铂丝在场的情况下才会产生，但新形成的物质硫酸却不含有铂的成分，而铂丝本身在实验过程中也没有任何改变和消耗，铂丝一直保持着中性。艾略特认为，诗人的作用就像是铂丝的作用。两种气体一种像是情感经验，一种像是文学传统，硫酸这一新形成的物质像是诗歌。（艾略特，1989，6）

实际上艾略特重复了古代修辞学对作者的看法。在第四章中我们已经看到，在古代并没有关于天才作者的观念。作者只是一个传声筒，他仅仅在传达神的信息。作者被看作是工匠，是艺人。他的作用仅仅存在于对作品的修辞之中。艾略特把诗人称之为中介，也就是把诗人当作修辞学意义上的工匠，从而否认浪漫主义关于天才和创造的观念。这是现代批评有别于19世纪文学批评的重大不同点之一。此后的新批评等各种文论均接受和发展了这一思想。

与这种修辞学作者密切相关的是现代主义文学批评的另一概念:"文中作者"(persona)。"文中作者"这一术语流行于1930年代,在1960年代被威恩·布斯发展为"隐含的作者"。它要解决的问题是,对文学作品中的作者形象作出一种新的描述和解释,以区别于实际作者。在文学史上,一个最常见的文学现象就是作者经常在作品中现身说法,或者在作品中塑造自己的形象。当夏洛蒂·勃朗特在《简·爱》的结尾说"读者啊,我和他结了婚"的时候,她像是在叙述一个关于她自己的故事。读者的一个最自然的反应就是把简·爱和勃朗特等同起来,至少在精神方面发现某些类似之处。这正是浪漫主义自我表现理论对作者的看法。但"文中作者"这个概念给予作者形象一个特定的名称,把它和实际的作者严格区分开来,把它称作诗人的"第二自我"。这样对文学批评中经常遇到的作者在作品中和在生活中不一致这个难题提供了一种新的解决途径。

现代批评家基本上都把"文中作者"当作一种修辞,认为作者是在自觉不自觉地运用这一手段塑造一个作者形象。但对它的修辞效果还存在着不同理解。有人认为塑造作者形象是为了增加作品的真实性和可信性,使之更有感染力。另一些批评家则认为"文中作者"为作者和读者提供了一种角度或结构模式去把握客观世界和情感经验。这后一种看法实际和康德主义有某种联系;客观世界被看作是混乱无序和不断流变的,只有从某种固定的角度出发,或从某个范畴出发,运用某些框架结构,才能对之加以把握和认识。"文中作者",正是提供了这样一个框架结构。作者和读者可以从一个固定点出发来观看、理解、把握世界。具体到作品来说,我们需要一种叙述角度,一个观察支点,一种说话口吻,才能使本来是彼此孤立的材料获得秩序,组织成为一篇完整而连贯的文本。"文中作者"就是服务于这一目的。"文中作者"这一概念被引进文学批评之后对英国文学研究产生了很大影响,特别是在作者形象比较突出的乔叟、斯威夫特、邓恩、蒲柏、菲尔丁等人的研究中取得了较大成就。"文中作者"把人们的注意力从作者引向文本,作者的生活经历、情感经验似乎已不那么重要,重要的是文本的修辞结构。"文中作者"概念把作者从主体的范围推到了客体的范围。它的现代性就在于它加入了现代主义运动中主体向客体转换的潮流。

值得注意的是,现代主义文论的"非个人化"和"文中作者"理论,其目的是否定作者的作用,夸大作品形式的作用,把作品作为封闭孤立起来的客体加以研究。这样就割断了文学与生活的联系,否定了历史的分析,从而陷入了只注意形式因素的形式主义泥淖。其后西方文论的发展,很多批评家和流派都深受这一思潮的影响。

(二)新批评

新批评可以粗略地分为三个阶段。早期的代表人物是英国的艾略特和瑞恰慈,他们看成是新批评的先驱,他们的著作可以看作是新批评肇始的标志。新批评中期在美国繁荣,批评家布鲁克斯、维姆萨特、兰色姆、泰特等人可以看作是新批评的主体。晚期的新批评有很多理论建树,韦勒克的《文学理论》和布鲁克斯、维姆萨特的《文学批评简史》(1957)就是有代表性的著作。在这里我们仅仅讨论中期新批评的主要批评概念。我们知道艾略特首先把作者和作品分裂开来,直接影响了新批评"意图迷误"观念;瑞恰慈倡导的实用批评是新批评"细读法"的重要来源。然而就理论的系统性和深度而言,美国新批评家又向前迈进了一步。具体说,艾略特的非个人化理论仅仅回答了一个"为什么"的问题,即为什么我们应该把作者和他的作品区分开来。而美国新批评家则回答了一个"如何"的问题,即在文本排除了作者的意图因素之后,它的形式是如何构成的,它的结构是如何对作品意义的产生发生作用的。美国新批评家系统地建立了一套文本理论。

新批评有两条基本的理论原则。一、诗歌是一个客观的、独立自足的有机统一体。二、诗歌使读者能够具体地、感性地理解和把握人类经验。前一原则标志着新批评在沿着现代主义运动开辟的客观化道路发展。后一原则说明新批评仍植根于人文主义思想的土壤之中。

几乎每一个新批评家都有自己独创的概念对这两条原则加以描述和阐发。布鲁克斯有"悖论"概念,维姆萨特有"反讽"的概念,泰特有"张力"的概念,兰色姆有"肌质—构架"的概念。鲁克斯在新批评家中是独树一帜的,这不仅因为所有的文论选本都把他作为新批评的代表人物入选,而且也因为他的"悖论"是新批评理论中最著名的一个概念。

布鲁克斯用"悖论"来描述诗歌意义的结构。"悖论"(paradox)这个词很难翻译,它还可以译作"矛盾"、"对立统一"、"似非而是",但都不能确切表达它的内涵。"悖论"是指诗歌中的形象与语词的含义往往是对立、相反、矛盾的,然而在诗歌语言的运行过程中,这些矛盾对立的含义却能逐渐形成一个和谐统一的主题,因而成为一个有机的整体。因此,诗歌是以局部形象/意义的矛盾对立始,以全诗主题的和谐统一终。布鲁克斯在分析济慈的《希腊古瓮颂》时指出,这首诗一直贯穿着这种意义的矛盾对立。这是一种动与静的对立,古瓮上所刻画的情景是运动的,可以使人感到古代的沸腾生活。然而古瓮的图案却是静止的。诗歌把古瓮比作历史学家。历史学家是可以说话的,而古瓮本身却是沉默的。这种动与静的矛盾蕴含着一条真理:艺术的凝固使生活永恒。《希腊古瓮颂》从头到尾就是以这样的对立形象让人感受到这一主题。

诗歌中意义的"悖论"使诗歌的主题变得复杂、丰富、可感并且具有歧义性。这一点正是诗歌的主题区别于一般信息之所在。这种复杂性拒绝把诗歌简化为一条抽象的陈述,拒绝把诗歌概括成为某种简单的概念。一切概括和简化都不是诗,最多只是理解诗歌的一条途径。用布鲁克斯的话说,这是"释义的歧途"。"悖论"概念正是为了避免这样误入歧途而强调诗歌意义形成的全过程。如果用一个比喻来说明的话,"悖论"概念为诗歌意义提供了一个空间。一个普通的信息好像是一个点,直捷、清晰,但不诉诸人的感性。而诗歌的意义则是许多线条交织起来的平面,每条线都有自己的方向,但最终能汇合成一个和谐统一的整体。这个平面则可以诉诸人的感性。艾略特曾说,要像闻见玫瑰的香味一样闻见思想;还说,要把知识溶进感觉,就是这个意思。布鲁克斯所说也是这种理性对感性的渗透和理性与感性的结合。他的诗歌分析具体显示了这种结合方式。新批评在说明了诗歌意义是由文本结构产生的之后,自然也就切断了文本与作者意图的联系。但是新批评的意义结构却和结构主义有本质的区别。结构主义的结构是空洞的,无所指;而新批评的结构有所指,最终反映着人类经验。它反映了作为生命整体的"大的情感"(兰色姆),反映了"标准的个性"而非"经验的个性"(韦勒克),表现了"欧洲人的心灵"(艾略特),以及"现代人的集体性格"(格莱夫)。这一点在诺斯洛普·弗莱的"神话—原型批评"中更为明显。

英美新批评在20世纪文论中占有重要地位,促进了人们对文学语言的重视,是文学批评从"外部研究"进入"内部研究"的转折的典范。但新批评属于形式主义的范围,它忽视了文学的社会性、文化性和政治性,忽视了作品与历史现实的联系,这是它的致命弱点。

(三) 神话—原型批评

新批评对文本的分析取得了很大成就,但它把某一文本同其他文本割裂开来的方法却受到了多方面的批评。新批评忽略了一点,即文本不是孤立的,它与其他文本总有这样那样的联系,这种文本之间的联系有些类似后结构主义者称之为"文本间性"的东西。但神话—原型批评特别是弗莱的理论则是从人类学角度而非语言学角度研究"文本间性"的问题。

神话—原型批评有两个理论来源。一是弗雷泽和他的巨著《金枝》(1890)。此书追溯了各种神话和礼仪模式以及它们在不同文化中的表现形式。再就是荣格的原型心理学。他的"集体无意识"和"原始意象"等概念经过改造之后应用于文学批评并取得了成果。但一般认为"原型"作为文学批评的术语首先是由莫德·鲍德金介绍到文学批评中来的。1934年他出版了一本书叫《诗歌中的各种原型模式》,此后文学批评就经常使用"原型"一词。原型在文学批评中主要是指某些人物类型、故事类型以及常见的主题或意象。除弗莱和鲍德金以外,其他原型批评家还有奈特、格雷弗斯、威尔赖特、柴思和坎伯贝尔等。他们在文学批评中都强调原型模式的作用,并追溯其神话和礼仪的起源。

弗莱无疑是原型批评家中最有影响的一个。他的代表作《批评的解剖》(1957)系统地阐述了他的原型理论。弗莱认,整个文学史构成了一个独立自足的文学世界。这个文学世界与自然界相对应,但它并不是自然界的反映,它是人类想像的产物。和自然界一样,它有自己的结构。弗莱把文学世界的结构归纳为四种原型:喜剧型,传奇型,悲剧型和讽刺型。这四种文学类型与自然界的四个季节即春夏秋冬各相对应。各个单独的文学作品都可以归并在这四个类型中。这四个类型也和自然季节一样,循环往复以至无穷。这种循环形成文学史的发展。

既然文学世界是一个封闭的、自我循环的系统,那它与其参照物——现实世界的关系就不甚密切。文学不是一种关于世界的知识。此外,这一系统外在于个人的性质也使文学与作家的个性和自我表现绝缘。文学也不是创作家心灵的表现。弗莱自称其理论为"文学的人类学",把文学与人类的基本欲望和集体无意识联系起来,认为文学是一个集体的乌托邦梦想。这一梦想以各种形式改头换面地出现在不同时期的文学作品中。这就是个别作品可以归纳进某种具有普遍意义的原型或意象之中的原因。

弗莱的理论把现代人文主义文论的两个重要特点——人性与客观性又推进了一步。弗莱把艾略特的"欧洲人的心灵"和新批评的"人类经验"这些理论上十分模糊的东西加以澄清,并赋予了一个十分明确的概念:集体无意识。这使其人文主义理论具有了更为坚实的理论基础。另外,弗莱在客观性和"科学性"方面对文学批评也有所贡献。他所运用的系统和结构的观念大于新批评单个文本的结构观念,因此更具有概括性和客观性,以至于有些论者把他的原型批评划归到结构主义文论中去。但在伊格尔顿和塞尔登等批评家看来,这种划分是不妥的。弗莱不是一个合格的结构主义者。经典结构主义的精华及其革命性就在于上文提到的符号的空洞性。结构主义的结构没有任何参照物或反映物。它既非情感,也非现实,当然更不是集体无意识的表现。

弗莱以及神话—原型批评在北美地区和中国有比较大的影响。但神话—原型批评应用于文学研究成效不是非常显著,因此有些论者认为它"并没有进入学术和流行文化的主流"。(Selden et al, 2005,3)神话—原型批评没有对原有的文学观念提出强有力的挑战,成为像新批评和结构主义那样的始作俑者。很多理论教科书都没有列专门的章节对它进行讨论。

(四) 朗格的象征美学

在1950年代使科学主义和人文主义相结合的还有一位理论家:苏珊·朗格。虽然戴维·洛奇和拉曼·塞尔登的文论选读本都收录了她的文章,但是在欧美的文论教科书很中少提到她的理论,可见她对文学批评影响不大。不过在中国由于李泽厚的提倡,朗格在1980年代曾经红极一时。所以我们在这里还是对她的观点进行简略的讨论。我们把朗格的理论称为象征美学而不是符号美学,是因为它的人文主义性质。象征符号和记号符号是两个根本不同的概念,不应相互混淆。前面所引的索绪尔那段话针对的就是这种混淆。索绪尔特别强调把两者区分开来;他所力图排除的正是卡西尔和朗格的象征符号。朗格美学的两个关键概念是情感与形式。和其他现代理论家一样,朗格所说的情感并非个人情感。个人情感被她划归在感情征兆的范围里面。感情征兆仅仅是自然需要的发泄,如婴儿的啼哭和呼喊,成人在痛苦或惊讶时发出的声音等。这些感情征兆没有普遍意义,它们仅仅是属于个人的东西。具有普遍意义的是人类情感或人类经验。人类情感实际上是人类对自身情感的认识。因此它是有"逻辑性"的,是有形式的。它不是自然状态的一团浑沌的事物,而是人自觉意识到的,由语言或其他材料使之结构化的事物。形式是个人情感向人类情感转化的关键所在。形式具有普遍性,如语言,完全是社会性的事物。用这些社会公认的模式来框架和结构情感,个人情感则转化为人类所能理解的情感。从作者角度看,理解和认识自身情感的过程实际也是逐渐把个人情感推向这些社会化的模式的过程。只有和这些模式结合起来,个人情感方显示出意义。因此,具有形式的情感必定是社会化的情感。

朗格受维特根斯坦新实证主义的影响很大。她经常使用的逻辑形式一词来自维特根斯坦。维特根斯坦十分强调逻辑形式在语言中的重要作用。他认为"物自身"并非先于语法秩序而存在;在事物进入语言系统之前它们并没有具有举足轻重的地位。具有举足轻重地位的是逻辑形式。从某种意义上说,它先于经验,先于事物,构成事实。虽然我们不能说逻辑形式中已经包含事实,但我们却无法想像任何事实存在于逻辑形式之外。事实一旦被人们所认识,就已经是具有逻辑形式的事实。

新实证主义充满了科学主义精神,它和后来的结构主义是一脉相承的。而朗格的理论却仍然充满着人文主义色彩,她更靠近康德的创造性主体观念。她只是站在人文主义的基础上对新实证主义加以吸收和改造。她并非否认情感作为先验客体的存在。她所提出的是情感要具有形式,要与外在的事物对应。对应的观念来自格式塔心理学。格式塔心理学认为内在的情感也有一定的结构,因此可以由外在的物质世界中的近似结构反映出来。李泽厚举例说,杨柳依依的线条可以表现出依依惜别的那种缠绵情思;雨雪霏霏则反映出低沉苦闷的压抑情绪。朗格把情感与形式比喻为河流与河床。河床赋予河流以具体的形状,即使河流干涸之后,其显露出的河床也仍然让人回想起当年河流的模样。在艺术中,虽然情感转瞬即逝,但艺术作品仍能显示其原有的特色。

对朗格来说,虽然河流必须以河床作为形式,但她毕竟在哲学上假设了一个先验存在的河流,即先验存在的情感或物自身。这就是她和维特根斯坦不同的地方,也是她和其他人文主义流派相同的地方。她和我们讨论过的几个人文主义流派一样,都是在不放弃"人"这个出发点的基础上吸收了科学的精神,倡导了分析的方式。它们试图在科学主义的冲击之下继续保持人文主义的特性,结果其理论的客观因素大大增加。朗格的象征美学反复强调文学艺术表现人类情感,尽管她所说的人类情感具有先验和抽象的性质,但总比那些一味强调自我感情宣泄的文论有所进步。但她的理论反对从生活的角度来讨论文艺问题,从当代政治批评的角度看则是不足取的。因为当代政治批评会认为切断文学与社会的外部联系本身就是一种意识形态,是值得加以考察的课题。

(五) 现象学批评和读者理论

虽然"接受理论"或"读者反应批评"这些称谓在 1960 年代以后

才流行起来,但读者理论本身却有着悠久的历史。亚里士多德关于"卡塔西斯"的概念以及对于悲剧对观众的效果的关心可以看作是最早的读者理论之一。一些浪漫主义批评家也探讨了读者对理解文学作品的作用。柯尔律治认为文学作品中"自然的"形式可以使读者产生同情心。到了1920年代,瑞恰慈开始对诗歌作品进行细读。他把读者对诗歌的不同理解和反应进行分类,试图找出一个普遍的评价标准。另一个属于新批评派的批评家杰拉尔德·普林斯则从修辞角度研究读者。他提出了一个问题,他说我们研究小说的时候总是不厌其烦地把小说的叙述者分门别类,可是却没有人把叙述对象进行分类。而实际上叙述者总是和他的叙述对象联系在一起的。于是他把自己的研究中心放在了叙述对象上面,并提出了"理想读者"的概念。他认为,作者在创作时经常假设一个完全能够理解作者意图的读者,以此作为基点进行叙述。这里可以看出伊瑟尔"隐含的读者"的雏形。

由此看出,在尧斯、伊瑟尔、费希、卡勒、荷兰德和布雷奇等主要的读者理论家之前已有许多人在读者领域耕耘并取得了收获。在他们之后仍有人以各种方法继续从事读者研究。例如有些理论家就试图从解构主义的角度研究读者,因此读者理论不是一个流派,而是一个研究领域,一种方向。各种不同流派的理论家都可以深入这一领域并取得成果。不过除了卡勒之外,那些最有成就的读者理论家都是以人文主义为基础的。这也是本章把读者理论归入人文主义文论的原因之一。

批评家一般把读者理论分为三组。第一组为现象学文论。这一组文论以胡塞尔和海德格尔的哲学为基础,并使之得以应用于文学理论和文学批评实践。现象学文论可以分为早期和晚期两个阶段。早期现象学文论在1930—40年代就繁荣了起来。它包括波兰文论家罗曼·英伽登、日内瓦学派的乔治·布列以及希利思·米勒的早期作品。晚期文论则是人们所熟悉的伽达默尔、尧斯和伊瑟尔的作品。他们的著作主要是1970年代出版的。第二组读者理论被称之为主观理论,代表人物有诺尔曼·荷兰德和大卫·布雷奇。他们主要以研究读者心理见长,通过心理学角度研究读者的阅读过程。第三组是结构主义读者理论,有斯坦利·费希和乔纳森·卡勒。关于西方当代文论中各种读者理论,我国学者已有详尽的介绍,这里就从略了。

三、以科学主义为基础的文论

(一) 俄国形式主义

把文学作为纯粹的客观对象进行科学研究的愿望也可以追溯到亚里士多德。亚里士多德仿佛把悲剧当作一种生物标本,解剖它的结构,度量它的长短,探索它的构成规律。17世纪欧洲自然科学兴起之后更助长了这种以客观的态度和精细的方法为特点的文学研究。与亚里士多德本体论研究不同的是,17世纪以后被称为实证主义的理论家更注重文学与外部世界的因果关系。18世纪苏格兰学者托马斯·布莱克韦尔的著作《荷马的生活与著作探究》(1735)早于泰纳的《英国文学史》(1864)一个多世纪问世,他试图以荷马为例证明特定的社会产生特定的诗歌。当然泰纳的"时代、种族、环境"的实证主义理论是19世纪影响最大的科学主义文论。他的严谨的科学态度和不惮其烦的求实方法被誉为"文化的化学"。

20世纪继承科学主义衣钵的文论首推俄国形式主义。新批评虽然以其解剖麻雀的方法给人造成科学主义的假象,但如上所述,许多学者已经指出了它的人文主义实质和康德主义理论基础。俄国形式主义的理论基础则更接近于新实证主义这一潮流。新实证主义强调知识的有效性、清晰和稳定性,反对主观臆断。对一切可以从逻辑结构中证实为同语反复的东西均称之为伪陈述。新实证主义哲学家维特根斯坦更是严格限制了我们说话的范围;要把一切主观性的知识排除于人们的视野之外。他说,"一个人对于不能谈的事情就应当保持沉默。"(维特根斯坦,1985,97)

俄国形式主义发明了类似于新实证主义的科学有效性的概念——文学性。它要把流行于当时俄国理论界的想像、象征等主观性理论逐出诗学的范围之外。维克多·什克洛夫斯基在他著名的

《作为技巧的艺术》(1917)一文中开宗明义地指出了艺术创造的特殊性并不在于用形象进行思维,"形象思维无论如何也不能概括艺术的所有种类,甚至不能概括语言艺术的所有种类。"(什克洛夫斯基,1989,3)

隶属于主观性范围的"想像"并不能使文学作品具有文学性。文学性存在于更为基础、更为客观的地方,即存在于语言之中。在他们看来,同一题材的内容,可以同时成为社会学、心理学、宗教学的对象。在对象内容上无法区分文学与非文学。文学的特异之处不在内容,而在它的特殊的语言组织。这种特殊的语言组织就是文学性。因此,文学以一种特殊的方式运用语言。且不说许多文学作品没有形象,即使有形象的作品也应该从语言和技巧的角度考虑它对形象的特殊运用。实际上文学是对日常实用语言和日常事物的系统歪曲,是对语言和事物的形式的强化以便吸引人们注意其自身的物质存在。当诗人写下"枯藤、老树、昏鸦,小桥、流水、人家"时,从实用和信息角度看,这两个句子缺乏有效性。我们无法从中获得任何关于枯藤老树、小桥流水这些事物的具体方位、性质和意义等知识。然而正是这种对实际含义和信息的架空,这种臃肿重复的文字堆砌,使这个句子获得了文学意义上的"有效性"。句子的形式和节奏被突出了出来,那些我们司空见惯的事物能够给予我们一种全新的感觉,从而加强了我们对它们的体验。

使形式架空内容,使形式本身得到突出表现的就是什克洛夫斯基所谓的"陌生化"概念。什克洛夫斯基认为,日常生活使我们对事物的感觉变得麻木了,我们只用简便的认知来接受事物。事物摆在我们面前,我们却视而不见。艺术的目的就是唤回人们对生活的感受,摆脱知觉的机械性:"让石头具有石头的感觉"(to make the stone *stony*)。(Lemon and Reis,12)达到这一目的的手法就是使之陌生化,使艺术形式复杂化,增加感受难度,延长感受时间,使我们的知觉重新回到事物本身上来。

什克洛夫斯基的"陌生化"理论可以在电影艺术中得到充分说明。瑞典导演英格玛·伯格曼的作品《哭泣和低语》就是一个极好的例子。影片有意放慢的节奏和大量的特写镜头使影片中"物"的形象获得了极大的突出。评论家指出,我们好像第一次感受到饭桌上酒杯的存在,我们原来生活在这么多美好的事物中间,我们平时却如此轻易地忽略了它们的存在。正是影片延长感受时间的技巧,使我们迷途知返。

"陌生化"概念是早期俄国形式主义的重要成果之一。什克洛夫斯基除了用它说明一般诗学理论问题之外,还把它应用于叙事作品。要把文学的叙述和一般讲故事区别开来,同样需要对作品进行"陌生化"处理。这种处理的方法就是通过暴露写作技巧来阻隔、延迟故事的发展。"陌生化"概念后来对布莱希特戏剧创作和戏剧理论产生了很大影响。布莱希特称之为"间离效果"。他的剧作在演出时经常被中断,插进作者的议论,这也是为了唤醒观众的戏剧意识,把戏剧当作作品而非生活。

什克洛夫斯基选择了18世纪英国小说家劳伦斯·斯特恩的作品《特里斯特拉姆·香迪》作为分析的蓝本。这部作品不像斯威夫特、菲尔丁、奥斯汀等作家的作品那样家喻户晓,但由于其暴露写作技巧而被什克洛夫斯基称之为"世界文学中最典型的小说"(Lemon and Reis,57)。斯特恩在小说中经常中断其描写,停下来讨论起结构作品的技巧,以及下一步如何对情节进行叙述的问题。什克洛夫斯基对这种奇特的做法大加赞赏。他说斯特恩正是以打破故事的连贯性来构成情节的。"他通过破坏形式迫使我们注意到形式;此外,对他来说,这种破坏形式得来的对形式的自觉意识构成了小说的内容。"(Lemon and Reis,30—31)

这种由作者介入讲述作品构思的技巧在当代欧洲小说中也是屡见不鲜的。英国小说家艾里斯·默多克和约翰·福尔斯的作品都有这种大段大段的对作品构思的讨论和对作家写作状况的描写。近些年来,我国的作家也刻意模仿这样的技巧。这些作品都可以由"陌生化"理论来进行解释。

早期俄国形式主义单纯强调形式的局限性是十分明显的,因此在1920年代末遭到了托洛茨基等人的批判。这场批判的结果使一些学者开始向马克思主义靠拢,形成了既注意形式结构,又注重文学与社会之间关系的晚期俄国形式主义,其代表人物是巴赫金。

巴赫金与其周围的一批理论家被称为巴赫金学派。巴赫金学派既保持着早期形式主义注重语言形式的特点,又深受马克思主义的影响。他们认为语言不能和意识形态分开。但与机械论不同的是,他们还认为意识形态也不可能和语言分开。意识形态不是对现实的直接反映,由于语言的介入,它与现实表现为一种更为复杂的关系。这种复杂关系集中体现在话语概念里面。

所谓"话语"是指现实中使用着的语言片断。比如一个医生和一个病人之间的对话,或一个教师与一个学生之间的对话。既然是对话,就必然涉及对话的双方,涉及对话双方的社会地位、背景和双方的关系。因此,综合了这些外在因素之后,对话这一语言片断在整个语言结构内又形成了一个准结构。在这个准结构之内,语言符号的意义不仅受到大的语言结构所制约,同时也受到准结构本身的制约。这就是说,在普通语言中已经约定俗成的词的意义往往在准结构中由于对话双方的权力关系和意识形态的作用而发生改变。古代"指鹿为马"的故事就是一个典型的例子。在赵高与秦二世的对话中,鹿这个形象或符号强行代表马这个概念。用结构主义语言学的术语说,能指与所指在话语中被暴力强行捆绑到了一起。

所以说语言作为实际使用的话语从来就不是一个中性的纯形式领域,它是一个各种意识形态争夺符号、争夺给符号命名即赋予意义的权力的战场。同时话语也不是一个静态和统一连续的独白,而是一种动态和充满矛盾的对话。巴赫金把这种话语作为对话的理论应用于叙事作品的分析中,提出了"复调小说"理论。

巴赫金认为人的思想是超个人和超主观的,它并非是完整的个人意识,而是不同意识之间的对话。"思想就其本质来讲是对话性的。"这种对话反映在小说创作中就是多声部的复调小说。陀思妥耶夫斯基的作品就是这种小说的代表。陀思妥耶夫斯基的小说中作者和作品中人物的关系是一种相互独立的对话关系。作品中的主人公有其独立于作者的思想品格,并非是作者的传声筒。作品中的主人公"似乎已不再是作者言论所表现的客体,而是具有自己言论的充实完整、当之无愧的主体"。(巴赫金,1988,38)陀思妥耶夫斯基小说的结构就是在这种对话中展开的。

巴赫金关于思想及作品中主体的对话性质的阐述把作品与作者区分了开来,开辟了一条从作品直接通向社会意识形态的道路,表明在艺术形式的内部就有意识形态的矛盾与斗争;这使他超越了早期形式主义,也与传统批评不同。传统批评把作品当作创作主体的产物,作品中的主人公是作者借以表达思想的载体。因此作品同社会的联系是通过作者作为中间项建立起来的。而巴赫金认为语言本身就是交织着社会关系的现实。晚期俄国形式主义已经超越了科学主义的局限性和范围。这也正是巴赫金的理论备受当代理论家青睐的原因。无论是马克思主义文论还是后结构主义文论,都十分重视巴赫金的理论贡献。巴赫金学派被看作是最早研究话语理论的批评流派之一。

(二) 结构主义

由瑞士语言学家索绪尔开创的结构主义语言学是20世纪重大的理论突破之一。从1915年他的《普通语言学教程》发表以来,不仅他所用的大量术语已成为人文学科的流行词汇,而且他的基本观点应用于其他学科如人类学、心理分析学、社会学、历史学、马克思主义哲学等均产生了巨大影响。结构主义语言学经俄国语言学家雅柯布森和法国语言学家本维尼斯特等人之手不断向前发展,使语言学的地位明显超出其他学科而居于社会科学之首。

索绪尔的理论中有一系列新术语。为了便于理解,我们把它们排列起来,通过把握它们之间的关系来理解它们的含义。首先索绪尔把现实世界设想为混乱无序、不经划分就无法理解的连续体,他称之为模糊状态或无序状态。因此现实世界与现实的物体不是他的理论起点,必须加括号搁置起来。在此之上是关于事物的概念,即事物对于我们的意义和价值,索绪尔称之为所指。所指之上是能指,即代表这些概念的音响形象和书写记号。最后是具有决定性作用的语言系统或语言结构,关于所指和能指的关系是索绪尔理论中的弱点。他认为能指一旦和所指结合便形成了一种固定不变的稳定关系,像是一枚硬币的两面,不可分割。这一观点遭到了后结构主义的批判。我们把能指和所指的关系放到本章第四部分中讨论,在这里仅谈它们结合后的结果——符号。我们把索绪尔的"现实—所指—能指—结构"这四项序列暂时简化"现实—符号—结构"三项序列。

我们来看三者之间的关系。我们通常认为,一个语言符号总是指代现实中已经存在的某种事物或者我们的生活经验中已经存在的某种思想感情。比如"马"这个词肯定是指代着一匹马这个事物,我们说出"恨"与"爱"这些词的时候肯定是在表达已经存在的恨与爱这些感情。但索绪尔指出,如果词语的任务就是要表现预先存在的事物的话,那么不管在哪种语言里,相应的词都应该具有完全对等的意义。这就是说,在英语中表示一个事物的词,在别的语言中,比如汉语,也还应该指这一事物。因为既然事物已经明确地事先存在在那里,那么各种语言只是各自挑出一个符号给它命名就行了。然而实际情况却不是这样,语言不是一个命名系统。不同语言中的词并不是对等的;这使得事物在不同语言中的面貌、状态皆不相同。

凯瑟琳·贝尔西以丹麦语言学家路易·叶尔姆斯列夫的颜色理论为例说明这个问题。色谱实际上是一个由明至暗均匀滑动的连续体。我们用赤橙黄绿青蓝紫把它切割成不同的单位以显示出意义。从表面上看,颜色词所代表的就是那一段相对应的光谱。但是事实并非如此简单。通过对不同语言的颜色词进行比较,就可以发现,在不同的语言中颜色词所切割光谱的长度不同。英语中的蓝和威尔士语中的蓝所切割的光谱范围就不一样。威尔士语中的蓝除了包括英语中的蓝那部分光谱之外,还包括了英语绿的一部分和灰的一部分。就是说,威尔士语的蓝范围要大得多。(Belsey, 2002, 37)这两种蓝指代范围不同的例子说明,词义是在这种分割过程中,首先由词与词之间的关系所决定。现实事物并不能充分决定符号的含义。事物与符号之间的关系首先得让位于符号与符号之间的关系,即让位于符号关系组成的语言系统。在词与词之间的关系建立之后,才产生词与物之间的关系。索绪尔由此得出了他的划时代的结论:"在语言中只有差异,而没有指称现实的词汇。"(索绪尔,

167)①我们平时认为某个符号指代某个实物这种看法,是把符号和语言系统脱离开来后产生的错觉。一旦把符号放回语言系统中去考察,就会发现首先是语言系统和现实发生关系。符号指代事物只是语言系统分割现实之后产生的结果。因此现实在被分割前是一种混乱浑沌的不定体。由符号组成的语言系统是框架它并使之成形并产生意义的关键因素。

索绪尔关于符号与符号所指代的现实之间没有本质必然联系的观点被称为"索绪尔学说中最激进和最富有成果的观点"。(杰弗森等,1986,33)。它实际上消除了一种传统的深度模式,即认为语言是一块透明的玻璃,透过它我们可以直接把握现实。这种由上至下的垂直关系在索绪尔那里被符号与符号之间的水平关系所取代。符号的意义并非是由符号指代的事物所决定的,而是由这个符号与其他符号之间的区别所决定的。也就是说,符号是由它在整个符号体系中的位置所决定的,词语与现实的纵向关系从语言结构的横向网络中得到解释。

这种整体和系统的知识先于部分与个别的知识的结构主义观点,在人类的日常认识活动中也可以找到很多佐证。列维-斯特劳斯在《野性的思维》(1962)中曾惊异地发现,土著人居然对成千上万种植物具有如此精确的知识。究其原因,列维-斯特劳斯认为,就是因为他们发展了一种有效的分类方法。正是这种对世界的结构化,使一切复杂的事物变得井井有条,而单个事物因为在系统中有了一个位置而变得容易记忆。因此认识事物必须建立在认识各个事物之间的关系的基础上。如果我们把各个事物纳入某种结构关系网中,世界就不会显得那么混乱而令人眼花缭乱了。

虽然结构主义以其科学主义的立场而与康德主体哲学格格不入,但是这种"结构的"认识方法却使我们想起了康德的范畴说。康德正是利用时间、空间等十几个范畴从浑沌无序的物自体世界中框架出一个有序的世界。所以正如一些结构主义的批评者指出的那样,结构主义从某种意义上说是一种没有主体的康德主义。

---

① 译文有改动。将"without positive terms"译为"没有积极要素"或"无肯定项",十分费解。所以把它意译为"没有指称现实的词汇"应该更符合索绪尔的原意。

以上讨论了符号与现实的关系以及结构系统的决定作用。那么这一决定作用的具体过程和机制是什么呢？雅柯布森通过对失语症的研究具体阐发了符号之间的关系是如何使符号产生意义的。他发现语言实际上是通过两种修辞格进行工作，即隐喻和转喻。隐喻是指两个性质、数量甚至发音相似的词的结合而产生意义的过程。例如，"心急如火"、"大步流星"是人的行为与事物在性质状态方面相似；"重于泰山，轻于鸿毛"是数量质量方面相似；"春蚕到死丝方尽"、"道是无晴却有晴"以丝喻思，以晴喻情，是发音方面相似。在这里，符号并没有靠指代现实事物而是借助其他在某一方面相似的符号而获得了意义。转喻是指两个在性质等方面并不相似，但在时间、空间等方面有联系的符号的组合过程。例如以"白宫"喻美国总统（居住地），以"云鬓"喻美人（部分代替全体），以"陛下"称呼皇帝（皇帝阶下的空间）等。在这里，符号靠与其他符号的邻近关系而获得了意义。如果我们仔细观察一下语言现象就会发现，大量的日常生活语言都是依赖这两种组合轴工作的。比如古人说"三碗不过冈"时，他已经用容器代替了酒。我们在语言交流中使用这两种修辞格如此频繁以至于我们都习以为常，没有注意它们所起到的重要作用。但是一旦我们失去了这两种修辞格的帮助，我们的思想交流就会产生巨大的困难。失语症就是失去了运用某一个语言关系轴的能力。雅柯布森通过大量的调查研究表明，"相似性错乱"的病人失去了隐喻能力，总是大量使用转喻，例如把"小刀"叫做"削铅笔的"；"邻近性错乱"的病人失去了转喻能力，却能简单地用一词取代正常人需用一个句子才能解释清楚的物品，例如把"望远镜"叫做"显微镜"。所以如果我们要清楚无误地表情达意，就要正确而灵活地运用这两个组合轴。

雅柯布森进而把他的理论应用于文学分析。他认为浪漫主义文学、诗歌体裁、卓别林的电影《摩登时代》(1936)基本上是运用隐喻工作的。现实主义文学、小说体裁、爱森斯坦的电影《战舰波将金号》(1925)基本上是运用转喻工作的。彭斯吟诵"我的爱人是一朵红红的玫瑰"时，使他的爱人变得美丽可爱的手段是隐喻。果戈理在《死魂灵》(1842)中描述乞乞科夫拜访那个身强力壮、粗暴无礼的地主时,刻意描写了他家里那些粗大笨重的家具,这是用转喻渲染主人的性格。英国批评家戴维·洛奇把雅柯布森的理论进一步应用于20世纪文学。他认为象征主义和现代主义主要是"隐喻",反现代主义文学主要是"转喻"。当然,雅柯布森这种隐喻和转喻的区分在文学分析中也不是绝对的。如海明威的《老人与海》(1952),既可以看作是一个老渔夫的生活片断,即"转喻";亦可看作是抽象的人生的象征,即"隐喻"。但无论从哪一个组合轴出发,我们都可以获得一个理解作品的视角,从而使作品产生意义。

结构主义还可以应用于文学叙事学。俄国形式主义者普洛普关于民间故事的研究已经具备了结构主义叙事学的形态。法国结构主义者托多洛夫、格雷玛斯、热奈特、巴尔特均对叙事学作出了很大贡献。他们除了在理论上论述结构主义叙事原则之外,还在批评实践中把情节、事件、人物拆成碎片,重新组合以显示出叙事结构,并指出作品的意义是如何从这些"叙事的语法"中产生出来的。

美国批评家乔纳森·卡勒则从文本的结构转向了读者的知识结构。他把结构主义应用于读者理论。他认为作品的意义不光是在文本的结构中产生的,它也是在进入了读者的知识结构之后生成的。他把这一结构称之为文学的"能力"。这种文学能力不是读者个人的理解力,而是一套超个人的传统文学规范。读者只有在掌握了这一套规范之后才使得他对作品进行"文学的"理解成为可能。例如受过文学训练的人在看曹操戏时无论受感染的程度有多大,也不会像朱光潜举例时所说的那样,上台去把演员曹操杀掉。因为这套文学规范不允许他把戏中人当作现实的人。卡勒的读者理论和那些建立在个人经验基础上的现象学读者理论是迥然不同的。

结构主义文论的主要优点在于它在考察文学形式诸因素关系时,提倡结构关系大于结构关系项的思想,这种从整体的视角来考察问题的方法,对后来的批评家影响很大。但它把文学的结构看成是自在自为的、独立封闭的体系,把结构归结为一个不容纳历史、现实的空洞,排斥更为广大的结构系统,如社会制度、历史条件、现实政治、文艺思潮等,这就暴露出它的局限。后结构主义正是在这一点上克服了结构主义的弊病,打开了封闭的文本。而晚期巴尔特的文化研究、阿尔都塞的意识形态理论、福柯的历史主义则把结构主义思想应用于更为广阔的社会、文化、历史领域,使文学批评历经20世纪形式主义思潮之后重新回到历史和现实。从这个意义上说,我们今天仍然受惠于结构主义的思想遗产。

四、当代文论

(一) 德里达、巴尔特与文本后结构主义

科学主义文论所强调的形式结构的稳定性以及所谓科学分析的方法1960年代末以后在理论界受到了广泛怀疑。不仅如此,连"科学"一词本身作为"真理"、"正确"的代名词也受到了当代理论家的质询。实际上"科学"作为一个概念和"人"、"上帝"等概念一样,也有它诞生、发展然后被全社会认可的过程。当代理论的非科学主义的倾向是明显的。但是当代理论对科学主义的反拨并没有回到传统人文主义的立场,它是在否定"人"作为先验主体的同时,否定了"结构"作为先验客体的存在。结构主义对先验主体的否定在这里仍然发挥着影响。所以下面将要讨论的几个流派均可以被看作是后结构主义理论。

在论及后结构主义与结构主义的关系时,很多学者往往强调后结构主义对结构主义否定和批判的一面。但后结构主义还有接受和发展了结构主义某些基本思想的一面,如结构主义的"共时"思维模式,即重视表层关系否定深层的思维模式。后结构主义通过剔除结构主义理论中深层思维的残余,如能指反映所指,从而完善了"共时"思维的理论。

现在我们可以讨论索绪尔关于能指和所指的关系问题了,因为我们现在可以和拉康对这一问题的看法作一个比较。

在索绪尔看来,前符号的概念和意义与前符号的音响书写形象是两条浑沌无序的流动体。能指和所指分别切割出其中的一块并使之结合起来,形成了具有固定意义和固定形式的符号。虽然能指和所指最初的结合是"任意的",但一旦这一结合约定俗成之后,便

在语言中固定了下来。所以每一个能指都有其隐藏在下面的稳定的所指。索绪尔认为能指和所指是"一张纸的两面",即一枚硬币的两面,是一个不可分离的符号整体。不难看出,这种对符号的看法仍保留了由上到下、由外及内的深度思维方式。詹明信称之为第四种深度模式。拉康则认为,所指并不是某一个能指所确定的,而是能指的关系网所确定的。所指只是能指之间区别的产物,而不是所指之间区别的产物。这就是说,所指并没有在符号中固定下来,符号的意义是不稳定的。拉康所做的,即用能指之间的差异挖空所指,正如索绪尔用符号之间的差异挖空现实一样。所以伊格尔顿指出:"如果结构主义区分了符号和所指物,那么,上述这种思想——经常以'后结构主义'著称——更进一步:它区别了能指和所指。"(伊格尔顿,1987,160)

因此,观念意义之间的区别完全让位给了能指之间的区别。符号中稳定而固定的意义消失了。拉康从所指的被动性说明了符号中意义后于能指产生。德里达和巴尔特则从能指的主动性说明了符号中意义的生成过程。德里达和巴尔特都曾以字典为例,说明所指永远在能指下面不断滑脱。字典的职能是为每一个语音书写记号提供确切的含义,即为一个能指提供一个所指。这种貌似简单的编纂工作却是一个复杂的意指过程。因为意义这种无形的东西只能用另一个语言书写记号表示,或者说能指的背后仍是一个能指。如把"树"解释为"植物",而"植物"本身也是一个记号,也需要解释。这种情况在初学一门语言的人中特别明显。学英语的学生在使用英英词典时,往往查一个词要查好几次,查到"解释"之后还要再查"解释"的解释。于是字典就成了一个能指指向一个能指再指向另一个能指的流变过程,成为一片"能指的海洋"。因此符号的意义并不像结构主义者设想的那样,在一次性差异中显示出来。相反一个差异虽是预示着另一个差异,意义的到来总是被不断推迟,或者干脆说,意义根本就不能充分地呈现于符号之中。德里达把这一现象概括为"延异",把意义看成是一个不断生成发展的时间过程,并不给它一个结构主义式的"终点"或"固定点"。

然而在我们的日常生活中,却充满了这样那样的固定点。我们相信事物的本质属性,我们满足于在事物上贴满标签。这种把意义固定在符号上的企求,这种让意义在符号中充分显现的欲望是否有思维方式上的弊病呢?当卢梭在《社会契约论》(1762)中写下"人生而自由",让这一对能指和所指的结合变得天经地义的时候,这是否是一种武断?把这种意义固定下来,强调它的自然性、稳定性是否是一种特定社会的要求?此外它还是一种"中心主义",它把这个具有特定概念的符号放在理论体系的中心地位,使之成为出发点和理论基石,并逃避了理论的质询和检验。德里达指出,在哲学史上"你方唱罢我登场"的术语诸如"本质"、"存在"、"先验性"、"主体"、"意识"、"上帝"、"人"等等均是"逻各斯中心主义"的产物。我们讨论过的科学主义假设的"客体"也可以包括在德里达开列的这一名单之列。这些符号概念的共同特点是,它们既是理论体系的目的,又是出发点。就如卢梭的"自由人"既是需要论证的结论,又是论证最初的起点。而我们由于"逻各斯中心主义"的思维方式却在这种矛盾之中浑然不知。

　　强调意义是一种流动过程和它的不稳定性,必然在文学批评领域产生变革。把文本看成是能指,把主题思想看成是所指,然后把两者结合起来的批评模式就有"逻各斯中心主义"之嫌。我们现在已经不能像结构主义者那样把文本拆散组合,找出某种固定的含义。在后结构主义者看来,文本一旦拆散就永远无法再组合起来,只能无限制地拆下去。任何文本都不具备一个固定的意义,阐释只是一种徒劳的行为。而追求意义本身就是一个错误的愿望,它必须让位给对意义生成过程和解构过程的探讨。文学批评的对象已经不再是文本,而是"文本的策略",即意义的产生条件和意义的构建过程与构建技巧。正如卡勒评论巴尔特时指出的那样,"巴尔特强调批评家的职责不是去发现一部作品的潜在意义(过去的真理),而是为我们自己的时代构造可理解性。"(卡勒尔,1988,11)巴尔特自己也说,"在我的一生中,最使我入迷的事情就是人们使其世界变为可理解性的方式。"(卡勒尔,1988,11)在这里,具有本体论意义的"世界"已经让位给了具有方法论意义的"理解方式"。我们不可能再自上而下地穿透文本,去发现、阐释、钩沉隐藏于其中的意义。我们只能"横向地"发展我们的思维方式。科学主义为批评家提供的那种本体论的客体,那种纯粹的文本,那种纵向思维的可能性,在这种能指的交替变幻中消解了。剩下的只是文本的运动,文本的实践活动,文本的生产和转换过程。文本不再是书架上摆着的作品,而是在话语实践中才得以出现的过程。

巴尔特从三方面具体研究了这一过程的机制:文本的构造密码,文本的复数结果以及文本的游戏与欢悦。巴尔特在分析巴尔扎克的小说《萨拉辛》(1830)时把全文打碎成561个阅读单位,然后以这些单位的不同组合交织,构成五种密码:阐释密码、行动密码、象征密码、意义密码、文化密码。这些密码和结构主义那种产生意义的结构还不相同。它们主要是意指过程的指涉方式,是能指的几种组合的可能性,所强调的不是能指与能指的编织网,而是这种编织活动。既然作品中的阅读单位有这五种或更多的组合方式,那么组合过程就不是一种单一的过程,而是一种复数的活动。我们可以在各种密码敞开的大门中进进出出,就像进了一个游乐场,每张门票都可以带来一场精彩兴奋的活动。文学作品本身在成为这种游乐场所之后同时也就失去了它的严肃性。我们并不是在寻找意义,我们是以快乐为目的进行游戏。文本的游戏带来文本的欢悦与狂喜,这就是全部文学阅读活动。

在意义的生成过程和解构过程之间,文本后结构主义者显然强调的是后者。他们破除了符号与文本的固定意义之后就撒手不管,让文学作品像断了线的风筝一样飞向快乐的天空。然而天上毕竟和人间尚有距离。在实际阅读过程中,人们总是难免固定意义之俗。我们不可能都像巴尔特那样,把每一部作品都拆成561个碎片,然后组成不同的魔方与万花筒聊以自娱。人们总是追求一种对作品的理解,虽然这种理解在理论上是一种幻想。作品的意义总是一种虚幻的固定。但这种虚幻的固定是否有某些社会历史根源呢?为什么"人生而自由"会出自卢梭之口,产生于那个启蒙主义时代?本文的实践活动与人的实践活动——生存方式有什么关系呢?这些就是其他后结构主义者要回答的问题。拉康认为这里面是无意识在起作用,阿尔都塞认为是意识形态造成了这种"误认",而福柯则于其中看出了权力的运作。他们研究的也是"文本的策略",不过侧重点放在了意义的社会生成过程,这使他们能够超越文本的局限,把文本和文本之外的因素联系在一起。

以德里达和早期巴尔特为代表文本后结构主义,把文本理解成一种开放的、流动的、有差异的、可以不断阐释的系统,在打破结构主义那种先验的僵化的封闭的结构模式方面,具有积极意义。但他们走向另一个极端,完全否定文学作品所具有的社会意义,甚至认为文学作品可以主观随意地加以解释,这就表现出其局限性,也为后来的社会历史文化批评留下继续进步的理论空间。

(二) 阿尔都塞与马克思主义意识形态理论

"意识形态"一词最早出现于法国大革命时期,具有否定和贬损的意味。马克思和恩格斯只部分地接受了这个概念的否定性含义,但是把它编织在上层建筑和经济基础的更为复杂的关系网中,把它看作是表达统治阶级意愿,维护统治阶级利益,使其统治合法化的社会意识形式的总称。在马克思和恩格斯那里,意识形态这个词已被改造。然而,把意识形态的否定性含义推向极端的是匈牙利马克思主义理论家卢卡奇。他把意识形态定义为"错误意识"。

卢卡奇讨论意识形态时把它放在了与科学认识相对立的位置上。卢卡奇认为正确的认识不仅应该反映主体与客体之间的关系,还应该展示客观世界本身各部分之间的真实关系。但是由于阶级地位不同,并非人人都能做到这一点。在卢卡奇看来,从福楼拜和左拉到现代的乔伊斯和普鲁斯特,仅仅展示了主体对世界的歪曲的感知。夸大地强调了某一方面而不顾其他方面,主观地构造了一个变了形的现实,当然也就不可能达到对现实的真实关系的正确认识,因而是一种错误意识,是基于某种阶级立场的意识形态。

卢卡奇的意识形态概念继承了理性主义传统,仍以理性和意识为基础,没有看到无意识与它的关系。因此詹明信说它还是用"前弗洛伊德时期的词汇来表达的(即没有关于无意识体的理论)"。(杰姆逊,1987,199)所以卢卡奇把意识形态放在了真理/谬误这种二项对立的模式中讨论,显然这是一种深度思维方式。阿尔都塞则在意识形态概念中注入了拉康的思想,用镜像理论把真理与谬误的对立改造成确认与误认的同一。他把意识形态与无意识联系了起来,并使它具有了更为积极和肯定的意义。这一改造还产生了一个更具有革命性的结果:意识形态已不再是一种单纯的认识形式,它从认识的范畴转向了实践的范畴,从静态观照变为动态过程。意识形态就是我们的生存方式、行为方式,当然也包括认识方式。

下面我们从三方面讨论阿尔都塞的意识形态理论:意识形态与主体的关系,意识形态与现实的关系,意识形态与文学的关系。

与传统人文主义主体概念不同,当代理论中的主体概念强调主体是和自由个体区分开来而与外在事物联系起来的。主体已不是思想行动的发源地,也不是一个先验存在的实体,而是一个由语言结构、意识形态结构、社会结构所决定的一个位置,任何人都可以占据这一位置成为某种主体。拉康的理论已经从微观的角度说明了主体是如何由他者构成的。阿尔都塞则从更为宏观的角度再次说明了这种构成。

但是主体的这种被动的、受支配的、身不由己的性质,并不是我们对自己的生活方式的体验。我们在日常生活中并非时时有这种被动的感觉。我们总是把自己看作是一个主动的人,一个重要的人,一个对社会有意义的人,一个创造生活的人。我们可以自由地思考,自由地选择,自由地行动。但根据阿尔都塞的理论,这仅仅是一幅我们为自己勾勒出的理想的画像,"自由人"不过是一种幻想。许许多多外在因素都在暗中决定着我们,我们无法自如地支配自己,就像幼儿无法支配自己的全身一样。但是我们为自己设计了一个理想的心理空间,就像幼儿在镜中误认了自己一样,我们在这个心理时空中也误认了自己。因此我们获得了一种心理上的自我统一感、自由感、中心感。这就是说我们的心理存在与我们的实际存在有很大距离。我们的自我感觉与我们的实际状况并不完全一致,但我们都需要一个良好的感觉。我们必须把自己设想为一个主动去生活的人,这样生活才有意义。我们需要误认自己。

意识形态就是促成我们进行误认的重要因素。从这个意义上说,意识形态已不再是认识的形式而是实践的方式。主体也不再是一个先于意识形态而存在的先验实体,而是一个生成过程。意识形态的功能就是让我们这些个人就座到主体的位置上去,而我们也只有占据了这些位置才能实现自我,成为具有某种思想观念和习惯的社会的人。因此意识形态准备好了等着我们,就像父母准备好了等着我们一样。我们表达的思想感情都是某种早已程式化、结构化的思想感情。我们所说的话都是意识形态事先决定让我们说出的话。我们所做的只是一种修辞工作,只是对这些话进行灵活运用,把它们化为自己的语言,化为与众不同的形式。从根本上说,我们只是意识形态机器上的齿轮和螺丝钉,但我们必须是一颗不生锈的螺丝钉,不然我们就会失去做螺丝钉的资格,失去成为主体的机会。

不过当语言和意识形态"说出我"的时候,我们还是认为是我说出了语言和意识形态,是我在表达某种思想感情而不是某种思想感情"表达我"。我是思想感情的发出者,不然"我"就变得没有意义,从而失去了自我的存在感。我们必须维持一种想像中的自我中心感、主动感,维持这种无意识状况,把误认当作确认。因此无意识在这里扩大到了意识形态领域。阿尔都塞认为意识形态并非是一种"意识"的形态,而是无意识的形态。"即使意识形态以一种深思熟虑的形式出现(如马克思以前的哲学),它也是十分无意识的。"(阿尔都塞,1984,202)这就是说,我们去体验自己与世界的关系时,在意识形态的帮助下创造了一种想像中的身份感、自我统一感。我们所谓的"意识"是在无意识的条件下出现的。

如上所述,主体在阿尔都塞的理论中被转化为主体的生成过程,主体也就不再是一个先验的实体了。阿尔都塞关于意识形态与现实的关系的论述使我们对现实这个客体的传统看法也受到了动摇。现实也不再是一个先验的实体,它也被转化为一个生成发展过程。

我们通常把意识形态看作是现实的反映,虽然有时认为它是曲折的反映。于是现实便获得了一种最终决定因素的资格。在阿尔都塞看来,这是一种线性因果关系,因果先后次序分明。线性因果论在自然科学中的代表是牛顿的物理学。牛顿用万有引力构筑了一个机械运动的宇宙,但是在这个宇宙运动起来之前,根据线性因果律的逻辑,必须有一个第一推动力。于是他引进了上帝作为这第一动力。阿尔都塞反对这种线性因果关系。他提出了一种结构因果律,提出了一个多元决定或相互决定的概念。这种相互决定的因果关系使第一推动力失去了原有的重要性。现在重要的不是某一个起点,而是一种相互影响的运动过程。也许现实曾有最初的影响作用,然而意识形态反过来也影响现实,而且延续时间更长。因此二层建筑式的垂直关系应让位于水平发展的相互作用过程。这一相互作用过程是通过"再生产"实现的。德国法兰克福学派哲学家本雅明在1930年代就论述了"再生产"的概念。在《机械复制时代的艺术作品》(1936)一文中,本雅明指出,艺术复制品对原作的复制,电影对实际舞台演出的复制,摄影对风景的复制都在不同程度上使真实性这一传统标准受到损害。这种大规模的复制或再生产使原物、原作的价值大大降低以至于消失。人们完全可以满足于它们的替代品。我们在游览风景之前已经在图片中把"风景"游览过了,因而真实的风景有时还会让我们感到失望。我们在经历抢劫、谋杀、失恋、死亡之前,已经在小说、戏剧、电影中经历过这些场面。一旦真有这些经历,只会觉得真实的东西像小说里的东西。真实的经历似乎已经变得不那么重要,因为它已经被艺术无数次地再生产过了。

于是我们的侧重点就从现实转向了对现实的再生产过程。鲁迅那个经常为人称道的关于爱情的观点就是强调了爱情的再生产。鲁迅说,爱情需要时时地发展、更新、创造。这就是说,没有一种一旦产生就永恒存在的感情。罗密欧与朱丽叶如果不死,也许后来会反目成仇。而李双双在妇女解放运动中发展了夫妻感情以至于"先结婚,后恋爱"。既然世界上一切都在流变,那么现实也不是一个静止不动的实体。从某种意义上说,再生产使现实得以继续存在。

按照阿尔都塞的看法,意识形态也起着这种再生产的作用。它不断再生产着我们与现实的真实关系,或者说它经常用想像的关系取代真实的关系。意识形态"召唤"我们,"吸收"我们到它的结构中来。而我们一旦进入这架机器就会随之运转起来,不断地误认自己,并不断再生产这种误认。阿尔都塞说,"正是在想像对真实和真实对想像的这种多元决定中,意识形态具有能动的本质,它在想像的关系中加强或改变人类对其生存条件的依附关系。"(阿尔都塞,1984,204)

关于意识形态与文学的关系,阿尔都塞的追随者,另一位法国结构马克思主义者马舍雷的论述则更为详尽。马舍雷认为,虽然意识形态维持着一种我们对自身的误认,但它一旦进入文学形式,就被固定了下来。于是它就暴露出自身的矛盾性、不统一和无意识性;因为意识形态一旦成为一种固定的形式,我们就能与之保持一定的距离,逃脱了"这种"意识形态对我们的控制。因而我们总是能发现作品中作者没有说出或无法说出的东西。

许多伟大的文学作品自身充满矛盾性,在文学批评中已反复被指出。例如巴尔扎克对贵族阶级充满同情,对新兴资产阶级充满敌视。然而他的作品却反映了贵族阶级不可逆转的灭亡命运和资产阶级的成功前景。托尔斯泰对俄国社会的腐朽性进行无情揭露与批判,但在列宁看来,他却鼓吹世界上最腐朽的东西——宗教。在阿尔都塞的理论出现之前,由于我们把意识形态看作是理性意识的一种形式,因此虽然我们能够指出作品中的矛盾性,但只能把它看成是作家世界观中两种思想的矛盾对立。马舍雷不同意这种看法。他认为如果单纯考察思想体系这一概念本身的话,它"不可能有什么思想矛盾","从定义来说,一种思想体系是经得住矛盾的辩论的,因为思想体系的存在正是为了消除一切矛盾的痕迹。"(马谢雷,1988,610)这就是说,作家的思想体系或意识形态并非是在逻辑上有矛盾。作家本人也正是在努力弭平思维中的矛盾而获得一种满意的自我确认形式。但是由于意识形态从本质上说是无意识的,这种确认在一定距离之外由旁观者看就是一种误认,因此它也就显示出了矛盾性。巴尔扎克和托尔斯泰正是在他们的作品中对他们的政治观点的竭尽全力的陈述中说出某些相反的"真理"。

意识形态与文学的这种关系使文学批评的任务有了改变。我们不应该再像新批评家那样,为文学作品补苴罅漏、弭平矛盾,在众多的对立中获取一个统一的整体;相反,我们应该像恩格斯和列宁那样,善于发现作品中没有说出和不能说出的东西。当然我们还应该记住意识形态的无意识性质,把作家的误认看作是某一时代特有的生存方式和行为实践的体现。

(三) 福柯与新历史主义

福柯的理论工作从某种意义上说与无意识概念也有一定的联系。虽然无意识概念并不是他的理论中的核心概念,他本人也无暇顾及这一概念的论述,但他的评论者指出,他研究了人们的意识无法支配的生活实践与认识行为之后,使我们能够把文化与历史看作是无意识主宰的"档案馆",身处其中的人永远无法知道这个"档案馆"的真实规模与实质。人们发现的"真理"都是在这一"档案馆"的规范下形成的有条件的真理。福柯这一思想就体现在"知识型构"之中。我们在前面章节中已经看到,"知识型构"指某一时期自成系统的价值判断体系,或通俗地说就是某个时代人们的"群体共识"。它按照自己设立的一套标准构造知识。我们通常所说的真理实际上就是在"知识型构"中被确定为真理的东西。真理便是这一型构的产品和效果。这很像我们撰写学位论文时的情况。学位论文之所以和普通论文不同就在于它除了要提出自己的独创见解之外,还要按照学术机构的要求,以一定的格式,采用某种学术界承认的方法,在一定时间内完成这一论文。它实际上是学术机构按照自己的一套规范和标准塑造成的产品。从这个意义上说,我们对任何事物的看法都是被隐藏在背后的"知识型构"塑造成的结果。福柯研究了各个历史时期人们对疯狂、疾病、囚犯等的不同标准和不同看法,认为并没有一个绝对的判断疯狂、疾病、犯罪的尺度。它完全不是一个纯粹客观的科学问题和医学问题。在某一时期被认为是疯狂和有病的人,在另一时期完全可以看作是正常或健康的人。疯狂与疾病的观念有其发展演变的历史,约翰·福尔斯的小说《法国中尉的女人》(1969)可以作为上述观点的注脚。小说中的女主人公萨拉与维多利亚时期的道德标准和行为模式格格不入。她对情感的崇尚与追求,她的服饰与踽踽独行的习惯,都成为周围人议论的话题,都被认为是古怪和不正常的。而她对查尔斯的爱情更被看作是一种疯狂。然而数年之后她得到一笔遗产,并成为维多利亚社会中的一员,她却拒绝了千辛万苦找到她的查尔斯。她对他说,她当年对他的爱情确是一种疯狂。

　　福柯对疯狂的研究也是基于这一主题。他认为疯狂与正常并没有一个纯粹客观的分界线,是我们的某种既定的行为模式把某些行为划归于正常的范围之内,而把另一些划归于正常的范围之外。在古代,疯子经常被当作深邃的哲人,比如孔子经常认真思考疯人的教诲,之后还发出深有所悟的喟然长叹。而在近代,我们却把疯子关进精神病院。

　　但是我们不可认为福柯仅仅是停留在人们对事物的看法和观念的发展演变的探讨之上。如果是这样那么福柯的理论就和一般的思想史没有区别了。福柯除了告诉我们"真理"的发展演变之外,还告诉了我们"事物"本身的出现和演变的历史。上面我们仅仅考察了"知识型构"对"真理"的塑造作用,下面我们将看到某些现象之所以成为现象,某些客体之所以成为客体,也完全是得之于"知识型构"的塑造作用。也就是说,"知识型构"不仅决定了我们对事物的看法,而且决定了事物的存在本身。"知识型构"的无形力量使某些现象得以在我们眼前出现。我们把它们当作一个客观存在的客体乃是一种幻觉。

　　我们前面讨论的作者问题就是切近的例子。古代没有作者的概念,而且作者也没有成为一种"社会现象"出现。在古代就没有像今天社会中的"作家"这样一群人。古代人对作品出自谁手并不关心,这就对现代人考察作品的归属产生了困难。这是因为当时的"知识型构"中还没有关于个人、个性、自我的概念。如前所述,英文"人"这个词在古代拉丁语中的词根是"面具"和"角色"。古代人只是在舞台上祭神时戴上面具或者在社会事务中充当某种法律角色时才获得自身的存在,才获得某种确定的身份,除此之外便是芸芸众生。因此在古代写作这个行业并没有给人以一种特别的与众不同的身份。从这个意义上讲,作为个人的作者也"不存在"。我们从作者这些"人"在历史上经历的坎坷跌宕中可以看出,某些"知识型构"可以在自然中带来某些现象,在社会中带来某些人,在文学批评中带来某些新的研究对象。从这里我们也可以看出福柯理论的反科学主义性质。他不承认某种纯粹客体的存在。

福柯在分析"知识型构"的基础上,晚期开始研究知识与权力运作之间的关系。我们在讨论巴赫金时已经看到权力如何对语言进行了渗透。赵高的"指鹿为马"就是一种强权的体现。但是在大多数情况下权力的体现并不是这样蛮横无理地完成的,它通过了一种更为精致、更为细腻的合理化过程。再以学术机构为例:在学术研究中,研究的方法、陈述的方式都必须符合学术界公认的规范。在自然科学中,哪些实验是有效的,哪些陈述是科学的,也有一定的规范。这就是说学术研究已经不只是一个正确性和科学性的问题,而是一个权威性的问题,是谁有权决定哪些是正确与科学的。因此这里面就渗透了权力的运作。但是这一权力运作却是以合理化形式出现的。进行学术研究的人只是真诚地相信这些规范是合理的。在社会生活中,国家和统治者是权威的来源。它通过种种手段把本来是限制臣民的规范自然化、合法化,因此臣民便觉得某种制度是最合理和最好的制度。实行这种合理化的重要手段就是通过某些话语实践,使意识形态控制和渗透语言。新历史主义正是通过这一点切入文学批评。新历史主义批评家把文学看作是进行合理化的话语实践和社会实践,而不是一种我们借以认识历史发展规律的透明玻璃,文学和文学机构是权力运作的场所,它本身就是"历史事件"和历史活动。

新历史主义是1980年代初在英美两国兴起的文学批评运动,在美国被称作新历史主义,在英国被称作文化唯物主义。文化唯物主义这一术语是英国批评家乔纳森·道利摩尔从英国马克思主义理论家雷蒙·威廉姆斯那里借用来的。美国新历史主义主要继承了福柯的传统,代表人物是斯蒂芬·格林布拉特等。英国的文化唯物主义除福柯的传统外还吸收了阿尔都塞等人的马克思主义理论,代表人物有道利摩尔、阿兰·辛菲尔德、贝尔西等。新历史主义是对那些只注重文本的文学理论的反拨。但它又不同于我们传统的历史主义研究方法。它既反对把文学当作某一时代的时代精神的表现这一黑格尔主义传统,又反对把历史事件与文学区发开来当作背景材料的泰纳社会学方法。它抛弃了把文学从其他社会实践中孤立出来并从中发现永恒真理的模式。它把文学也看作是一种社会实践，一种塑造真理并使之合法化的话语实践。新历史主义对作品的意义的兴趣淡漠了，它也不再追问某部作品是否反映了历史发展规律。它着力探讨的是文学如何与其他社会实践一道把这种意义、这种规律构造出来，并使之成为人人接受的常识。从这个意义讲，它抛弃了传统的深度思维模式，以及在作品中寻求终极意义的阐释学企图。文学成为一种话语实践过程，文本和历史的二项对立在这一过程消解了。

新历史主义文学批评集中于英国文艺复兴时期的戏剧特别是莎士比亚的戏剧上。在新历史主义之前，这个领域影响最大的历史主义研究仍然是黑格尔模式。英国批评家蒂里亚得的名著《伊丽莎白时代的画卷》(1942)的主要观点就是某时代的文学表达了某时代的时代精神。伊丽莎白时代追求一种崇高和神圣的秩序，把一切混乱和无秩序排除于神性之外。莎士比亚的历史剧表现了这一追求。他对贤明君主的推崇，对战争混乱的谴责反映了崇尚秩序的时代精神。

新历史主义者并没有简单地否认蒂里亚德的观点，用一种新的观点取代"秩序"的观点。和其他后结构主义一样，新历史主义不把阐释作品的终极意义作为自己的目标。它热衷于研究这种意义产生的过程。道利摩尔认为，蒂里亚德所说的秩序观点在某种意义上可以说是存在的，但并非为当时所有的社会力量所接受。它是某些社会力量压制另一些社会力量，使现存的社会秩序合法化的结果。统治阶级为维持自己的权力，便把这种权力改造成全民利益的代表，让它变得天经地义、深入人心，使之自然化，成为神性的体现。莎士比亚的历史剧从某种程度上说是这一合法化过程的同谋。它通过把舞台变成牧师的布道讲坛，让这种体现"秩序"的话语变成民众的语言。这无疑是一种"剧院的政治"，让权力通过文学语言实施影响。新历史主义探讨了权力运作过程中话语如何使社会等级制度变成了神圣的自然规律。

以上对现当代几个主要的文论流派作了一个粗略的勾画。因篇幅关系,著作繁多的女权主义文论没有讨论。此外,后现代主义和后殖民主义思想在其他章节时有提及,在这里也暂付阙如。本章主要是围绕各种理论出发点和思维方式的转变线索展开叙述的,以期对本书所依据的理论概念的来龙去脉有一个简略的把握。

下 篇

学科与实践

第七章　西方文论与现代性认同

　　本书的上编试图论证,当代理论已经使我们对文学、形式、主体、作者、历史、审美、无意识等概念有了全新的理解。我们已经不能像过去那样把文学看作是纯粹客观的审美观照对象。既然文学失去了其客体的性质而成为我们日常生活中的社会文化实践,那么文学批评和学术研究本身的性质和状态也就需要全面反思。显而易见,现在我们已经不能将学术研究当作纯粹客观的"科研",看作是发现真理、积累知识的手段。学术研究不可能、也从来不是中性的;它是意识形态性的,政治性的,也是社会文化实践的一部分,甚至是某种权力关系的集中体现。基于这样一种观念,本书的下编以及附录讨论文学研究各个学科的历史、现状与未来,看看像西方文论、英国文学、文化研究、文学批评、比较文学这些中国自1980年代以来炙手可热的学科是如何表现出其意识形态性,以及它们在全球化进程中的位置和作用。本章首先从我国对西方文论的接受谈起。

一、对普遍性的追求

　　中国对现当代西方文论的兴趣可以追溯到1930年代。这时正是新批评在英国的兴盛时期,而中国对新批评的了解与英国新批评家瑞恰慈和燕卜逊有很大关系。瑞恰慈曾在清华大学任教(1929—1931),推广他所发明的基于800个英语单词的"基础英语"(Basic English),并教授比较文学等课程。① 而他的批评观念也随之传入中国。钱钟书在1930年代初就论及他的《文学批评原理》(1924),曹葆华在1937年译出了他的著作《科学与诗》。(姜飞,61)燕卜逊

---

① 见童庆生对瑞恰慈和他的"基础英语"的出色研究(Tong,1999,331—54)。

在他的影响下也到北京大学(1937，1947—52)和西南联大(1939)任教。现在北京大学英语系老一代的教授仍然记得他到北京颐和园昆明湖游泳以及喝醉酒后睡在床下的情形。① 自然，他的批评观念也随之传入中国。朱自清当时就曾用他的复义理论解读中国古诗。(姜飞，62—63)

除了瑞恰慈和燕卜逊两位新批评家外，当时中国对 T. S. 艾略特和弗洛伊德均有相当程度的了解。但这时对西方文论的介绍和研究远没有达到系统的水平。而到了 1940 年代末期以降，马克思主义文学批评的典型理论成为文学理论的主流。恩格斯在致哈格纳斯的一封信中论及巴尔扎克，其中他提出"典型环境中的典型人物"的命题。(Engels, 1988, 458)此后卢卡奇对之发扬光大，又经前苏联传入中国，成为 1940 年代末到 1970 年代末在中国占统治地位的文学理论。但这和后来所说的西方文论还有区别。

现当代西方文论通常指 20 世纪流行于欧美的文学文化批评理论，其大规模进入中国始于 1970 年代末。那时历时十年的文化大革命刚刚结束，国家实行改革开放政策。伴随着西方商品和资本的涌入，各种西方文艺思潮也随之进入中国。当时的学术期刊杂志上发表了大量的有关西方文论的论文，对俄国形式主义、英美新批评、结构主义诗学和叙事学、解构主义、弗洛伊德和拉康的心理分析、现象学、阐释学、接受美学以及后现代主义、后殖民主义、女性主义等均有比较详细的研究和介绍，几乎涵盖了当时流行于英美的所有流派。(见陈厚诚、王宁，2000)

那么为什么在 1980 年代出现了介绍西方文论的高潮？这与当时的社会文化状况有什么关系？简单地说，西方现代性在中国的发展和变形促成了西学的广泛流行。不仅是西方文论，中国对西方文学文化研究的所有领域，包括外国文学、比较文学、美学等等都产生了浓厚的兴趣，这和中国本身对现代性的认同有密切关系。

中国现代性开始于晚清和五四的新文化运动。这是一场声势浩大的启蒙主义运动。它引进了西方启蒙主义运动中有关进步、发

---

① 北京大学英语系李赋宁教授、王逢鑫教授对有关燕卜逊的掌故十分熟悉。

展等具有时间性的历史概念,也引进了民主、科学等以理性为基础的社会概念。当时最为流行的一句口号就是陈独秀1919年提出的欢迎"德先生"(民主)和"赛先生"(科学)到中国来。他要把这两位"先生"请进中国,促进中国的现代化进程。(陈独秀,110—11)

从这里可以看出,当时的中国知识分子将民主、理性、进步当作是放之四海而皆准的真理,看到的是这些概念的普遍性。他们并没有意识到这些概念是西方所特有的,而且具有强烈的意识形态性。这种思想倾向决定了当时中国对于西方文艺思潮的看法。各种文艺思潮均被"客观地"介绍到中国来,缺乏分析和批判。西方有关的文学批评理论也被看作是一种解读文学的普遍有效的手段,对其意识形态特征视而不见,更不要说对其地域性、阶级性、民族性的分析和认识。

这种情况在1980年代引进西方文论的高峰期表现尤其明显。1980年代与五四新文化运动在很多方面有极为相似之处。学界对于西方文论的研究,主要侧重介绍和应用。人们主要关心的是西方有哪些先进的批评理论和方法,它们在对文学的阐释中是否有效。在1980年代发表和出版的关于西方文论的大部分论文和著作中,以否定和批判精神为主题的少而又少。这一点也反映在对伊格尔顿著作的翻译和介绍方面。伊格尔顿的《文学理论导论》在中国大陆有多个译本,是在大学中使用最多的课本之一。但是对于他的另一本著作《批评的功用》,却很少有人问津。这本伊格尔顿自己十分重视的小书至今没有一个中文译本,也很少有人加以引用。这里透露出中国读者和学者的兴趣和学术取向:我们对有关西方文论的知识性介绍、客观描述和概念解读有着浓厚兴趣。而像《批评的功用》那样侧重于探讨文学批评生成的社会原因以及它的意识形态性质和阶级性的著作,似乎并不能引起人们的重视。这说明了中国读者已有自己的先入之见,对普遍性的方法论的兴趣超过了对具体社会背景和理论的特殊性的分析。

这种对普遍性的重视在1980年代对形式主义文论的广泛兴趣中也得到体现。随着形式主义文论的广泛流行,对文学的审美性、文学性等概念的关注也日益加强。研究文本、研究文学的审美纬度成为一种时尚。似乎文学本身成为全人类的共同财富,对它本身的形式结构的分析可以超越时代和国界,也可以超越一切意识形态之争。

总之,在1980年代西方文论的介绍过程中,隐藏在客观描述解读和对文学的审美、形式关怀这些观念背后的是对普遍性的追求。人们热衷于理论的应用,文本的细读,对一切新的方法和观念兴奋不已,却忽视了理论产生的社会根源。而实际上,伊格尔顿在《理论之后》(2003)一书中已经告诉我们,西方文化理论的兴衰与1960年代的社会革命运动有着密切的关系。它是具体的、特殊的社会运动的结果,而非普遍有效的真理或方法。(Eagleton,2003,23—40)

二、"失语症"、"中国流派"和"新左派"

以上谈到了盛行于中国的形式主义文论与现代性之间的联系。本文认为,形式主义表现出的普遍性理想为中国知识分子追求启蒙与现代性提供了一个言谈的场所。因此从某种意义上说,我们可以把形式主义看成是现代性的转喻。但是问题并不在于这种认同现代性的方式是否贴切,也不在于现当代文论晚于西方近30年后在中国大陆流行这一时间差的意义,关键在于这一认同背后反映了什么样的社会心理状态。我们认为,把形式主义当作普世真理在一定程度上有助于帮助克服中国知识分子认同现代性所带来的自我分裂状况。形式主义作为转喻可以看作是拉康式的"物体小a"(objet petti a),可以看作是自我不在场的替代物品。

正如我们在第一章中所看到的,和西方知识分子的状况不同,中国知识分子认同现代性产生严重的心理矛盾和身份危机。首先,这是因为现代性乃是西方特有的观念,并不从属于中国古代文化的任何一支。西方现代性包涵的内容,如科学、民主、进步、理性等等均在西方内部产生。此外,在经济领域,资本、效率、收益和利润等原则以及相关的生产方式和消费方式也是西方现代社会的一个组成部分。因此,无论是韦伯从文化方面对现代性概括,还是马克思从生产方式角度对资本主义现代性的描述(马克思、恩格斯,1972,

第 1 卷，252—57)，均是以西方社会为背景，与传统东方社会没有必然联系。

因此，认同西方现代性就是承认这样一种历史观：即历史是在发展进步，而西方国家是历史发展的火车头。以商品为主导的西方现代性以摧枯拉朽之势，冲破一切传统社会的藩篱，打破传统社会自身防御的万里长城。① 这在马克思的《共产党宣言》中有极为精彩的描述。承认这样一种历史观，就是承认一系列以欧洲为中心的二元对立：进步/落后、现代/传统、文明/野蛮、理性/非理性、工业化大生产/水利农业生产等等，不一而足。在这样一种认知框架中，中国自然被放置于一个十分可悲的历史位置之上：它的社会一出现就落后，它的文化天生就需要更新和变革。由此看来，中国自 1950 年代提出"赶英超美"的目标就不足为怪，因为这是现代性认识框架所使然。这一口号到 21 世纪的今天仍然在中国人的头脑中根深蒂固：我们时常可以从报刊上得知中国当前 GDP 的排名，目前已经在世界上排名第三，超过了英法德，还将在可以预见的未来超过日本甚至美国。

在这样一种历史框架之中，正如阿里夫·德里克深刻地指出，中国"不是作为历史的主体存在"。(德里克，317)这就是为什么黑格尔说中国没有历史，而马克思把中国列入他的奴隶社会/封建社会/资本主义社会/共产主义社会的历史模型之外，另外冠以亚细亚生产方式的特殊称谓。② 在这种历史框架中，中国的历史没有发展。用马克思的话说，中国这个"庞大的帝国，占据世界人口的三分之一"，其历史却"像植物一样缓慢地生长"。(Marx，1951，55)中国社会是非现代性的，因为它没有时间概念作为发展维度。

因此，中国知识分子认同现代性的后果是十分严重的：要么中国的过去可以忽略不计（没有历史），要么落后（处于二元对立中受压迫的一项）。这样的结果在文化领域引发知识分子的身份危机。

---

① "The cheap prices of its commodities are the heavy artillery with which it batters down all Chinese wall, ..."(Marx and Engels, 1985, 84)
② 关于封建制度、亚细亚生产方式和中国历史的详细论述，见阿里夫·德里克《马克思主义与中国历史》(德里克，304—22)。

如何在认同西方现代性的同时保持中国的主体性,这是一个异常困难的问题。中国知识分子总是处于一种两难处境。这在文学理论的领域有极为明显的表现,就是在中国文学理论"失语症"和"建立中国特色的文学理论"两方面左右摇摆。"失语症"和"中国特色"问题曾在学界引起过广泛的争论。

"失语症"是中国比较文学学者率先提出来的。1995年曹顺庆在《21世纪中国文化发展战略与重建中国文论话语》一文中借用雅柯布森的术语说明中国文学理论自五四以来就患有"失语症"。(曹顺庆,1995,216)五四新文化运动认同西方现代性,否定中国文化传统:"自五·四'打倒孔家店'以来,中国传统话语就几乎被遗弃了,人们纷纷操起西方哲学观点,西方文论方法,纷纷用西方的话语来解读和表述。"特别是在1980年代西方文论大规模涌入中国,我们言必称西方理论大师,中国人本身的声音在理论上已不多见,造成我国"理论话语的失落"和"当代文坛被西方文论称霸的局面。"(陈厚诚、王宁,16)

当然这里也有例外。钱钟书的《管椎篇》和《七缀集》就是中国传统文论的典范之作。从形式上它采用的是中国古代诗话词话的方式,在内容上也多采用中国古代文论的概念。但是毕竟钱钟书并非中国当代文论的主流。在大学的学术研究和教学实践中,西方文论的方法和概念占据了主导的地位。而现在以西方文论的模式阐释中外文学作品更是学界普遍采纳的学术规范。

问题的症结不在于"失语症"是否存在,或在多大程度上存在,这在当时对"失语症"的讨论中是主要的话题。问题在于"失语症"的提出反映出当代中国知识分子的心理焦虑。这种焦虑是上述对现代性认同的直接后果:即文化主体性丧失,言说的主体丧失。因此,"重建中国文论话语"的主体性成为当务之急。建立具有中国特色的文学理论就是在这样一种背景下提出的。这一口号曾经也是比较文学的一个重要的题目。1970年代李达三就提出建立比较文学的"中国学派"。为达到此一目标,他要在本国的文学和文学理论中找出"特具'民族性'的东西,加以发扬光大"。(黄维樑、曹顺庆,140)其他台湾学者如陈鹏翔和古添洪也倡导这一观点,并提出达到这一目标的具体步骤。(黄维樑、曹顺庆,144)"中国学派"的口号在中国大陆学者中间得到了热情和积极的响应。在文艺理论方面,王一川的《从现代性到中华性》也是对文学理论和学术研究如何发扬光大中国特色的探讨。(王一川,1994)

但具有讽刺意味的是,虽然倡导"中国学派"的中国学者众多,但是真正具有中国特色的理论论著却甚少。这种缺乏正好说明一个问题,就是"中国学派"是"失语症"的另一面。它是一种心理上的努力,试图补充"失语症"所带来的主体空虚感。但是不幸的是,它恰恰是这一空虚的表现或转喻。

但近些年来,在西方文论研究与介绍领域,福柯、德里达、赛义德、博德里拉、詹明信的影响不断增大。而历史学领域的理论家布罗代尔、沃勒斯坦、德里克、弗兰克的主要著作被翻译出版,极大地影响了人们对西方现代性和东西方文化关系的看法。(布罗代尔,1993;沃勒斯坦,1998—2000;德里克,1999;弗兰克,2000)以上著作被广泛应用于文学和文化研究之中。我们在第八章还要看到,在英国文学研究领域,学者开始讨论中国研究者的视角和立场(易丹,1994,111—16;王腊宝,2000,15—23;盛宁,2000,5—15),认为对外国文学不加批判的单纯介绍实际上是加强了"西方的注视",屈从了西方对非西方国家所设定的权力关系。这些论者强调的是非本质主义的研究立场、观察视角和不同文化之间的权力结构关系。中国对西方文论的接受进入了一个新的阶段。

对于这样一股反现代性的思潮如何评价,是一个复杂的问题。这里我们只能简单得出结论说,当现代性以全球化的形式向中国渗透的时候,中国学者终于认识到了东西方的文化差异。普世主义遭到怀疑甚至唾弃。但是这种以反现代性面目出现的思潮是否仅仅是对现代性的一种补充呢?我们知道1960年代以后产生的西方批评理论对现代性的质疑并没有产生实际的社会效果。学院派理论家并不能改变资本主义体制。事实上,人们经常嘲笑那些学院派的马克思主义者,包括具有左派色彩的批评理论家:巴尔特、福柯、博德里拉、赛义德、德里达。他们对启蒙现代性进行了批判,他们解构了维护资本主义体制的许多重要概念。他们对资产阶级意识形态和文化霸权进行了深入剖析,但是他们的社会影响更多的是局限在学术界。因此中国"新左派"对主体性重建的强调,对全球化现代性的抵制,是否也只是停留在话语层面,这是一个值得深入研究的问题。我们在第十章还要对此详细讨论。

第八章 英国文学研究的模式与立场

鸦片战争(1840—1842)之后,中国社会面临着全面解体的威胁,并由此产生了严重的政治文化危机。当时的知识分子向西方寻求拯救民族的改革方案,因而西方的现代性思想在中国产生巨大的影响。清朝末年知识分子崇尚"西学"成为时尚,像梁启超、严复这样的思想家也不例外。虽然这个时期对西方思潮的接受主要集中在政治、经济和科学等方面,但文化之维已经引起人们足够的重视。梁启超甚至认为,某种文学的类型对于一国文化面貌的革新具有关键性的作用。他在著名的《论小说与群治之关系》(1902)中说:"欲新一国之民,不可不先新一国之小说。"(郭绍虞、王文生,1980,207)而这种文体的改革需灌注"欧洲之真精神理想"。(见黄修己,1998,57)可见是西方文学在当时知识分子心目中之地位。

对英国文学的汉译与介绍可以追溯到鸦片战争之后。根据现在学者的考证,早在 1853 年英国传教士宾威廉就与中国人合作将班扬的《天路历程》译成中文,并"屡次刷印,各处分送"。(刘树森,2000,2—3)但是英国文学在中国大规模译介还是在 19、20 世纪之交。1898 年严复所译的《天演论》中译出了蒲伯和丁尼生的诗歌片断。赫胥黎的这部著作在中国的影响史华兹已有全面的论述。(史华兹,1996)而另一个翻译家林纾,则译出 156 种西方文学作品。其中英国文学作品就有 93 种之多,包括现在西方称之为经典的莎士比亚、笛福、菲尔丁、斯威夫特、史蒂文森、兰姆、科南·道尔、司各特等人的作品。由于林纾本人不懂英文,靠雇佣翻译的口头叙述改写,因此离原著相差很多。但这些作品在社会上的影响却是无与伦比的。郭沫若曾回忆到,虽然他后来读过英文的莎士比亚,但不及林纾译的兰姆《莎士乐府本事》对他的影响大。① 所以林纾的译著对中国现代作家的影响怎样估计也不过分。

可见,中国对外国文学特别是英国文学的介绍与清朝末年的思想启蒙运动密切相关,并在五四新文化运动中达到了高潮。1911年清王朝结束;1915年作为新文化运动标志的刊物《新青年》创刊;1919年发生五四反帝爱国运动。这一系列事件都伴随着知识界对西方文化的引进。西方的现代性思维模式(包括理性、科学、民主、进步等观念)为中国的文化变革提供了思想上的合法性基础。因此,英国文学在当时并非是一种学术或一个学科,而是一种新的思想意识形态。英国文学为当时的社会变革提供了文化上的解释,成为所谓反传统的话语,甚至是社会斗争的武器。

本章对英国文学在中国的介绍和研究作一个回顾,并对它在大学及研究机构的学科化过程作一点评介。从中我们可以看到英国文学在中国的社会使命以及当时和现在的知识分子对它的社会功能的不同认识和评价。本章分为四个部分。第一部分概述20世纪初到1940年代英国文学在中国知识界的状况。从中可以看出它与启蒙主义、社会政治的关系以及对中国现代作家产生的影响。第二部分探讨1940年代到1970年代中国对英国文学的研究与学科化过程。从中可以看到以阶级斗争概念为基础的中国式的英国文学经典的确立。第三部分概述1980年代以后英国文学研究的状况,特别是对这一时期知识界对审美与文本的兴趣作一个意识形态方面的探讨。第三阶段学术范围和深度有极大地加强。最后一部分对近年来英国文学研究领域的动态作一个简单的评述:经过前一时期全面西化和审美化之后,现在可以看出对"经典"和"文本"的厌倦,对普遍主义的审美价值的质疑,对民族文化身份的渴求。第四阶段以民族主义立场取代了审美的普遍主义。可以说,这代表了英国文学研究的一种新走向。从下面的叙述中可以看出,第三个阶段与第一个阶段有很多相似之处,两者都崇尚启蒙主义的价值观,对英国文学往往是不加批评地移植与介绍。而当前与第二阶段也有某种

---

① 见郭沫若《少年时代》,1947;转引自(王锦厚,1996,370)。

相似之处,就是民族主义主体性的崛起。显然,后两个阶段无论从研究规模到思想深度都超越了前两个阶段。

一、求新声于异邦:中国早期对英国文学的评论与介绍

研究英国文学在中国接受的学者一般认为,三类西方文学作品——浪漫主义、现代主义、现实主义作品在中国引进的规模较大,影响也比较深远。(Chou and Chen,1990,1210—1217)特别是在1920—30年代,中国对英国浪漫主义和唯美主义的兴趣相当浓厚,对这两类作品的翻译也很多。五四时期几个有广泛社会影响的杂志——《新青年》、《新潮》、《小说月报》等,都有大量的关于英国浪漫主义和唯美主义作品翻译和评论发表。另外有些杂志还专门组织了关于浪漫主义作家的专题介绍。《创造月刊》于1923年2月刊出"雪莱纪念号"。《小说月报》1924年4月刊出了"诗人拜伦的百年祭"专号。在唯美主义方面,则有郭沫若对佩特《文艺复兴》的摘译以及评论文章《瓦特佩特的批评论》(1923),朱维基翻译的佩特的《文体论》(1929),田汉翻译的王尔德的《莎乐美》(1923),沈泽民的《王尔德评传》,张闻天和汪馥泉的《王尔德介绍》(1922),以及梁实秋的《王尔德的唯美主义》(1928)等文。(见解志熙,1997,7—33)虽然对这些英国作家的译介还没有学院化,而且这些评论也算不上严格意义上的学术研究,但是他们在社会上的影响却是十分巨大的。那么是什么样的社会氛围使中国作家、评论家对浪漫主义和唯美主义发生如此浓厚的兴趣呢?或者说这些英国作品中的什么因素如此吸引他们的注意力呢?有评论家指出,这两类作品"一类是富于反抗精神的作品,如拜伦、雪莱等'立意在反抗,指归在动作'的诗篇;一是富于艺术性的所谓纯文艺作品,如王尔德等人的戏剧"。(王锦厚,1996,371)因此,英国文学中那些具有革命性、反叛性的作品和主张艺术独立性的作品受到了广泛的欢迎。

实际上,这些"反抗精神"较强的作品都是主张自我解放、个人主义至上的作品。李欧梵在《中国现代作家中浪漫的一代》(1973)

中指出,"五四时期文学对自我的表达与其他活动比较,是相当具有个人主义以及英雄式气概的",并把五四文学中个人主义高涨的情感成分定义为"浪漫"。(李欧梵,2000b,47)因此,对英国浪漫主义的引进,是与五四时期流行的个性解放、反对传统儒家关于社会、家庭优先的伦理观分不开的。而唯美主义关于艺术至上的观点与儒家文艺观也是背道而驰的。儒家文艺观强调文以载道、教化(改造社会)以及知人论世(认识功能)。文艺的审美性只有在社会功能的框架之中才有意义。风化就意味着以情感感动人心使之归顺于儒家伦理。而倡导艺术的独立性,无疑是与这一儒家传统相抵牾的。因此,在中国作家看来,浪漫主义和唯美主义的所谓反抗精神,以及主人公的特立独行和放荡不羁(如莎乐美),表现为一种对艺术形式和审美的追求。在田汉看来,追求审美与反抗传统是一致的。他在评论《莎乐美》时说,爱自由平等的民众应该有莎乐美一样的追求和精神。(田汉《田汉文集》,1987,343)在郭沫若看来,为艺术而艺术或人生的艺术化是最高的社会理想,是改造中国社会已有的弊端的一种有效途径。(郭沫若,1990,207)由此看出,艺术独立性观念本身体现了极为强烈的意识形态色彩。

可以说,五四浪漫主义对个人主义、个性的强调发展了一种新的自我观念。这是一种发展中的自我,它要在生活中"实现"自己。李欧梵在分析郭沫若和徐志摩的诗歌中的个人主义观念时指出,这种"自我实现",是要"建立并提升一个全新的人格"。(李欧梵,2000b,49)这是一种完全不同于儒家传统的"新人";而艺术、文学形式甚至文学批评,都是他们实现自我的手段。如果说浪漫主义代表了这种自我实现和发展的精神,唯美主义和艺术创作则是这种精神的具体操作,在话语和艺术形式中的实践。如果我们把现代期刊、舞台剧院以及出版机构、文学批评看作是一种公众空间的话,[①]那么不难看出,英国文学以及当时引进的其他西方国家的文学为这一批"反传统"的知识分子提供了一个非常广阔的生存空间。从审美的角度理解文学和提倡艺术独立性观念,形成了一种完全不同于传统

---

① 关于文学批评与18世纪英国资产阶级公共空间的开拓,参见(Eagleton,1984,9—27)。

儒家思想以及中国古代诗话词话的话语形式。在这里,具有启蒙主义思想的一代作家构造了一种新的价值体系,发出自己的声音,在话语中开拓了自己的活动空间。而英国文学的某些作品便成为服务于这一目的的工具。因此,"为艺术而艺术"归根结底仍然是一种社会批评,只是它的社会性是曲折隐晦地表现出来的。它的社会性不存在于艺术的内容之中,而是存在于艺术形式本身的诉求之中。

对于中国现代史上这股浪漫主义和唯美主义思潮,反对之声也是不绝于耳。因为,除了大城市中知识分子和中产阶级的生存空间外,中国社会的组成毕竟是多样的。在中国面临内忧外患之际,对下层人民生活的关注自然在文学领域成为热点之一。这也反映在对外国文学的介绍和接受以及评价等各个方面。最明显的例子就是中国现代文学史上最重要的小说家、批评家之一的茅盾,对唯美主义和艺术至上论自始至终都是持否定态度。茅盾属于与浪漫主义的创造社相对立的写实主义文学团体"文学研究会",他的文艺主张很自然是倾向于社会批评。茅盾写过大量的介绍外国文学名著的文章,收集在1930年代出版的《汉译西学名著》和《世界文学名著讲话》两本集子中,其中有评论莎士比亚、弥尔顿、笛福、斯威夫特、菲尔丁、司各特、拜伦、萨克雷、狄更斯和王尔德等人作品的文章。(茅盾,1980)[①]从这个名单上可以明显看出,茅盾的主要兴趣是具有写实因素的现实主义作品。我们可以看出,茅盾对拜伦的人物形象是贬斥大于褒扬:在《拜伦的〈曼弗雷德〉》一文中茅盾写道:"他的人物常常一面是纨绔的浪子,一面又是革命煽动家,但在此两面的中心却是一个孤独的厌世的人。"(茅盾,1980,310—311)而在评论王尔德的《莎乐美》时,他的批判性就更加锋芒毕露了。他认为"唯美主义是上流贵族者和放债吃利息者一流的寄生阶层的文艺样式"。(茅盾,1980,385)

虽然茅盾对唯美主义的批评过于偏激,但是这种"阶级分析"方法无疑为1940年代以后中国外国文学研究的批判模式开了先河。以阶级观点为基础划分外国文学作品的类别,是新中国成立之后各

---

① 这两部书后来合并以《世界文学名著杂谈》为题出版。

大学普遍使用的方法。外国文学研究的系统化和学院化以及阶级概念的确立与民族国家的建立有着密不可分的关系。

二、精华与糟粕:1940年代以后英国文学研究中批判传统的建立

1940年毛泽东发表了《新民主主义论》,其中提出对西方"资本主义国家启蒙时代的文化"要批判性地继承:我们对待西方文化要像肠胃消化食物一样,"排泄其糟粕,吸收其精华"。(毛泽东,第2卷,707)1942年毛泽东又在《在延安文艺座谈会上的讲话》中特别批评了"为艺术而艺术"的资产阶级文艺观点。(毛泽东,第3卷,874)在1949年之后,"批判地继承"西方文化的观点成为中国文艺工作和文学教学研究工作的基本原则,而《新民主主义论》和《讲话》则是指导国内文艺创作和文艺批评的纲领性文件。它们对英国文学研究的影响主要表现在如下几个方面:1.英国文学研究者对英国现实主义文学作品的兴趣和评价远远超过了唯美主义、象征主义、印象主义和其他现实主义作品,甚至超过了华兹华斯、柯尔律治这样一些浪漫主义作家。现实主义的原则不仅局限在19世纪狄更斯等作家,而且扩大到对18世纪叙事文学、莎士比亚等作家的评价上,并确立了一批中国式的英国文学经典。2.研究者发挥了上述对外国文学作品批判地继承的观点,并以批判模式取代了1920—30年代对英国文学以介绍为主的模式。3.以"人民性"、"阶级性"诸概念取代艺术独立性概念。

毛泽东在《讲话》中虽然没有直接涉及英国文学作品,但是它对外国文学评论家的立场作了明确的规定。那就是,"我们是站在无产阶级的和人民大众的立场"。(毛泽东,第3卷,878)这一立场在具体的操作中规定了研究者的视角,因此区分各种作品的类别成为第一步的工作。在1949年以后的英国文学研究中,阶级划分是评价作品重要根据。英国文学根据作者和内容被划分为资产阶级的腐朽文学,小资产阶级的人道主义文学,无产阶级的革命文学等等。而在每一类的作品中,以一分为二的方式把作品中的"进步因素"和

"落后、反动因素"区分开来。例如,在1958年发表的关于《简·爱》、《呼啸山庄》、《苔丝》的一系列论文中,把作品主人公进行阶级定性成为重要的内容。在这样一种分析模式中,苔丝和希思克列夫因为属于劳动者或无产阶级其思想价值得到充分地肯定。(见吴元迈,2000,6)

今天看来,阶级分类的方法与西方正统的学院派文学研究相距甚远。此外,把作品中的人物等同于生活中的人物也是一种十分机械的反映论。但是作为从艺术独立性概念中解放出来的第一种社会学分析方法,这仍然不失为一种有趣的尝试。其实社会学定量分析方法很多都是十分机械的。今天十分走红的布迪厄关于审美趣味与社会阶层的一一对应,以及他对各种不同职业的人群对文化产品的消费统计对于我们理解文化与社会的关系也并非尽善尽美。(Bourdieu,1984,136,138-40,158)关键的问题不是评价阶级分析方法的"学术"含金量有多高,而是要看它在整个外国文学研究史上的地位和作用。阶级分析的方法显然超越了单纯无保留地对西方文化的介绍与赞美,开始试图表达研究者自己的立场和见解,并着手建立一套有待完善的批评模式,为批判地研究和介绍英国文学提供了一个社会理论的框架。此外,作为出色的诗人,毛泽东在《讲话》中并没有完全忽视艺术形式的重要性,而是从审美与政治的关系中看待艺术性的作用与意义。毛泽东把这一原则称作"政治标准放在第一位,以艺术标准放在第二位",并要求"政治和艺术的统一,内容和形式的统一,革命的政治内容和尽可能完美的艺术形式的统一"。(毛泽东,第3卷,869-70)而"为艺术而艺术"的口号正是在这样一个新的理论框架中受到批判。其实在历史上艺术独立性观念和审美批评从来都不是中性的学术批评。无论在中国还是西方,它都与一定社会集团的意识形态立场相联系。这一点在下文中还要论及。

人民性、阶级性等社会学观念在文学研究领域的应用以及对文学的社会功能的大力提倡,使中国的英国文学研究产生出与英国批评家利维斯的书单完全不同的一批"经典"作品。首先,英国宪章派的诗歌,工人作家的作品包括鲜为人知的罗伯特·特雷塞尔的《穿破裤子的慈善家》(1982)受到批评家的极大关注。① 虽然这类作品在艺术性上有极大的欠缺,但是仍然获得了与一般意义上的经典作品相并列的地位。其次,英国浪漫主义作家被划分为"积极浪漫主义"与"消极浪漫主义"两类。前者包括拜伦、雪莱等"革命"诗人,后者包括华兹华斯、柯尔律治、骚塞等反对法国革命的诗人。从"积极"与"消极"这两个术语本身已经看出批评家对两者的褒贬。第三,揭露资本主义工业社会的残酷、黑暗以及描述社会底层人民生活的作品如狄更斯等人的作品获得的评价较高,被称作批判现实主义。但同时,批评家也指出了这些作品中人道主义思想的局限性,并视之为小资产阶级的意识形态。这一点也是评判莎士比亚、勃朗特姐妹、萧伯纳等人作品的主要依据。最后,英美现代主义作家如T. S. 艾略特、叶芝、乔伊斯、劳伦斯、伍尔夫则被视为颓废、腐朽、没落的资产阶级意识形态的代表,是英国文学中的反动派。唯美主义者王尔德当然也在其列。其他英美现代主义作家如庞德、康拉德则被看作是法西斯和帝国主义的代言人,或受到批判,或基本不再提及。②

自1950年代以来,这一批判的视角是研究英国文学以至整个外国文学的基本模式。甚至在1970年代末我们依然能够看到它作为文学研究的指导思想的存在。在1970年代末1980年代初出版的一系列外国文学教材如《欧洲文学史》、《外国文学简编》(欧美部分)、《现代欧美文学》、《外国文学教学参考资料》、《世界文学名著选评》等著作中,这种阶级分析的方法和批判精神仍然随处可见,成为介绍与评判外国文学作品的思维定式。(杨周翰、吴达元、赵萝蕤,1979;朱维之、赵澧,1980;孙凤城、孙坤荣、谭得伶,1981;二十院校,1980;江西人民出版社,1979—81)而1980年代英国文学研究的转

---

① 杨仁敬在2001年10月19—20日于湖南湘潭师范学院召开的"英国文学学会第3届年会暨学术讨论会"上的发言提到中国英国文学研究中"人民性"概念的另一来源,即当时苏联学者阿尼克斯特的《英国文学史纲》(1959)的影响。此书对英国宪章派诗歌的介绍极大地影响了我国学者对英国文学史的看法。
② 这在当时权威的教材《欧洲文学史》中可以看出来。这部教材上卷于1964年出版,下卷1965年完成,因后来文化大革命开始,没有付印。关于上述英国作家的评论见(杨周翰、吴达元、赵萝蕤编,下卷,1979,41—59,150—62,298—303,308—11)。

变首先是这一思维定式的转变。1980年代学界抛弃了阶级性概念,构建了审美性概念。这一纯文学视角从某种意义上说是1920—30年代流行的艺术独立性观念的复兴,只是这一次更加学院化,更具学术性。西方公认的经典作品得到了大规模的系统介绍和研究。

从今天的角度看,批判模式对文学形式的忽略是它无法应对审美批评的缺点。但是1980年代人们完全摒弃这一模式的时候却同样忽视了它曾经有过的积极意义,那就是,中国的学术研究曾一度摆脱了以启蒙主义、人道主义为核心的"西方"的现代性模式。我们在前面已经反复强调,这一现代性模式在中国的应用有两个根本性的弊端。首先,它承认一种世界历史的发展模式:即现代性由欧洲内部产生,扩展至世界其他的落后地区。但是现在我们知道,这完全是一种虚构的欧洲中心主义的历史观。其次,如果承认这种从传统到现代的历史发展模式,那么,作为边缘地区的传统国家中国只有并入这一世界体系才有出路。因此,在文化上与西方认同就成为必不可少的条件。这就是为什么早期中国的英国文学研究只停留在利维斯书单的水平上,没有任何创造性发挥。其中的原因就是中国批评家主体性的丧失。中国的外国文学研究缺乏与西方不同的视角、立场和观点,缺少原创性。如果说这种研究具有某种文化殖民化倾向,也许并不过分。因为那时人们是学着以西方人的观点看待世界,包括看待文学。这样的文学批评,无论具有多么浓厚的本土色彩,都必然是西方文化触角的延伸。

因此,1949年以后的英国文学研究中的批判模式应该视之为以民族国家(政治性)为基础的非殖民化的文化运动。虽然这一模式所采取的马克思主义历史观(原始社会、奴隶社会、封建社会、资本主义社会、社会主义/共产主义社会)仍然不能摆脱欧洲中心主义(马克思本人关于亚细亚生产方式的看法也说明他也是一个欧洲中心主义者)。但是毕竟,外国文学研究由启蒙主义的角度转换为阶级性、人民性的角度,形成了下层人民的立场与观点。虽然这一运动以牺牲"文学性"为代价,但它为中国批评主体的建立留下了创造的空间。当然有关中国式的外国文学经典作品今天看来颇有争议。但是把西方经典吸纳到与西方的现代性不同的理论框架之中,这是一个有益的尝试。而这种改造、选择、评判,使中国学术体系得以建立,第一次有了一种原创性,而不再重复西方学者已经建立起来的趣味、标准和价值体系。

三、审美的复归:1980 年代及 1990 年代初的英国文学研究

1980 年代标志着一个历史阶段的结束,包括 1940 年代以来建立的那种批判传统的终结。西方现代性观念以审美和艺术独立性的形式重新登场。启蒙主义理想、人道主义、审美主义等一系列西方价值观念重新受到人们的青睐。与此同时,西方的商品如家用电器、电子产品、汽车等在 1970 年代末打开了中国的大门,引发了一场生活方式的革命。政治理性让人厌倦,消费文化受到追捧。文学研究领域中的工具理性观念如为政治服务、文学的社会功能等等被人们嗤之以鼻。生活方式的转变、对富裕生活的向往使人的欲望不断膨胀,审美感性也因之得到全面解放。艺术的独立性,这个在中国湮灭了半个世纪之久的陈旧话题被当作是最时髦的观点提出,审美批评成为众望所归的研究模式。美学一时成为人文学科的显学。

这时中国的英国文学研究已经不限于对英国古典文学作品的再评价。当时学界最引人注目的是欧美现代主义文学的引进与介绍。在英国文学方面,有大量的文章对叶芝、艾略特、劳伦斯、康拉德、伍尔夫、乔伊斯、戈尔丁等英国现代主义经典作家进行评论和研究。这些作家的作品也被系统地译成中文出版,如当时影响甚大的 4 卷本《外国现代派作品选》(袁可嘉、董衡巽、郑克鲁,1985)就汇集了上述作家作品的精华。其他有影响的涉及英国现代主义文学的研究论著有陈焜的《西方现代派文学研究》(1981),何望贤编《西方现代派文学问题论文集》上下册(1984),袁可嘉的《现代派论、现代诗论》(1985),以及侯维瑞的《现代英国小说史》(1985)等。这里对现代主义文学的介绍还涉及各个现代流派和文学思潮,包括对意识流小说、象征主义、意象派、荒诞派等现代文学流派。这些著作中对

英国现代主义文学评价与1970年代末出版的教材已经完全不同，理解、赞扬的成分居多。到1990年代以降，系统的20世纪英国文学教材和研究著作开始出现。重要的有如王佐良、周珏良编《英国二十世纪文学史》(1994)，王佐良《英国诗史》(1993)，李醒《二十世纪的英国戏剧》(1994)，黄梅编《现代主义浪潮下：英国小说研究，1914—1945》(1995)以及近年出版的新版巨著《欧洲文学史》第三卷(2001)，都显示了对现代主义以及20世纪英国文学广泛而全面的研究成果。这时的著作已经从单纯的介绍转向了系统的研究和细致的文本分析。

从上述资料中可以看出，这个阶段英国文学研究的范围、规模和深度超过了以往任何一个时期。英国文学研究的范围不断扩展的同时，其理论、方法论、研究方式也不断接近现在英美大学的研究水平。这一点可以从材料的搜集、文本的分析、批评方法的选择诸方面见出。但是从另一方面讲，这一阶段英国文学研究的批判性却远远不如1950至1970年代。1980年代学者大多数接受了西方学者的选择、趣味和观点。在学术研究繁荣的背后，启蒙主义、人道主义等思想观点正在漫延。具体说就是理论上重视审美艺术性，方法上重视作品的文本结构分析。从诸多方面我们都看到了向1920—30年代那个阶段的复归。

当然这是一种更高层次上的复归。这一时期的学者拥有了1920—30年代批评家不曾有过的理论基础。这一时期的英国文学研究，不论自觉与不自觉，很大程度上都带有英美新批评派的色彩。我们在第七章中看到，英美新批评派是最早介绍到中国来的西方文学批评流派之一。虽然新批评的先驱者英国批评家瑞恰慈和艾略特的批评作品在1920—30年代就已经广为人知，但是在学界的影响还是十分有限。而在1980年代，新批评一举成为文学研究领域影响最大的西方文学批评流派之一。首先是韦勒克和沃伦的《文学理论》在中国的翻译出版(1984)在学界产生重大影响。(见姜飞，2000，71—76)此书关于文学批评的"内部研究"和"外部研究"的区分，使文本批评成为超越社会学批评的批评方法。特别是韦勒克关于文学作品结构分层理论为审美与文本细读提供了理论依据。这

个时期介绍和评论新批评的论文和论著也日渐增多。(赵毅衡,
1986)此外新批评家的论文和论著在大陆从1980年代起到1990年
代已经系统全面地译成了中文,为学者详细了解这一流派的思想和
批评方法提供了基本的材料。(卫姆塞特、布鲁克斯,1987;赵毅衡,
1988;韦勒克,1988;史亮,1989;王恩衷,1989;韦勒克,1991;瑞恰
慈,1992;艾略特,1994;韦勒克,1997;韦勒克,1999)因此韦勒克和
其他新批评家的理论和批评实践对1980年代学者强调文本、审美
结构和艺术形式的思潮起到了推波助澜的作用。从某种意义上说,
新批评改变了《讲话》以来人们对文学的看法。社会批评让位于文
本和审美批评。在这样一个理论背景下,就不难理解重视形式的西
方现代主义作品在中国广泛流行了。像劳伦斯、康拉德、乔伊斯已
经成为被评论最多的英国作家,研究论文不计其数。而这些作家作
品中的形式因素、心理因素成为吸引人们注意的焦点。

纵观这一时期的英国文学研究,可以发现两个特点。一是批评
家对西方学术权威的广泛认同。这时的英国文学研究已不再是
1920—30年代那种印象式的批评和粗略的介绍,而是有大量学术引
证的正规论文和论著。西方学者的观点往往被用以支持批评家自
己的观点或加以详细讨论。虽然这种研究已经十分规范化,但是其
批判性较之上一时期却大大降低。无论是对作品还是对引证的批
评资料,赞扬之声远远高于批评之声。其次,这时的形式主义者、审
美批评家大多数是现代性、现代化和启蒙主义价值体系的拥戴者。
他们在思想上追随西方启蒙主义价值观和西方人文主义传统,在文
艺观上高扬作家的主体性,在方法论上提倡情感表现,在具体的批
评实践中热衷于审美结构分析。

我们在前面的章节中已经看到,审美批评和形式主义研究方法
并非纯粹中性的学术研究。这里面有着浓厚的意识形态因素。以
西方人(特别是西方1950—60年代之前)的眼光看待英国文学,对
西方学术权威的认同和引证,对文本不加任何批判的审美分析,代
表了某种理想主义。这一理想主义把审美当作人类普遍有效的心
理活动,把某些学术的准则看作是放之四海而皆准的真理,把人道
主义等同于世界主义。但是具有讽刺意味的是,审美从来就不是普

遍的和中性的心理活动。在西方,从18世纪美学诞生之日起,它就成为资产阶级扩展自己生存空间的有力手段。伊格尔顿在《审美的意识形态》(1990)一书的第一章中对此有详细的分析。(Eagleton,1990b)而新批评的文本中心论在1960年代之后在西方国家也受到广泛的批判。那么1980年代中国学者为什么无视英美国家对新批评已有的清算,反而对它趋之若鹜?如何解释新批评在西方与中国繁荣与衰败的时间差呢?

实际上,这里涉及的仍然是对现代性的认同问题。对现代性的认可不仅仅是承认一系列启蒙主义思想价值,而且需要承认现代性由西方内部产生这样一个欧洲中心主义的观点,承认现代/传统、进步/落后、西方/东方这一系列二元对立。而这必将对中国学者的文化身份产生问题或危机。正如我们在第一章中论述的,将欧洲中心主义观点普世化则是克服这一身份危机的方式。把审美、形式结构作为普世原则,掩盖它的历史,使其中性化、世界化,则是通向这一文化理想的有效途径。因此,在审美和独立的形式中,人们无法看出现代性这一欧洲中心主义观点所代表的是东西方不平等的权力关系。审美关系正是抹杀这一系列不平等二元对立的有效方式。对于审美与艺术性的追求,可以克服边缘化国家成员自身的矛盾性。因而审美普世化也就象征性地解决了中国知识分子认同西方所产生的身份危机。

四、非殖民化:英国文学研究的发展趋势

由此可见,英国文学研究中的审美批评、文本分析、人文价值、启蒙主义所代表的普遍主义理想具有相当浓厚的殖民化色彩。这种殖民化倾向已经不再表现于作品内容之中。1950—60年代批判现代主义文学作品是宣扬资产阶级腐朽没落的文化或帝国主义的文化侵略的观点显然是简单化了。从内容评判一部作品的价值无法回应审美批评的挑战。但是如果把英国文学研究中的审美诉求本身看作是某种阿尔都塞式的症候或拉康的无意识,看作是对第三世界国家真实的生存状态的掩饰,那么我们就可以发现,在普世主

义的背后实际上是不平等的东西方权力关系结构。而这一点正是1990年代来英国文学研究者经常讨论和思考的问题。

近年来不少学者已经意识到1980年代全面译介评论外国文学中存在的殖民化倾向。易丹在《超越殖民主文学的文化困境》(1994)一文中尖锐地批评了对外国文学经典和西方发达国家文化"缺乏独立的哲学思想和方法论、缺乏主动的批判精神"的全面接受。在这种对"强大文明"积极认同的研究格局中,"外国文学研究在我们的文学乃至文化领域内所扮演的角色,正是一种'殖民文学'或'殖民文化'的角色。我们所从事的事业,从本质上看与那些外国传教士们所从事的事业没有什么不同,我们甚至比他们做得更好"。因此,"我们如果没有意识到我们是站在什么样的文化立场上讲话,将会是十分荒谬的"。(易丹,1994,112—13)

易丹的文章曾在学术界引起强烈反响。但由于提出的问题尖锐重大,而文章本身限于篇幅对这一观点的理论表述和历史论证相对而言显得薄弱,因此当时肯定者少,批评者多。① 但事隔多年之后,随着全球化问题日渐突出,以及有关后殖民主义的理论问题不断引起人们的思索,易丹当年提出的外国文学研究者的立场问题再次进入学界的视野。王腊宝在《阅读视角、经典形成与非殖民化》(2000)一文中持有与易丹类似看法,但在材料论证上则更为充分。他指出,1980年代建构的外国文学经典反映了对西方强势文化的认同。具体地说就是英国文学(以及美国文学)有着高出其他国家,特别是其他英语国家文学的地位。在现行的中国大学体制里,英国文学(以及美国文学)成为外国文学研究领域里最重要的学科。把外国文学研究的重点放在英美文学,忽略其他英语国家的文学和第三世界文学的"厚此薄彼的现象"使"庞杂的世界文学发展史被清理简化成一个以西方列强文学为主线、以东欧和亚非拉文学为点缀的文学体系"。英美文学在世界文学中这一崇高地位,"使不少人失去了应有的批判力,不知不觉中,他们被一种殖民心态禁锢了起来,对这两国文学就只剩下了完全的认同。"(王腊宝,2000,20—21)的确,倡

---

① 随后发表的一系列回应文章对易丹的观点几乎都持否定态度。(见黄宝生,1994;张弘,1994;赵炎秋,1995;吴元迈,1995)

导文学性、审美性和文本结构并非仅仅是一个方法论问题。研究对象的筛选意味着一定的意识形态立场。把文学中某些因素当作普遍有效的法则，其结果往往是按照某种强势文化的标准审视文学现象，认可现有的、以西方为主导的世界秩序。

盛宁《世纪末·"全球化"·文化操守》(2000)一文则对外国文学研究者的立场问题进行了充分的理论表述。盛宁涉及现代心理分析的重要概念"注视"，特别是谈到我国外国文学、比较文学和西方文论研究中表现出来的"西方的注视"。盛宁指出，文化的全球化发展从某种意义上表现出"西方中心观"凌驾于一切之上，而这一切正是以一种普世主义的形式出现的。赛义德在《文化与帝国主义》一书中把这一西方主体称为"超主体"。这一超主体"浓缩"了西方意识形态和价值观，是具有某种文化基因的"有机物"。而上述英国文学研究中对审美和文本的强调，正是对这一价值观的认同。而这一认同的代价就是以第三世界立场视察世界的角度的偏离，也就是第三世界学者主体性的丧失。这种貌似普遍化、中性化的主体实质上是绝对非普遍化的，也就是完全西化的。而我们的许多学术研究和介绍，由于缺乏自己应有的立场，往往是"用一种异己的文化眼光"对本土的文化加以审视。因此"文化主体性问题，实际上就是我站在什么立场，怀抱什么目的，最终达到和实现一个什么归属的问题。"（盛宁，2000，13）

因此抛弃审美普遍主义，从东西方关系的角度重新审视和评价英国文学和英国文学研究就是可以预见的趋势。随着后殖民主义文化理论引起争论，以及世界体系理论在中国现代文学研究领域中的开始应用，外国文学领域也在寻求一种新的研究模式。随着对文学研究殖民化问题的讨论，以及文化研究对文学研究的入侵，英国文学研究的面貌也必然发生改变。新的英国文学研究应该更加注重社会文本，更加注重文学的文化性质，更加强调研究者的立场。当然对研究者立场的自觉并不是对过去阶级立场的简单重复。正如本书第五章指出的，阶级概念需要更新，注入民族文化和东西方权力关系的内涵。我们在伊格尔顿对爱尔兰文化的研究中已经看到这种阶级观念向民族观念的转换。(Eagleton,1995)这是一种植根于民族文化的主体性的创造,一种对文学关系而非文学实体的研究和探讨。建立一种新的、基于非西方立场的批判模式,也是中国的英国文学研究有所创新的前提条件。

第九章 从文学研究到文化研究

过去一些年来,无论国内还是国外,文化研究都在不断升温,给文学研究带来了许多意想不到的结果。首先是文学批评的对象与范围扩大了,文学与非文学的界限模糊了。许多过去传统文学批评不屑一顾的东西,如侦探小说、科幻作品、哥特式恐怖故事等等,现在都成了研究的热点。而另一方面,过去所谓文学经典的地位却在下降,一枝独秀的局面不复存在。且不说经典有时被通俗文化阐释得面目全非,就是经典与非文学文本平分秋色,本身对经典的价值也是一种贬损。

所以现在面临的问题是,文学研究与文化研究,或审美批评与社会—历史—文化批评是走向分裂还趋于融合?多年以来人们感到这种对立的存在,但它们是否有可能在新的条件下统一起来?

文化批评从很大程度上说与文学理论的兴起密切相关。所以这种对立还隐含着具体作品研究和理论研究在方法和倾向方面的对立。自1950—60年代起,英语国家开始译介欧陆的新理论,比如俄国形式主义、法国结构主义和德国阐释学、接受美学等。到了1970—80年代,这些理论便进入大学课堂,正式学院化、学科化了。在"理论的时刻"降临之后,许多批评家对传统文学研究提出了质疑。什么是文学成了问题,文学研究的对象需要重新加以界定,而文学批评所关注的问题也在不断变化。比如传统的作者研究就受到了当代主体理论的挑战。我们在第四章中看到,1968罗兰·巴尔特发表《作者之死》一文,产生很大影响。

作者作为个人存在的理论基础,即笛卡尔以来的先验主体理论受到抨击。与作者观念相关的表现主义、印象主义也受到自新批评之后最严厉的批判。再如作品与现实的关系问题。索绪尔以来的结构主义语言学家认为,语言不是表达思想的工具,语言也不反映现实。相反,现实从某种意义上说是语言系统对其分割、划分,即对其结构化的结果。(Belsey,2002,37)因此,对生活事件的理解,就不能保证对作品意义的把握。这一点我们在第六章中已经详细讨论。除了这两个文学研究的基本问题之外,新理论对19世纪和20世纪初建立起来的文学观念,如"想像"、"整体"、"有机性"、"形象"、"形式"、"多义性"等等均提出了挑战或新的理解。虽然文学理论是新兴学科,但理论著作汗牛充栋。到后来,理论本身也被看成是具有某种语言风格等审美特征的"作品",成为研究对象。1982年出版的一本书《美丽的理论:当代文学批评中的话语景观》宣称,理论著作为我们展现了一种形象的景观,理论已经变成了一种话语形式。我们甚至可以不去过问问题及其答案,理论本身就提供了某种语言游戏和思想乐趣。(Bruss,1982)

但是,就在文学理论向文学研究不断渗透,理论思潮不断扩散,"理论大战"不断升温的时候,英国学界仍然涌动着一股能量巨大的潜流。这股潮流从表面上看不事喧哗,但有一种内在的坚定与执着。这就是F. R. 利维斯的"英国文学的伟大传统",或者说是他从马修·阿诺德那里继承的文学信念:即当一个社会中宗教、哲学不能提供人类生存的意义和价值的时候,文学便取而代之,成为信仰、道德和传统价值的基础。利维斯把这一观点应用于具体的文学研究,规定了一系列英国文学经典的范围。从乔叟到玄学派诗人到华兹华斯,从奥斯汀到乔治·艾略特到D. H. 劳伦斯,利维斯为我们勾勒出一幅"英国文学的认知图"。(Eagleton,2008,28)这幅认知图所代表的是一个纯文学的堡垒。利维斯从中读出了对工业社会、物质文明、实用主义、低俗文化的反抗。他读出了文学的思想价值、情感的社会意义。他倡导文学的审美经验。"生命"、"体验"、"复杂性"是他常用的批评概念。文学是"被感受到的",是诉诸直觉的,是"活生生的"对生活的理解。在平庸的世俗生活和实用的商业社会中,只有文学是一块净土,它提升人的生存价值。

利维斯的思想和文本分析方法影响了不止一代人。雷蒙·威廉姆斯在1970年代说,在英国小说的研究领域,"利维斯完全胜利了"。"无论你和谁谈起英国小说,包括那些对利维斯有敌意的人,他们实际上都是在重述利维斯的英国文学史观。"(Selden and Widdowson,1993,21)特雷·伊格尔顿在《文学理论导论》中也认为,"无论《细察》杂志是'成功'还是'失败'……事实上今天在英国学文学的学生,不管他们知道与否,都是利维斯主义者。"(Eagleton,2008,27)然而,这位塑造了几代人文学趣味的批评大师从来不奢谈理论。1930年代中期韦勒克曾经要求利维斯明确他的理论立场,用"更抽象的"术语"保卫"他的批评实践。利维斯拒绝了这一"理论化"的要求。(Newton,1988,65)他说,哲学与诗是完全不同的两种事物。哲学是"抽象的",而诗是"具体的"。"诗歌中的词语并非要求我们'思考'和判断,而是要求我们'去感受'或'投入'——使文字中的复杂体验得以实现。"(Leavis,1988,67)批评活动就是要从作品中获得具体的反应和完整的体验。这一立场就是文学研究中的审美立场。它强调具体的文本及其构造,强调文学的内在价值,强调对作品的细读和直接感受。它强调文学的特殊性:即文学文本区别于其他文本,纯文学区别于通俗文学,经典区别于畅销书的审美特质。文学有它自身的规律性。非文学文本比如传记材料、历史材料以及其他文化形式只有在帮助我们阐释和理解文学作品和再现审美体验时才有价值。这一思潮广泛流行于大学英语系的教学之中,也在文学辅导丛书如著名的《鹈鹕英国文学指南》(Pelican Guide to English Literature,1954—61)中体现出来。这一审美倾向因其贴近文学阅读实践而影响广泛。不仅如此,利维斯的追随者也经常对新的理论和批评方法提出质疑和批评。鹈鹕丛书的主编鲍里斯·福特1990年在《伦敦书评》上撰文对莎士比亚研究中的"文化唯物主义"和"新历史主义"等时髦批评方法提出了尖锐的批评。他说,"我丝毫不以为这些人的文章传达出对莎士比亚的感受,或者重述了作品的含义。也许他们从来就认为,老师帮助学生欣赏莎士比亚,让学生为莎士比亚所感染,让学生理解戏剧和诗歌形式如何产生出这种感受等等,这些事都与他们无关。"(Bradford,1993,145)这些批评使得许多理论家不得不为文学理论存在的意义和价值进行辩护。拉曼·塞尔登在《当代文学理论导读》(1993)一书的序论中花费很大篇幅阐述文学理论的必要性以及自1960年代以来文学理论的学科化过程。(Selden,1993,6-8)伊格尔顿在《文学理论导论》第一版的前言中也阐述了理论研究的重要性,并认为文学理论并不比其他学科难,他这本书的目的就是要清除关于理论的神秘感。他说,"我试图使这一学科……得到普及。"(Eagleton,2008,xiii)

　　从上述现象看,在英国的文学研究领域可以说形成了两个阵营。① 一派博学严谨,功力深厚,崇尚经典;另一派思维敏锐,视角新颖,倡导文本的外部研究和新方法。这两种倾向的对立不仅反映在理论层面上,也反映在学院的机构层面上。最突出、最轰动的例子就是1980年的"麦凯布事件"。科林·麦凯布是一个极有才能的批评理论家,从事结构主义、符号学及电影理论方面的研究。但是他希望留任剑桥大学讲师并申请永久教职的时候被拒绝。因为利维斯的母校对麦凯布的学科持有明显的否定态度。《泰晤士报文学副刊》出了一个专号讨论这一事件的背景,并给理论家们以解释的机会。评论者在介绍麦凯布时说他的理论具有结构马克思主义色彩,其来源是法国精神分析学家拉康的学说,实际上属于后结构主义学派。这一解释反而使普通读者更加困惑,而且似乎也证实了麦凯布的学问有些离经叛道。总之这一事件显示了传统批评家的实力,他们成功地阻止了所谓"理论的入侵"。

　　不过随着时间的推移,文学理论作为学科不仅建立而且完善了起来。在许多大学里,文学理论已被列入必修课,此外在理论派这一阵营,有些人近些年来从文化研究的角度抨击经典作品研究,这更导致了对审美研究方法的争议。上述的理论研究与作品研究的对立又以新的形式体现出来。英国曼彻斯特都市大学教授安东尼·伊索普在《从文学研究到文化研究》(1991)一书中从托马斯·库恩的知识结构革命的角度论证了文化研究取代文学研究的合理性。他认为文学经典规定了一个局限性很大的读者群。利维斯在《大众文

---

① 许多学者都指出了这两派的对立。理查德·弗里德曼和苏玛斯·米勒在《重新思考理论》(1992)一书中把这两派概括为"两种研究模式"(Two Paradigms),即以利维斯为首的审美派和以伊格尔顿为首的理论派。他们在这里强调的是文本研究与理论研究的对立。(Freadman and Miller, 1992) K. M. 牛顿在《美学、文化研究与英语教学》(1993)一文中强调利维斯的审美研究与近年的文化研究的对立。(Newton, 1993)

明与少数人文化》(1929)一书中认为,在任何时期"对艺术与文学的欣赏都依赖于极少数的人"。他们不仅能够欣赏但丁和莎士比亚,而且能够保持准确的判断,因为在他们身上保存了优秀的人类经验。伊索普指出,这一精英文化是以"大众文明"为代价的。"人类经验"是以通俗文化为对立面,以"他者"为先决条件的。正是这种"高级"文化与"低俗"文化的二元对立,产生了纯文学研究,也产生了纯文学研究的对象即一系列经典。所以,所谓伟大的文学传统,是当前精英文化结构的产物。伊索普还指出,从利维斯到伊格尔顿以来这50年间,"现代文学研究经历了一个被发明、被制度化和危机的过程。而现在它正转化为某种其他的东西,即文化研究"。(Easthope,1991,5)在英国文化委员会出版的一个刊物上,伊索普甚至提出了"文学之死"的论点。他说,所谓经典并非从来都是伟大的,它是某种思想、理想、生活方式的产物,它有一个发生、发展和衰亡的过程。在当今通俗文化流行的时代,"无人能够证明某部作品(如《哈姆雷特》)就一定比另一部作品(如杰弗里·阿切尔的小说)要好。"①

显然,伊索普代表了文化研究的某种极端立场,那就是用通俗文化彻底取代经典。这种倾向在当今中国文艺界也有表现,特别是在戏剧方面对外国经典作品的重新排演中很突出。据说现在舞台剧《浮士德》已经加进了摇滚乐。此外北京人民艺术剧院1994年底上演的《哈姆雷特》也是面目全非了。演员们都"穿着当代中国老百姓的服装……灰扑扑地站在我们面前"。评论家指出,"演员身份不确定,使他们丧失了个性,呈现平面化,而整出戏也十分暧昧。经典意义上的莎士比亚名剧,无形中已被瓦解"。(《文艺报》,1995年3月18日)。实际上这是以通俗文化的名义对经典进行有意识的破坏。从这个角度看,《哈姆雷特》确实与通俗文艺无甚区别。它与英国演员劳伦斯·奥立维尔和中国配音演员孙道临所创造的《王子复仇记》已毫无联系。经典意义上的莎士比亚已不复存在。

---

① 见英国文化委员会(British Council)的刊物 *Literary Matters* (September,1993, No. 14,7),并参见《外国文学评论》对"文学之死"论争的介绍(《外国文学评论》,1994年第3期,135—36)。

虽然伊索普站在通俗文化的立场否认经典有需要商榷之处,但是他的观点也指明了一个事实,就是经典不是纯粹的客观物,不是永恒不变的客体。它只是某一特定时代、特定文化、特定读者群的产物。它只存在于某种文化氛围和对它的接受过程之中。这里涉及一个理论问题,就是经典作品中所体现出来的文学价值、审美趣味、艺术特色并非存在于作品之内,而是存在于作品之外。早在1960年代,巴尔特就指出,"一部文本的整体性并非存在于它的源头,而是存在于它的终端。"(Barthes,1995,129)这就是说,作品的结构、整体性等形式因素也只能存在于读者的阐释过程。伊格尔顿则从更高的层次上概括这一现象。他认为,审美是一种意识形态。按照阿尔都塞的观点,意识形态是给人们的生存赋予意义的活动,是一种社会实践。因此,审美评论仍然是一种社会政治评论。

当今的文化批评正是从这一角度切入文学研究:从认识论转向实践论,从本体论转向方法论,从内部研究转向外部研究。既然文学的审美价值和作品的含义都是相对的,那么我们需要探讨的就是这种价值、意义得以产生的条件。我们的注意力不仅要放在美学和阐释学方面,还要放在这种审美趣味、阐释方式的社会文化基础方面。我们不仅要研究文本和形式,还要研究这些形式构成的社会、历史、文化因素。西方马克思主义理论家很早就有文化批评的实践。瓦尔特·本雅明在1930年代就预见了艺术特性的消失。他在《机械复制时代的艺术作品》(1936)一文中指出,由于对艺术作品大规模生产和复制,其神秘性、特殊性以及独创性都淡化了。因此,笼罩在艺术作品之上的神圣光环也就消失了。作品的生产方式、传播方式和消费方式不能不深刻地影响作品本身。所以文学作品不可能像过去那样为我们的生存和生活方式赋予那么深刻的意义。在古代,掌握了文字就是掌握了真理。在中世纪的西方,能够阅读《圣经》就可以与上帝直接通话。在中国,过去有珍惜字纸的习惯,文字是十分神圣的,不可随意丢弃。所以,由于印刷条件的落后,由于稀少,或者由于读者只是一小部分精英分子,文字、书籍、文学作品便拥有了巨大的人文价值。反过来,作品又给读者的生存以意义。工业化时期艺术作品的大规模生产改变了这一现实,而当今信息技术的高速发展更影响到文学领域。在计算机领域,人工智能正在向神经网络技术发展。那么随着计算机逐步向人的智慧靠拢,人也就越来越像一架机器。此外文学信息的贮藏和检索也在经历着一场变革。现在古代希腊文学和拉丁文学的全部作品、词汇考证,现代译文、译细地图以及考古场所和发掘细节都进入了光盘。在英国文学领域同样的工作也在进行。许多作品已经可以在机器上阅读。更有甚者,现在机器还可以进行创作,有了新的文学体裁叫计算机小说(Cyberpunk fiction),即运用计算机将事件、人物重新组合而成的有情节的作品。(Sharratt,1993,8)这说明一种对文学进行机械化生产的可能性。当年本雅明曾梦想写出一篇完全由引文构成的论文,而这种幻想正在变成现实。

那么这种高技术的发展是否对文学的面貌和阅读的性质产生影响呢?生产工具的改变必然影响产品的性质。阅读方式的不同也会影响对作品的体验。乔治·吉辛曾经希望在乡间的小屋里静静地读荷马。他说最好在"一年中给我六个月……在村舍的屋檐下读荷马"。(Gissing,1927,167)这种阅读和我们今天在都市中的阅读恐怕感受不会一样。那么未来在计算机上检索式阅读的感觉可能就更不一样。詹明信说同一个形象在电影里出现和在电视里出现性质是不同的。电视是家庭的一部分,是属于个人的。在这种条件下,形象与我们的距离感就消失了,其神秘感也就淡化了。它变成了本人的一部分。(杰姆逊,1987,168)对于文学作品来说,信息索取的简便化,阅读困难的克服,距离感的消失,也将使文学最后的光环淡化。这一点使人想到黑格尔当年关于"艺术的终结"的预言。因此伊索普的"文学之死"不仅是某种逻辑推论的结果,也有一定的现实依据。

以上简略介绍了本世纪中叶以来英国文学研究领域中的变革以及两种研究方法——内部研究与外部研究各自的特点。那么如何理解和看待这种对立的状况呢?有些论者认为,当代文学研究中的这种对话、争论是有益的,各自都从对方中吸取有益的成分。而使两者截然分割开来、孤立起来是有害的,而且从长远看也是不可能的。(Newton,1993,158)其他论者则积极寻找第三种选择,希望能够超越前两者的局限。(Freadman and Miller,1992,195—210)在这方面,詹明信的批评实践可以给我们不少启示。在他的著作中,文学经典与文学理论,审美价值与文化批评并非分道扬镳;相反,他是在不脱离文本和形式的情况下发展一种社会—历史—文化批评。正如我们在第二章中所论述的,詹明信所倡导的是形式主义和历史主义的结合,即从形式而非内容回到历史。他的《政治无意识》(1981)正是贯彻了这一原则。特别是在他对康拉德作品的分析中,这一学术理想得到了充分的体现。康拉德是一个印象主义作家,他的作品目的在于"通过文字的力量使你能够听见,使你能够感觉,而最主要的是使你能够看见"。(Conrad,1986,1812)此外,康拉德作品的叙事结构在现代主义文学中也是独树一帜的。詹明信指出了康拉德在早期商业社会中的感受和困惑,以及资产主义生产方式和消费方式对他的艺术世界的影响。他的作品不仅显示出了审美的特色,也显示出了社会历史文化的意义。正是通过大量的形式分析和审美研究,文学作为社会的产物以及与社会千丝万缕的联系更得以详尽、充分地证明。

但是詹明信的审美研究与利维斯的审美研究有很大不同。可以说利维斯讨论的是审美的"正面"价值。审美作为一种生活和社会的理想,作为资本主义商业社会的对立面而被颂扬。詹明信所发现的则是审美的"负面"价值,它不仅不是商业文化的对立物,而且是消费文化的组成部分。也就是说,它是消费文化侵入人的感性之后的结果。因此,审美渗透了资本主义的逻辑,反映了资本主义的生产关系和消费关系。这种观点显然是受了法国理论家德波和博德里拉的影响。他们认为在资本主义晚期,形象无所不在,形式因素充斥日常生活,这是资本积累的结果。因此对资本的批判必然涉及对审美本身的批判。但是这些批判的社会作用和效果如何呢?我们将在下一章提出一点看法。

第十章　批评理论之兴衰与
全球化资本主义

　　本章不仅是第七章关于西方文论讨论的延续,也是全书的总结。对文学批评诸概念的探讨,以及对文学研究诸学科的反思,都应该放在资本主义全球化背景下考察。实际上,我们以往对文学性和审美理想的追寻在很大程度上是以国内思想文化为背景的。这在我们讨论普遍主义和现代性认同的章节已经多次涉及。全球化为我们提供了新的视角,也为我们的理论研究生产出新的意义,甚至是一种悖论的意义。本章从东西方文化关系的网络中再次讨论文学批评理论以及它与我们日常生活的密切关系。

　　文学与文化批评理论的现状与未来如何?所谓"理论之死"有哪些社会历史原因?本章在简要回顾近年来学界对理论"终结"的讨论之后对批评理论与全球化资本主义发展的关系谈了一些初步的看法。本章涉及1960年代以后迅猛发展起来的批评理论在西方和中国的社会作用与象征意义,认为:以批判资本主义体制为主流、以颠覆现代性的基本假设为特征、具有浓厚激进色彩的批评理论,特别是近年来流行于欧美和中国的文化理论,只是对体制的必要补充。本章以中国对批评理论的接受与运用为实例,从心理分析的角度概念化并阐述了这一悖论。

一、批评理论的"终结"及其论争

关于批评理论"终结"的争论近年来在学界不绝于耳。① 批评理论大师相继去世,新的理论流派不再出现。曾经风靡一时的新历史主义、后殖民主义本身也都是旧有理论(如福柯的理论)在文化批评实践中的应用。正如伊格尔顿在《理论之后》(2003)一书中声称,"文化理论的黄金时代早已过去。"(Eagleton,2003,1)其他学者也附和他的观点:"透过某种'主义'的视镜看文学在1960年代是革命性的。今天,很多人已称之为无关紧要的方法。"(Kirby)

其实1980年代在批评理论的高峰时期学界对理论的质疑就已经出现。史蒂文·纳普和沃尔特·本·迈克尔斯的《反对理论》(1982)一文就是这一反对声浪的标志。② 两位作者在论文中声称批评理论热衷讨论的诸如作者意图、文本意义等问题对理解文学"没有意义"。理论对文学研究不会带来有益的结果,"整个批评理论的构建都是误导,应该放弃理论"。(Knapp and Michaels, 724)但是正如乔纳森·卡勒指出,那一次对"理论之死"的讨论本身就是"一个理论实例",并"由此引发了多种多样的、本身就是非常理论化的反响"。(Culler, 2000, 277)的确,1980年代末拉尔夫·科恩编辑出版的《文学理论的未来》(1989),所汇集的大多数论文对批评理论的光明前

---

① 在本书中的"批评理论"包括"文学理论"与"文化理论"。在1980年代中期以前西方学界使用"文学理论"这一术语较多,所指理论如结构主义、叙述学、现象学、阐释学、解构主义都是比较"纯粹"的理论。但由于应用于文学批评的大多数"理论"如福柯、拉康、阿尔都塞、德里达的理论都不是关于文学的,而后现代主义、后殖民主义等文化理论的发展也大大拓展了"文学"的研究领域,因此"文学理论"这一术语的局限性也就显示出来。近年来有些批评家如伊格尔顿更频繁地使用"文化理论"一词。他在《文学理论导论》和《理论之后》两部书中从"文学理论"到"文化理论"的称谓变化值得注意。理查德·罗蒂和乔纳森·卡勒用"理论"统称自18—19世纪以来由歌德、麦考利、卡莱尔、爱默生等人开创的一种既非历史、也非哲学的特殊批评话语或"新的、混合的文类"(Culler, 1997, 3),十分贴切。本文沿用卡勒的概念,在中国语境下冠以"批评"二字以示与一般科学理论和社会科学理论的区别。

② 同一时期反对理论的著作见(Lerner, Tallis, Ellis)。

景都有乐观的估计。①

但时隔20年之后,这一次对批评理论终结的讨论和上一次相比显然大不相同。上一次人们关注的问题是批评理论对于我们理解文学是否真的有帮助,以及批评理论所倡导的新的方法对文学研究是否真的有效。而这一次讨论的是批评理论兴起和衰落的社会政治背景、批评理论的历史作用以及它必然衰落的命运。这不是对理论本身的优劣与实践效果的争论,而是对理论和产生理论的社会状况之间关系的探讨。伊格尔顿说:"虽然我们已经不能回到无理论的天真状态,虽然索绪尔以来的理论家彻底改变了我们的许多基本假设,但是我们生活的时代比起阿尔都塞、巴尔特和德里达的时代更为丰富,我们已经超越了他们。"(Eagleton,2003,2)的确,理论曾经革命性地改变了我们对于文本、结构、作者、读者、身体、欲望、快感、自我、主体、意识和无意识等观念的看法,但是现在的理论已不再能够回答现实提出的问题。在这里,理论的历史作用颇似马克思在《共产党宣言》中对资产阶级历史角色的评价:资产阶级曾经是历史上最革命的阶级,但正因为如此也必将被历史所取代。(马克思、恩格斯,1972,第1卷,253—57)伊格尔顿说,我们处在一个"急剧变革的世界",这个世界与"福柯和拉康安坐在打字机旁的那个世界已经截然不同"。(Eagleton,2003,2)那么这个"截然不同"的世界与批评理论的关系到底是什么呢?

如前所述,在《文学理论导论》一书中,伊格尔顿追溯了"文学"在英国的兴起和衰落。"文学"作为一种有别于一般文献的特殊文本,"文学"概念作为一种对创造性、想像性和审美性的写作模式的概括在18世纪末反工业社会的氛围中产生。(Eagleton,2008,15)这一反叛声浪历经浪漫主义、唯美主义、现代主义一直延续到第二次世界大战之后。② 但是到了20世纪中叶,文学已不再具有当年的"革命性"。批评理论产生于文学的"消亡"之际,这是一个奇特的悖论。在《理论之后》一书中,伊格尔顿以同样的思路描述了批评理论的产生、发展和消亡的过程。"理论"产生于1960年代末欧洲大陆

---

① 关于对此书的评论见(Selden,1990,104—10)。
② 关于启蒙运动以来全球范围内的反现代化思潮参见(艾恺,1999)。

的"革命"时期。巴黎"五月风暴"对资本主义体制的反抗虽然无疾而终,但"革命"仍在继续,只是它从街头走向了书斋。在大学的讲堂上,理论家对资本主义赖以生存的社会政治和思想意识形态基础进行了反思和批判。阿尔都塞对于自律的主体加以质疑,福柯对于权力的运作进行了揭露,德里达完成了对于系统和中心的颠覆,利奥塔抛弃了启蒙主义的"宏大叙事"而提倡"小学",凡此等等,不一而足。街头革命没有完成的事业,在话语领域却获得巨大成功。这里让人联想起巴里巴尔和马舍雷对于作为意识形态形式的"文学"的评价:实际生活中无法解决的矛盾冲突,在普遍性的文学概念中得以解决,但只是一种"想像性的解决"("the imaginary solution", Balibar and Macherey,88)。因此,总体来说,批评理论不仅是一系列新颖的概念和研究方法;在政治思想和意识形态方面,它也是一次对资本主义体制的系统批判。

把"文学"的兴衰和批评理论的兴衰作出这样一个类比是一个有趣的话题。正因为有这种相似性,伊格尔顿把批评理论家看作是现代主义者。或用他的话说就是:"现代主义预示了后来文化理论的勃发。事实上,文化理论是以另一种方式构成的现代主义。"(Eagleton,2003,64)这一结论解释了为什么当今学者总是从现代主义者身上发现后现代主义的思想因子:詹明信从格特露德·斯坦恩、雷蒙德·卢塞尔和马瑟尔·杜尚那里发现了后现代主义(詹明信,1998,155),伊格尔顿从王尔德身上发现了罗兰·巴尔特(Eagleton,1995,329)。更不要说福柯、赛义德与尼采的直接联系。正如伊格尔顿所说,"像巴尔特、福柯、克里斯蒂娃和德里达这样的作家是真正的晚期现代主义艺术家,只不过他们从事的是哲学而非雕塑和小说。"(Eagleton,2003,65)的确,正如许多理论家现在所认为,后现代主义只不过是现代主义的一种延续,而非简单的断裂。詹明信说,"后现代主义至多不过是现代主义本身的又一个阶段……后现代主义的所有特征,都能在以前这种或那种现代主义里找到,而且有着充分的发展……"(詹明信,1998,155)

把后现代主义理论的社会角色等同于现代主义文学,其出色之处在于它解释了批评理论衰亡的一个重要原因。我们知道,现代主义文学的贵族精英主义和唯美主义对资本主义的反抗无疾而终。这在丹尼尔·贝尔的《资本主义的文化矛盾》一书中已有深刻的论述。贝尔指出,在资本主义体制内产生的现代主义"不停地向社会结构发动进攻","它甚至早在马克思之前就开始攻击资产阶级社会了。"(贝尔,92)但是这种"文化与社会结构之间的断裂"(贝尔,1989,133)并没有真正动摇资本主义体制。相反,资本主义体制有强大的吸收和消化其反作用力的力量。在这场文化战争中,受到瓦解的不是体制,而是现代主义本身。如贝尔所言,如今"现代主义大势已去,不再具有任何威胁"。(贝尔,1989,132)那么同样的结局是否也发生在理论领域呢?回答是肯定的。事实上,人们早已开始嘲笑那些学院派的马克思主义者。当然也应该包括这些具有强烈左派色彩的批评理论家:巴尔特、福柯、博德里拉、赛义德、德里达。他们从各方面对启蒙现代性进行了批判,他们动摇了维护资本主义体制赖以生存的所有重要概念。他们对资产阶级意识形态和文化霸权进行了无情的剖析,但是他们的理论和社会影响更多的是局限在大学校园:"就连他们自己也不再相信[他们的理论]可以付诸实践。"(Eagleton,2003,51)而更重要的是,批评理论也并非人们初看之下那么具有新意。这有点类似安德烈·纪德在回忆录《奥斯卡·王尔德》(1910)中所说的话:尼采的古怪思想并没有让他十分吃惊,因为从王尔德那里,他早已对之耳熟能详。(Gide,1949,15)伊格尔顿认为,文化理论无法付诸文化实践是因为这种文化实践在高峰时期的现代主义艺术那里已经实践过了,一件事"不能发生两次"。(Eagleton,2003,66)的确,正如古希腊哲学家所言,人不能两次踏进同一条河里,后水已非前水。

我们认为,批评理论不再构成对资本主义体制的有效反抗并被资本主义体制所同化这样的概括是深刻的,但还需要心理分析理论作为补充。如果我们把社会看作是一个具有人格特征的整体,或如某些批评理论家如德鲁兹和居塔里那样把资本主义看作是一个精神分裂的人格,并且我们把现代主义文学和后现代主义批评理论都看作是这一精神分裂病人身上的症候,那么我们可以得出更为有趣的结论:反资本主义的批评理论不过是对资本主义体制的必要补充。这就像消遣是工作的补充(法兰克福学派),疾病是健康生活的补充(霍克海默和阿多诺),感性是理性的补充(齐泽克),或萨德是康德的补充(拉康)。左派批评理论是由资本主义体制产生的对立面,但正是由于这种否定的性质而使之成为体制的一部分。它是被社会体制压抑下去的无意识在意识层面的重现(the return of the repressed)。这在许多方面类似于19世纪英国和法国的纨绔子(dandy)。纨绔子是英国绅士(gentleman)的另一个自我(the alter ego);纨绔子和英国绅士是同一块钱币的两面。正如研究者指出,英国绅士在理性、健康、务实和规范的生活中被压抑下去的种种性格特征,如怪僻、乖戾、奇特、非理性、审美等等,在社会上另外一批人身上得以全面地表现出来。(Gagnier, 98)同理,反体制的批评理论是体制本身的否定性呈现。[1]

本文正是从这一角度理解批评理论的兴衰。本文所用的案例出自中国。因为当代中国与资本主义全球化关系密切。而在这样一个时期,西方批评理论和美学理论进入中国并非历史的偶然。批评理论在中国的实践与门德尔和詹明信所说的晚期资本主义或资本主义的第三阶段有着极大的关联。而批评理论在中国的发展和演变也能更好地阐明以上所谓"批判者为批判对象的补充"的悖论。

二、批评理论在当代中国的社会功能

1970年代末对中国来说无论是在政治方面还是在批评理论方面都是一个重要的变革时期。这时历时十年的文化大革命宣告结束,中央政府开始实施改革开放政策。在引进外国资本的同时,西方的批评理论也随之涌入中国。

当然对西方理论的研究和译介最初是披着马克思主义理论的外衣进行的。1970年代末到1980年代初,中国学界进行了一次有关"异化"理论的政治和学术讨论。这次讨论对国外有关"异化"问

---

[1] 可参阅国内学者对1960年代欧美学生运动的评价:程巍在《中产阶级的孩子们:60年代与文化领导权》中认为,这是一场以反叛资产阶级体制的名义来实现资产阶级文化领导权的革命。(程巍,2006)

题的论文进行了大规模译介,涉及学者之多、影响之大,叹为观止。(见陆梅林、程代熙,1986)最早倡导异化论的人之一是当时首屈一指的文论家周扬。周扬自1930年代起就在上海从事文艺领导工作。他与毛泽东关系密切,据称有上百封通信。他自1949年以来既是政府官员又是文艺界权威理论家。但是这一正统的左派理论家在文革后突然倡导文艺不应该完全从属于政治,改变了他自毛泽东《在延安文艺座谈会上的讲话》(1942)发表以来一直奉行的观点。(见张婷婷,19-20)他所依据的就是马克思的"异化"理论。此外,另外两位影响卓著的美学家朱光潜与李泽厚也是异化论的倡导者,他们主要取材于马克思的早期著作《1844年经济学—哲学手稿》(以下简称《手稿》)。他们从美学角度得出了与周扬相同的结论,就是当时中国社会存在着严重的政治异化现象,这与社会主义最终实现人的全面发展的目的背道而驰。

异化理论是人道主义马克思主义的核心概念,被阿尔都塞称之为青年马克思不成熟的思想。《手稿》属于马克思1845年前与人本主义"决裂"之前的著作。(阿图塞,267-68)但是《手稿》及异化理论在前苏联解体与东欧巨变之前,以及在中国改革开放之后极为流行,这里有某种深刻的社会历史原因。西方学者更为熟悉异化论的变体,即卢卡奇发展起来的"物化"理论,因为物化概念更适合商业资本主义社会。它指明商品不只是物,而是社会"人际关系"的体现。(卢卡奇,93)但两者都是以黑格尔的异化概念为理论基础的,两者有同宗同源的关系。那么周扬等人在倡导异化论的同时却无视中国当时迅速进入商品社会的现实,而这一商品社会充斥着另一种异化形式——物化,这是一种偶然的思维盲点或理论失误吗?批判政治异化却忽略商品物化,不是有点自相矛盾吗?

应该说对异化(或物化)的批判与异化社会本身有某种否定性的联系。这种悖论性联系首先反映在周扬本人的日常生活之中。1970年代末,中国进口了一批日本彩电。这是进入中国普通人家庭的第一批彩电,具有重大的社会象征意义。可以说那是中国社会全面商品化大潮的第一朵浪花。周扬在文革中被关押10年,解放之后用国家返还的工资购买了一台日本松下牌22英寸彩电,价值

3000元人民币,相当于当时普通人月薪的30—50倍。那时彩电在中国的符号价值有如西方的罗斯·罗伊斯汽车,说它是马克思笔下的"物神"并不过分。

马尔库塞在谈到商品对人的主体性的构成作用时说,人们在房产、汽车和家用电器等物品中发现了自我:人们"在他们的商品中识别出自身;他们在他们的汽车、高保真度音响设备、错层式房屋、厨房设备中找到自己的灵魂。"(马尔库塞,9)可见在商品中实现的自我是物化的自我,与政治条件下异化的自我没有本质的区别。但是作为理论家的周扬为何对此毫无知觉呢?一个批判异化的人却走在时尚的前列,令人困惑。一种可能的解释是,对异化社会的批判与异化社会并非截然对立;而人道主义思潮从某种意义上而言就是对非人道主义的商品社会的补充。正如前面所提到,在心理分析领域,相反的东西可以惊人地相成。对立的东西可以互为补充,这在心理活动中并非不可能。

齐泽克在他的许多著作中对这种相反相成的辩证法作了出色的说明。他全面发挥了阿多诺、霍克海默和拉康的观点,认为"萨德就是康德的真理"("Sade is the truth of Kant",Wright,285)。萨德的疯狂肉欲是非理性的象征,而康德的形式主义和刻板的生活模式是理性的最高表现形式。把两者等同虽然奇特,却形象地表示出非理性是理性的补充,理性具有非理性的成分。对于齐泽克来说,不仅理性的思想大厦,如笛卡尔的哲学体系,包含了黑格尔所谓前理性的"世界的黑夜",(纪杰克,2004a,3,41—42)而且,最为情感的、非理性的、萨德式的色情生活方式也包含了工具理性的成分:"纯粹的肉欲快感与精神之恋并非势同水火,而是辩证地纠缠在一起的:在真正充满激情的肉欲中,深藏着'精神的'、幽灵般的崇高之物,反之亦然……所以,对性所做的彻底'反升华',同样也是使之彻底理性化;这将情感强烈的肉体经验转换成了冷酷无情、麻木不仁的机械操练。"(齐泽克,2004,4;Wright,287)[①]那么以同样的逻辑看,异化理论对异化的社会体制的批判,是否也可以理解为两者互

---

① 译文略有改动。

为因果、相互补充,使这一病态的体制在某种条件下可以自我调节,以释放其疾病并以相反相成的方式维持其生存呢?

如果上述有关周扬与彩电的例子过于生活化,而且还不够有说服力的话,那么我们回顾一下1980年代以来中国学界的"美学热",问题就一目了然了。

1980年代李泽厚发挥了马克思《手稿》中"自然的人化"的思想并提出"实践美学",即"人类总体的社会历史实践这种本质力量创造了美"。(李泽厚,1989,62;关于"实践美学"的讨论参见阎国忠,407-17)实际上李泽厚深受德国古典美学的影响,将感性与理性的统一作为克服异化的最高境界:人的感官和审美心理积淀了文化与历史上的社会实践因素,因而可以达到"情欲的人化":从"悦耳悦目"的感官愉快上升到"悦志悦神"的思想境界。(李泽厚,1989,131-43)在这里朱光潜与李泽厚有某些相通之处,他也将感性和理性的统一作为人类生活的理想归宿,并寄望于平凡的生活之中。朱光潜在1930—40年代追随周作人提倡"生活艺术化"。他的《谈美》(1932)把"人生的艺术化"作为美学和生活的最高理想加以提倡。(朱光潜,1987—1992,第2卷,90-97)这里明显带有尼采以及后来福柯所谓"生存美学"的色彩。无疑,1980年代朱光潜复出之后仍然坚持这一观点。朱光潜在1983年出版的《悲剧心理学》(1933)中文版的序言中承认尼采哲学特别是尼采的酒神精神是他美学思想的基础。(朱光潜,1983,210)无论是李泽厚的实践美学还是朱光潜的"生存美学",都是对当时政治异化社会的一种反叛。他们所提倡的完整、全面发展的人的概念具有浓厚的人文主义色彩。

但是自1990年代以降,随着西方商品文化的大规模入侵以及民众政治热情的消退,李泽厚和朱光潜的美学理想以一种悖论的方式在日常生活中实现。一方面对政治异化的批判没有消除异化本身,相反,取而代之的是人在商品社会中的全面"物化"。中国社会由人治的社会转变为"物化"的社会。这个物化社会完全符合博德里拉在《物体系》、《消费社会》和《符号的政治经济学批判》三部著作中对商品社会所作的描述:物品以符号体系重新排列组合了人的感性。博德里拉认为"个人需要……都被物品所编排、分类、标示出来"。(Baudrillard,1988,15)因此"自然的人化"这一社会理想演变为"物化的自然"即物化的感性这种社会现实。不仅如此,正如德国美学家沃尔夫冈·豪格和沃尔夫冈·威尔什在他们的著作中阐明的,人和社会的物化又都是以审美的方式完成的。豪格认为商品社会中人的感性与"审美抽象"、"感性的技术化"、"使用价值的审美承诺"、"审美创新"等联系在一起而实现符合市场价值规律的"感性塑造"。(Haug,8)威尔什则认为生活的审美化"服务于经济目的",如今审美不过是一种"现实的化妆品"。(Welsch,3)和发达资本主义国家一样,在中国城市中日常生活的审美化以一日千里的速度迅速实现。而取代政治异化的正是感性的物化。(参见周小仪,2002,240—52;周小仪,2003,187—204)这样的结果是李泽厚和朱光潜等理想化的人文主义者所始料未及的。那么这种与物化社会同时诞生的审美批判是否可以理解为是异化社会中被压抑下去的感性的无意识释放呢?如果我们运用上述观点把社会看作是一个人格整体,在某些理论家身上表现出的美学热情不就是另一些人机械和异化生活的合理补充吗?

由此看来,"美学热"和"生活艺术化"可以理解为就是对资本主义商品社会的一种症候式反应。从某种意义上说它是对资本主义体制的补充而非其他。马尔库塞早已阐明了在"发达工业社会"中"对立面的一体化",认为当代社会"创造了一些生活(和权力)的方式,这些方式显得能调和同这一体系相对立的力量……"(马尔库塞,3—4)而齐泽克所引用的霍克海默和阿多诺则说得更是简单明了:"疾病本身就是痊愈的征兆。"(Wright,287)不过博德里拉对此问题似乎比较悲观;他认为"审美泛化"是资本这一癌症在社会有机体身上的扩散。(Baudrillard,1993,15—18)因此,美学与商品社会并存,反异化的理论与异化现实并存,从心理分析角度看完全是合理的。如果认为批评理论有其社会根源,那么两者之间并非是正面的、反映式的对应关系。相反,表面上相互对立的关系反而更加能够说明理论的现实渊源。

三、批评理论对于"第一世界"和"第三世界"国家的不同意义

伊格尔顿敏锐地将西方批评理论的兴衰与资本主义现实联系在一起。他认为理论的衰亡不仅是由于一系列理论大师的死亡,而更多的是它本身无法付诸实践,因此最终也无法回应现实的问题。的确,在资本主义体制内部寻找批判资本主义的立足点就像在地球上找到托起地球的支点一样困难。这个支点有必要在体制之外的地方去寻找。这至少部分地解释了许多批评理论家自1980年代以来经常到中国来访问的原因。詹明信于1985年9月至12月在北京大学作了历时数月的讲演,这是一个影响比较大的案例。他的讲演结集出版后对中国了解后现代主义批评理论起到了巨大的作用。(杰姆逊,1987)随后他每隔数年就到中国访问一次,其4卷本的中文文集也于2004年出版。(詹姆逊,2004)难道詹明信到中国的目的是像19世纪西方传教士那样为普及和传播"真理"而来吗?我们在前面谈到,英国现代批评家瑞恰慈曾多次来到中国,并在北京大学和清华大学任教,前后共达4年半之久。(Tong,331—54)他到中国是为了普及他所发明的"基础英语",幻想一种以800个英文单词表达日常生活和思想的"世界性"语言。瑞恰慈是一个普世主义者,而批评理论家詹明信显然不是。从詹明信的一篇论文中可以推测出他频繁来到中国的动机。在《处于跨国资本主义时代中的第三世界文学》(1986)这篇著名论文中,詹明信把对现代性的反抗寄希望于第三世界的文化。詹明信所关注的是"所有第三世界文化生产的相同之处和它们与第一世界类似的文化形式的十分不同之处"。(詹明信,1993,234)他强调"第三世界文化的动力和第一世界文化传统的动力之间在结构上的巨大差异"。(詹明信,1993,237)"这些文化在许多显著的地方处于同第一世界文化帝国主义进行生死搏斗之中……这说明对第三世界文化的研究必须包括从外部对我们自己重新进行估价。"(詹明信,1993,234)最后这句话是重要的,即第三世界文化构成了对第一世界文化进行审视、批判的立足点。虽

然有些第三世界学者如印度的艾贾兹·阿赫默德对詹明信二元对立的思维方法提出了批评,认为第一世界文学和第三世界文学"并不是各自文明的他者"。(阿赫默德,355)但是这并非要点。关键之处在于,詹明信试图在西方资本主义体系之外寻找一个批判支点。而正是在这一点上,第三世界"作为民族国家寓言的文学"对第一世界知识分子呈现出不同寻常的意义。

但是从另一方面看,在某种意义上,"第一世界"的批评理论对现代性的批判对"第三世界"知识分子也很有意义。第三世界被称作是发展中国家,现代化程度不高,正处在全球化资本主义的扩张过程之中。批评理论对资本主义体制的批判也表现为对全球化资本扩张的批判。现在在中国影响很大的批评理论如后殖民主义、世界体系理论、反经典的跨文化研究等等都是对以全球化形式出现的现代性的阐释和批判。只要中国的现代化过程尚未完成,只要中国仍然是世界资本主义体系中边缘化的成员,批评理论就会不断显示其意义。因为批评理论的批判性不断地宣泄了现代化也就是全球化过程所带来的文化失落和痛苦,从某种程度上解决了知识分子认同现代性时产生的身份危机。从某种意义上说批评理论是一种治疗,或是一种精神按摩术,它让全球现代性得以继续并完成。

因此我们可以得出结论说,批评理论在西方走向没落的时候,在大洋彼岸的中国可能命运还稍有不同。批评理论对中国还没有失去意义,它仍将流行,并显示生命的活力。因为它仍然为我们的生活提供解释。批评理论仍然以批判资本主义体制的姿态出现,但这一次是站在了全球化的高度并关注第一世界和第三世界关系。批评理论如后殖民主义等指出了第三世界国家在世界体系中的不平等位置,进而揭示了东西方文化的不平等关系。批评理论使中国知识分子有抵抗西方文化霸权的理论武器,它从民族的角度揭示出全球化资本所带来的阶级压迫。(想想作为世界工厂的中国及东南亚国家如何整个民族都变成了工人阶级。中国前总理朱镕基在1990年代访问美国时举了耐克鞋的例子:台湾资本家从一双耐克鞋赚100美元,美国零售商赚100美元,中国工人赚2美元。温家宝总理近年在回答外国记者提问时说,中国出口一亿件衬衣才换回一架波音飞机。)批评理论以完整的逻辑形式,强烈的政治义愤,极大的思想深度,吸引着中国年青一代的学者和学生。然而不幸的是,正如福柯在《性史》中告诉我们的那样,现代社会对性的谈论,包括医学的、商业的、文化的讨论,并非意味着性的解放。相反,关于性的话语扩张意味着对性更深层次的压迫。(Foucault,1988)因为话语是一种权力,它通过把事物呈现出来以实行统治。同样的道理也适用于批评理论,特别是当前流行的文化理论。我们可以说,风行于中国的对全球化的批判以及对西方文化霸权的批判无法阻止全球化的进程。而实际上它所代表的正是全球化所带来的压抑的回返。虽然批评理论对中国有意义,却仍然无法摆脱其本身所固有的悖论逻辑。

附录一

文学批评观念在现代中国的演变

在第七章讨论了当代西方文论在中国的接受与现代性认同之间的密切关系之后,有必要追本溯源,具体考察中国现代文学批评史如何自始至终地表现出这一认同。下面我们将要看到,我们当代的文化实践,不过是这一认同过程的继续。

我们首先对20世纪中国文学批评的发展作一个简要的概述,通过观察文学史上社会学和形式主义这两种文学批评角度的不同变换,把握中国现代文学批评的兴起和嬗变,并对一些批评方法的由来勾画出一个社会背景。我们认为,中国文学批评的发展并不仅仅是中国国内的社会政治与文化状况使然。如前所述,它与中国知识分子与西方现代性的认同有着密切关系。文学观念和文学批评方法的更迭代表了不同时期中国知识分子与西方现代性的关系及其态度取向。因此将中国现代文学批评史上文学的社会性与文学的独立性这两种基本观点放在全球化的背景中探讨时就不难看出,在本土各种形式的文艺论争中呈现出来的不同文学观念实际上是对东西方的文化关系结构的不同认识和表述。

首先是关于中国现代文学批评兴起于何时的问题。一种较早的看法认为,中国现代文学批评与传统文学批评的分界线是1917年。随着现代文学期刊《新青年》于1915年创刊,中国发生了新文化运动。胡适、陈独秀分别发表了著名的《文学革命论》(1917)和《文学改良刍议》(1917)。这两篇文章提倡白话文,反对文言文;提倡平民的文学,反对"贵族的"文学;提倡写实的创作风格,反对山水田园式的古典风格,在文坛引起强烈反响。一般认为,新文化运动为1919年的五四运动作了思想上的准备,而五四运动是中国现代史的开端。这一看法是中国大陆从1950年代到1980年代中期占统治地位的看法,也是欧洲汉学家如玛利安·高利克所采纳的观点。(高利克,8)可以说,中国现代文学批评的思想背景是西方启蒙主义思想在中国的传播,即陈独秀称之为"德先生"和"赛先生"的宣传和普及。中国现代文学批评的政治背景是反帝爱国的五四运动。因此,启蒙与救亡构成了中国现代思想史的双重变奏。(李泽厚,1987,7—49)可以看出,关于中国现代文学批评这种分期和叙事方法更加倾向于从社会历史角度看待中国文学批评的发展。

不过现在比较流行的一种看法则认为,中国新文学的起源以及中国知识分子对现代性的追求至少可以追溯到19世纪末的晚清。晚清在中国文学史上不仅仅只有过渡意义。那时西方的科学技术、人文知识、文化产品已经大举进入中国。在文学领域,一方面对西方文学大量翻译、改写、介绍;另一方面,本土作家的文学作品已经是从侦探小说到科幻作品、从艳情文学到政治小说无所不包。(王德威,1998,3—6)而这时西方文学观念,如文学的独立性、形式主义、审美经验等也开始出现于文学批评之中。因此,自1985年起,中国大陆学者黄子平、陈平原、钱理群开始将中国20世纪文学作为一个不可分割的整体加以考察(黄子平、陈平原、钱理群,1997,1),而梁启超、王国维这些过去划归近代史的批评家也纳入了现代文学批评史的视野。实际上,美国汉学家李欧梵、王德威等人也将晚清这一段看作是现代性观念在中国繁荣发展的阶段。(李欧梵,2000b,179—81;Wang,1997)中国现代文学批评的发生和发展因此至少提早了20年。这后一种分期的主要依据是文学作为独立的价值范畴在晚清已经出现。文学在审美方面、形式方面、娱乐方面和个体经验方面的功能已经发展到相当成熟的水平。这些方面正是现代文学批评关心的主要内容,也是贯穿20世纪文学批评实践的主题。可以看出,关于现代文学批评兴起这一叙事更倾向于从文学本身的构成或文学独立性的角度看待中国批评史的发展。

因此,关于中国现代文学批评的分期问题的争论可以说反映出两种不同的文学观念,即文学社会性和文学独立性之间的对立和矛盾。实际上文学的目的性和文学的自律性这种对立本身就构成了20世纪中国文学批评发展的主要内容。下面我们可以看到,这两者的矛盾以不同的方式表现在20世纪文学批评史上对各种具体问题的争论之中：比如1920年代文学研究会和创造社成员之间关于"为人生而艺术"还是"为艺术而艺术"的争论；1930年代胡秋原、苏汶（又名杜衡）与鲁迅、冯雪峰、瞿秋白关于"文艺自由"的争论；1940年代毛泽东对资产阶级纯文艺观点的批判；1950年代周扬、林默涵对胡风的批判；以及1980年代审美批评的崛起和1990年代社会历史文化批评对上一个十年的否定和超越。以上种种，构成了20世纪中国文学批评在文学社会性和文学独立性这两极之间的钟摆式运动，批评家称之为一种"明显的悖论"："一方面，是文学自主的要求，文学要求摆脱传统经学的束缚，成为一种独立的自足的知识；另一方面，文学获得了前所未有的突出地位，被置于社会的中心位置，文学要求成为改造国民性、建立现代民族国家的工具。"（旷新年，2001，36）因此两种价值体系之间的矛盾、冲突、转换与互补构成了20世纪中国文学批评发展的一条明晰的主线。而这条线索的源头则可以追溯到晚清，在梁启超、王国维这两位影响甚巨的思想家、文学批评家身上找到这两种观念的雏形。（旷新年，2001，6—7）

梁启超是"小说界革命"的倡导者。他反对中国古典小说中宣扬的才子佳人和神魔鬼怪等思想。他的《论小说与群治之关系》(1902)一文影响很大。此文认为当时中国的弊病均由传统小说中所表达的陈旧思想的荼毒所致，因此改造中国则首先需要改造小说这一具有强大社会功能的文学形式。文学的社会性是文学价值的体现。此文是20世纪初强调文学的社会功能的最主要的批评文章，是后来盛行的文学工具论的早期形态。然而就在这一时期，王国维却提出了另一种关于文学的看法。他的《〈红楼梦〉评论》(1904)已经开始从个人审美经验的角度考察作品的艺术性。此外他这个时期的其他关于美学的文章也探讨了形式美的问题。（王国维，1997，32）王国维对德国古典美学很有研究，特别是对康德和叔本华的美学著作有深厚兴趣。因此王国维在论述文学的时候特别强调审美无功利的观念。（温儒敏，1993，12—13）而这种把人的心智区分为科学、道德、审美三个领域这一康德式的观念所具有的现代性特色是不言而喻的。作为现代性构架中各种价值范畴分化的结果,文学独立性的反传统色彩是明显的。它与文以载道的儒家文学观有着根本的不同。

因此中国现代文学批评的兴起包涵着两种截然不同的观念之间的张力。1920年代初关于"为人生而艺术"和"为艺术而艺术"论争的核心问题就是艺术是否具有目的性。以茅盾、周作人、郑振铎为代表的"文学研究会"成员认为文学是一种工作,强调文学与社会生活之间的密切关系,倡导文学改造人生的目的性。而以郭沫若、郁达夫、成仿吾为代表的"创造社"成员则认为文艺只是作家内心生活的表现;它本身是自律的,不必有其他外在的目的。他们借来欧洲唯美主义"为艺术而艺术"的口号,并翻译和介绍佩特、王尔德的作品,以此支持他们倡导的艺术无功利、无目的的观念。由于"文学研究会"和"创造社"是五四时期最大的两个文学团体,他们这一论争对当时文学创作和文学批评的影响是十分深远的。他们的文学观实际上导致了中国现代文学创作和文学批评的两大走向:现实主义和浪漫主义、乡土派和现代派、人的文学和革命文学、社会剖析小说和新感觉派小说等等。当时的批评家把他们分别称作"人生派"和"艺术派"。在1930年代的文学批评发展中,这两种观点的论争在不同批评家之间还在继续。胡秋原曾呼吁政治"勿侵略文艺",并鼓吹"文艺自由论",而马克思主义批评家冯雪峰、瞿秋白等则对这种观点展开了批判。

关于文学社会性与文学独立性的争论,人们通常更多地看到两者之间的区别与对立,而忽视了两者之间的内在联系。实际上这两种截然不同的观念从某种意义上说只是一块硬币的两面,正如旷新年指出,是"相互依存、对立统一的两个方面"。(旷新年,2001,7)它所表现的是现代性本身固有的矛盾与张力。中国自鸦片战争(1840—1842)之后,历经第二次鸦片战争(1856—1860)、中日甲午战争(1894—1895)的失败,在社会内部产生了一股强大的救亡图存、追求现代化的动力。而当时人们认为思想上的现代化是政治上和经济上现代化的必要前提。因此,对社会生活现代化的追求是以思想上与西方现代性认同的方式进行的。而西方现代性却是一个自身充满矛盾的概念。一方面它包括了理性、务实、进步、科学等反传统内容;另一方面也孕育了非理性、审美至上、现代主义等反现代性内容。马太·卡里内斯库用"资产阶级文明的现代性"和"审美的现代性"来表述这一矛盾。(Calinescu,1987,3-10)马歇尔·伯尔曼用现代化的发展概念以及对现代性体验中的虚无概念的辩证关系来表述这一矛盾。(Berman,1983,15-16,21-22)而丹尼尔·贝尔则把现代主义与资本主义社会的对立称之为资本主义的文化矛盾。(Bell,1976,84)如果将中国现代文学批评中关于文学功用和文学自律的争论放在西方现代性的框架中,这种矛盾就可以得到解释。中国现代文学批评中这两种观念的对立源于当时中国的知识分子对西方现代性的认同,是西方现代性在中国移植后反映在文艺问题中的结果之一。所以,这两种观念除了对立的一面以外,两者还是统一的、互补的,而且在一定条件下还可以互相转化。在1924年左右,曾经认同启蒙主义理想并提倡平民的文学和为人生而艺术的周作人转向艺术至上论和纯文学,提倡文学的独立性和日常生活的审美化。而倡导"为艺术而艺术"最为有力的郭沫若、郁达夫、成仿吾在1930年代全部否定了过去的艺术观并走向"革命文学"。在文学批评中,他们所依据的则是马克思主义的"阶级论"。这种转化说明了作为现代性两面的文学社会性与文学独立性之间具有某种内在联系。①

因此中国现代文学批评中关于文学社会性和文学独立性的对立并没有表面上看那样尖锐与不可调和。实际上,真正的矛盾来自西方现代性在中国引进之后对中国知识分子的身份与自我认同方面所构成的挑战与威胁。追求现代性为中国的现代化与社会进步提供了重要的理论依据并形成一套类似西方启蒙主义的改革方案和价值体系。但是,与这种外来的、异己的价值体系认同也要付出巨大的代价。换句话说,这种认同隐含着自我否定的因子或自我殖民化的危险。因为在西方现代性的知识框架中,中国成为西方历史发展的客体。在前面我们已经多次强调阿里夫·德里克在论及亚细亚生产方式时的观点:在这样一种欧洲中心论的历史叙事中,中国

---

① 关于这种转化的详细论述,参见(周小仪,2001,1-21)。

历史"是作为资本主义的客体存在,而不是作为历史的主体存在"。(德里克,1999,317)也就是说,中国社会的发展成为西方现代化扩张过程的一部分,是资本主义世界体系加以征服的对象。这种去主体化的思想体系使中国知识分子不再是自己文化的主人。他们通常以西方的眼光看待中国的事物,并以西方的价值标准审视自己的文化和自己生存于其中的那个社会。主体性的丧失必然引发身份危机,并在一定程度上造成批评家人格的分裂。虽然对西方全身心的拥抱可以获得一种新的归属感和价值体系;但是西方价值体系与本土文化之间的矛盾,以及这种新的归属感与本民族身份之间的矛盾是无法解决的问题。鲁迅在《阿Q正传》(1921—1922)中塑造的"假洋鬼子"形象就是东西方文化的矛盾体与分裂人格的典型。几十年来这一形象流传不衰,最终进入日常用语,成为对这一类人物方便的表述,可见其概括范围之广泛。我们在第一章已经看到,这种身份危机在1930年代上海的都市文化中更是十分常见。在当时非常流行的月份牌广告中,就可以看到穿旗袍的中国妇女打高尔夫球的奇特形象。这种东西方生活方式的生硬的杂交充分体现出在强大的西方文化影响下的上海市民和知识分子人格的分裂。也就是说,人们既追求西方现代化的生活方式,又试图保持自己的民族文化。而这些双重形象和人物性格则可以看做是一种心理危机的表征。由于中国追求西方现代性在社会、文化、心理诸方面均造成如此严重的后果,因此,克服现代性认同所带来的身份危机,重建中国历史在世界历史发展中的主体性位置,则是当时摆在中国知识分子特别是文学批评家面前的首要课题。

只有从这一角度才能充分理解毛泽东《在延安文艺座谈会上的讲话》(1942)的历史意义。《讲话》所强调的重点是知识分子的"立场问题"。是站在资产阶级或小资产阶级的立场上推崇人性论、情感表现论以及"为艺术而艺术的、贵族式的、颓废的"文艺观念,还是站在无产阶级和人民大众的立场上倡导文艺为工农兵服务的文艺工具论,成为《讲话》的核心之所在。(毛泽东,1991,第3卷,848,874)毛泽东所倡导的"工农兵方向"在1950—60年代中国文学创作中得到全面实践并产生出一批工农兵英雄人物形象。而当时文学批评的主要标准就是《讲话》中所规定的阶级论。过去西方汉学家认为《讲话》是政治操控文艺的纲领性文件,是 1949 年以后中国文艺专制政策的理论基石(Hsia,1963,246);而毛泽东在这里仅仅关注于文艺的政治内容。(Fokkema,1965,19)但是仅仅从中国国内的政治关系来解释《讲话》肯定是不全面的。实际上,上述解释是将中国知识分子在文化认同方面的矛盾置换为国内不同政治集团和不同文艺观点之间的矛盾。如果从更为广阔的东西方文化关系的角度看待这一问题,就不难发现,《讲话》所倡导的文艺工具论和文学阶级性是关于现代性的第三种叙事。批评家一般把这种叙事称之为"另一种现代性"或"现代性的不同选择"(Liu,2000,1—35),或者把"革命的集体主义"(revolutionary collectivism)看作是中国现代性的一种表现形式(Denton,10)。这种关于现代性的叙事,不同于西方民主与科学的启蒙主义现代性,也不同于西方反现代性的现代主义美学话语。这第三种现代性叙事立足于中国作为第三世界国家在世界体系中的边缘位置,以工农兵为阶级力量的基础,为中国建构了新的历史主体性。之所以说它具有了历史主体性,是因为它游离出世界体系的进程之外,不再把自己看作是西方现代性结构的一部分。这一叙事超越了西方现代性内部的矛盾,不仅对启蒙主义现代性形成对立,而且与西方社会内部反现代性的现代主义思潮也划清了界限。西方现代性正反两方面的内容都成为构造民族主体性的"他者"。这就是为什么在 1949 年之后出版的文学批评和理论著作中对西方现代性和西方反现代性的审美主义这两种完全不同的话语和观念不再作明确的区分,而把两者统统归结为资产阶级意识形态一起加以批判。因为在第三种叙事中,一个新的"革命"与"反革命"的二元对立已经建立,西方现代性内部的矛盾已经不再重要。

因此,从 20 世纪初到 1940 年代,中国现代文学批评经历了一个从启蒙与审美的矛盾张力转化为阶级论的发展过程。虽然阶级论早在 1930 年代已经在作家、批评家中相当流行,但是毛泽东的《讲话》确立了它在文学批评领域里的主导地位。这种新兴的批评模式的巩固有赖于 1950 年代的三次文化批判:即 1951 年对电影《武训传》的批判,1954年李希凡等对俞平伯旧红学的批判以及1952—55年周扬、林默涵等对胡风"主观战斗精神"的批判。这三次批判全部由毛泽东主持或参与,最终使阶级论成为文学批评中占绝对统治地位的意识形态。

在1930年代,胡风是与周扬齐名的左翼批评家。他曾经是鲁迅的密友,1933年还担任过左翼作家联盟的宣传部长。他主编的文学刊物《七月》(1937—1941)培养和造就了一大批诗人、小说家和批评家。他们成为具有广泛影响的文学团体"七月派"。但是胡风的文艺思想与《讲话》倡导的工农兵方向有所区别。他强调两点:一是"主观战斗精神",即作家的思想、情感、经历对创作的至关重要的作用。现在的批评家称之为"体验现实主义"(温儒敏,1993,206),显然具有浓厚的个人主义色彩。二是工农兵的生活并非是惟一可以用于创作的生活。只要主观上具有革命的思想,日常生活也可以成为创作的素材。1950年代对胡风的批判也主要针对以上两点。林默涵认为"胡风所说的'主观战斗精神'是没有阶级内容的抽象的东西"。(见黄曼君,1997,961)因此,林默涵要求作家"首先要具有工人阶级的立场和共产主义的世界观"。(见黄曼君,1997,965)现在人们认为当时周扬、林默涵对胡风的批判是偏颇和狭隘的,是机械唯物主义的文艺观的表现。但实际上他们的观点正是贯彻了《讲话》的精神,即坚持无产阶级立场的重要性。

1980年胡风在政治上得到平反,他的文艺思想也被重新评价。一种观点认为,胡风本人是赞同《讲话》中的人民性、阶级性观念的,是周扬和林默涵歪曲了胡风的文艺思想。这里面涉及1930年代形成的周扬与胡风个人之间的恩怨和宗派情绪。另一种看法则认为1950年代的政治气氛压制了文艺界的不同声音。胡风是官方文艺政策的牺牲品。这两种观点都把胡风事件看作是历史的偶然,没有看到《讲话》在建立一个以人民为本位的主体性时需要一个反面角色的必然性。胡风的主观个人主义因不能纳入阶级性的范畴而不幸成为这种角色,即成为一种由政治结构本身所设置的异己力量,就像福柯笔下的疯人,是西方社会所设定的异己对象。这就是为什么1952年胡风的文艺思想先是被定性为"资产阶级、小资产阶级个人主义的文艺思想",而1955年毛泽东又亲自把胡风定性为"反革命分子"。(黄曼君,1997,959,968)其实胡风一直认为自己是一个马克思主义批评家。他批判过"性灵主义";他的主观战斗精神并非唯美主义或现代主义;他与资产阶级文艺观也相距甚远。正如1940年代的文学批评不再对启蒙现代性与审美现代性作出区分;1950年代则更进一步,不再对资产阶级与革命队伍内部的异己分子作出区分。胡风属于一个类似人民公敌的非我族类,一个福柯式的"他者"。可以看出,文学社会性与文学独立性的矛盾已由启蒙主义与唯美主义之间的矛盾转化为无产阶级立场与一切非无产阶级思想诸如资产阶级、小资产阶级、封建主义与反革命的文艺观之间的矛盾。

上个世纪末冷战的结束使我们更清楚地看到了全球化的进程,也使我们可以从这一全球化的角度理解中国在政治与文化方面的变革。1980年代前苏联和东欧社会主义国家解体,重新纳入资本主义世界体系的结构。与此同时,中国文学批评中的单一的"无产阶级立场"也受到广泛质疑,并失去了1950年代前苏联在意识形态方面的支持。阶级论与文学创作中的工农兵英雄形象不再受到欢迎。在中国1980年代被称为思想解放的年代,也被看作是五四以来第二次思想启蒙运动时期。民主与科学的启蒙理想再次流行;文学独立性观念在批评实践中死灰复燃;文艺创作中对审美感性的诉求在理论界形成声势浩大的"美学热"。美学家李泽厚提出康德式的主体性建构设想(李泽厚,1985,148—63);文学批评家刘再复发表《论文学的主体性》(1985—86)将李泽厚的主体性概念应用于文学批评。(刘再复,1985)但是李泽厚、刘再复的主体性是基于个体感性存在的主体性,与毛泽东那种非个人化的、以人民性为基础的历史主体性相对立。它强调审美感性对人的政治异化的救赎作用。实际上这是康德和席勒的德国古典美学思想在中国的借用。与五四时期启蒙现代性与审美现代性相互对立不同的是,这一次启蒙主义和审美主义的共同敌人是阶级论。在这里启蒙与审美也不再区分;当时的启蒙主义者如李泽厚、刘再复等也都在美学方面有很高的建树。在这里理性与审美、现代性与现代主义并行不悖,两者再次显示了互补性和内在联系。

与此同时,1980年代对西方文学批评理论特别是以文本为核心的形式主义理论的介绍与翻译不仅对思想解放运动起到了推波助澜的作用,而且显示出1980年代文学批评与西方的联系。在导言中我们已经提到,当时介绍西方批评流派有两本影响很大的著作。一是赵毅衡的专著《新批评》。此书对瑞恰慈、T. S. 艾略特、燕卜逊、布鲁克斯、泰特、兰色姆、维姆萨特、韦勒克等人的批评理论和实践作了系统的介绍。(赵毅衡,1986)另一本是张隆溪的《二十世纪西方文论述评》,对俄国形式主义、英美新批评、原型理论、结构主义诗学、结构主义叙述学、解构主义、阐释学作了概述性介绍。(张隆溪,1986)这两本书一纵一横,勾画出20世纪西方文论的最初的地图。但是这幅地图只有两个侧重点,那就是前者的形式主义美学和后者以现代阐释学为核心的人文主义主体性。这些介绍引发了人们对文学独立性和文学文本的关注以及对主体性的思考。此外韦勒克和沃伦的《文学理论》(1942)的翻译出版(韦勒克、沃伦,1984),在文学理论和文学批评领域产生了广泛的影响。(参见姜飞,71—76)这本在西方早已过时的教科书和特雷·伊格尔顿的《文学理论导论》的译本(伍晓明译,1987;王逢振译,1988)在中国文学批评界的知名度和影响可以相提并论。他们所提出的"文学的内部研究"和"文学的外部研究"的区分成为中国形式主义文学批评的理论依据。文学的"内部"规律和审美特性,也就是形式主义文论家雅柯布森所说的"文学性",受到极大的重视。这时文学批评主要关注的对象是文学作品的文本、形式、结构、叙事、文体和审美特征。它与当时西方对社会历史文化批评的兴趣完全不同,反而与西方学界1930—1950年代的学术兴趣相近。

除了形式主义文论之外,1980年代批评界的另一个热点就是所谓文艺心理研究。当时的文学批评对作家的创作心理、审美经验、情感、性心理都十分关注。他们的理论依据主要是弗洛伊德的心理分析理论和鲁道夫·阿恩海姆的格式塔艺术心理学。弗洛伊德的心理分析使批评家得以把握作品形式和形象中隐含的作家的无意识心理状态。而"性"这一自1949年以后的思想禁区首先在文学批评中打破。阿恩海姆的"格式塔"艺术心理学则涉及作家的内心世界与外部世界的关系。阿恩海姆认为我们内心的情感是有一定结构的,它与外部世界有一种"异质同构"关系。通过这种外在的"格式塔"形式,我们可以感受、体验和把握情感的存在方式。阿恩海姆的《艺术与视知觉》(1984)和《走向艺术心理学》(1990)被翻译出版,其艺术思想在美学和文学批评领域中得到广泛应用。滕守尧的《审美心理描述》(1985)、鲁枢元的《创作心理研究》(1985)、童庆炳的《文学活动的审美维度》(2001,初版1989),以及稍后几年童庆炳主编的《现代心理美学》(1993)都反映出1980年代在文艺心理学方面的研究成果。与伽达默尔的阐释学与汉斯·罗伯特·尧斯的接受美学的引进相呼应,文艺心理学在文学批评中高扬了主体的作用,肯定了人的感性存在的重要意义。

可以看出,1980年代的审美批评和主体性概念的意识形态性是十分明显的。首先1980年代的批评家把审美和主体性看作是人类共同的价值。这种普世主义观点掩盖了当今世界上东西方文化之间不平等的结构关系。其次,1980年代审美和主体论批评家大多数也是现代化论者。他们与现代性认同的情形与五四时期的知识分子十分相近。有些批评家如陶东风甚至指出,审美批评家对主体性的追求,以及1980年代批评家在商业化的1990年代对"人文精神"的讨论和提倡实际上是知识分子争夺文化资本并拓展自己生存空间的需要。(陶东风,1999,162—67)陶东风的观点是从中国知识分子本身的角度看待1980年代批评的意识形态性。如果把问题的背景扩大到世界范围,就不难发现,审美批评与资本主义世界体系和商品文化在全球范围内扩张是同步的,因而这一审美主体有某种自我殖民化的性质和特征。1990年代的批评家更多的是在这一点上反对审美批评的本质主义观念,而从世界体系中不同位置和结构关系的角度重新审视中国的文艺问题。

因此1990年代与1980年代的文学批评形成鲜明对比;社会历史文化批评逐渐在某种程度上取代了关注文本和主体的审美批评。1990年代批评更具有文化研究的特色。文化研究对文学研究渗透的结果就是文学研究的范围急遽扩张并向跨学科方向发展。过去不为批评家注意的纯文学之外的文化现象,诸如广告、传媒、通俗读物、日常生活等均被纳入研究的视野。过去为形式主义批评所排斥的"外部研究"对象又以新的方式进入文学研究的视野。而传统的文学研究现在反而像是文化研究的一个分支。文学文本与其他社会文本形式的学术价值日见平等,而艺术性也不再是文学批评的惟一取舍标准。这一特点反映在当代批评和文学研究领域的各个方面。在中国现代文学研究领域,一些学者对西方现代性不仅是单纯的介绍和研究,还有独到的分析和批判。汪晖认为西方的科学观念在中国的传播表现出现代性对人的操控。(汪晖,2000,190—297)韩毓海认为上海1930年代的都市文化特别是新感觉派文学与物化有密切关系。(韩毓海,1998,76—79)刘禾认为中国国民性概念的传播中渗透了东西方不平等的权力关系。(Liu,1995)刘康认为中国的马克思主义美学代表了另一种现代性。(Liu,2000)以上部分批评家被称为"新左派";而1990年代仍然坚持1980年代审美理想和启蒙思想价值的一部分批评家则被称为"自由派"。"新左派"强调非本质主义的研究立场、观察视角和不同文化之间的权力结构关系,反对普世主义和抽象的、非历史的观念。这种全球视角使他们区别于"自由派"并超越了毛泽东的阶级立场。因为在这种东西方文化结构关系的背后隐含着中国作为第三世界国家(或世界体系中的边缘国家)的民族立场。过去关注单一社会内部不同社会阶层的阶级性的社会学批评转化为关注全球化时代不同地域的民族性的文化批评。至此,文学社会性与文学独立性的矛盾在20世纪末中国文学批评的两个派别对立中又获得了一种新的表现形式。

附录二

比较文学研究的意识形态功能

比较文学是我国文学研究领域的重要学科。1980年代以来其学术影响相当广泛,也是我国学界与国外交流的重要渠道。中国有关比较文学的著作十分丰富,因此对此一学科体制的社会功能进行反思十分必要。我们在前面讨论了西方文论和现代文学批评等理论学科的社会思想背景,下面我们将继续对比较文学和英国文学研究这些文学学科的社会功能进行探讨。附录二从中国比较文学的发展史入手,对学科的现状和未来表达一些初步的看法。

根据学者对现有资料的考证,在中国最早使用比较文学一词的是诗人、批评家、当时东吴大学的教授黄人(1869—1913)。他在《中国文学史》(1904)中提到了新西兰奥克兰大学英国文学教授波斯奈特的《比较文学》(*Comparative Literature*, 1886)一书。[①] 我们知道,波斯奈特的这部著作是比较文学学科最早的著作之一。另一个很早提到比较文学的就是鲁迅。鲁迅在日本留学期间接触到西方比较文学的著作。他在1911年写给许寿裳的信中特别提到了法国比较文学家洛里哀的《比较文学史》(1906)的日文译本(1910)。(鲁迅,1981,331—32)在此之前,鲁迅已经写出了著名的《摩罗诗力说》(1907)。从这篇具有浓厚比较文学色彩的长篇论文中可以看出鲁迅有强烈的比较文学意识。因此他关注西方比较文学研究的状况就不足为奇了。

比较文学作为新的学术研究方法和新的学科,在当时西风日盛的中国,自然吸引了广大读者的兴趣。随后20年,国外比较文学的

---

① 关于黄人的生年及评论,见(杨义、陈圣生,1998,106—12)。

著作不断被译成中文。著名翻译家傅东华(1893—1971)翻译了洛里哀的《比较文学史》(1930),诗人戴望舒(1905—1950)翻译了梵第根的《比较文学论》(1931)。此外,章锡深和汪馥泉分别翻译了日本学者本间久雄的《新文学概论》(1924),其中也有专门的章节介绍波斯奈特和洛里哀的著作。① 因此西方比较文学的基本理论,对当时的读者并不陌生。更重要的是,清华大学在1920年代已经开始比较文学的教学与研究,而且将比较文学课程正式写进了学校的教学培养方案。清华大学开设的比较文学课程有吴宓(1894—1978)的"中西诗之比较"(1926),陈寅恪(1890—1969)的"西人之东方学目录学"(1927)。当时在清华任教的英国批评家瑞恰慈也主讲过"比较文学"课程(1929—1931)。(徐扬尚,1998,111)因此到1930年代,比较文学无论是作为文学观念,还是作为研究方法,都获得了知识界的认可。比较文学作为人文学科,也具有了一定的规模,并为1940—50年代中国比较文学的进一步发展,打下了良好的基础。

　　本文的第一、二部分将对本世纪比较文学在中国的发展作一个简要的概述,主要集中在中国比较文学的两次繁荣期:1930年代至1950年代与1970年代末到1990年代初。这两个时期中国出版了大量的比较文学译著与专著。特别是后一个时期,比较文学成为人文学科中十分有影响的学科之一。但是由于篇幅的限制,本文不可能详细记载每一项研究成果。对这方面有兴趣的读者可以参考近年出版的关于中国比较文学史的著作。② 本文的目的是试图说明比较文学和上述其他人文学科一样,具有一定的社会背景和强烈的意识形态色彩。在中国,比较文学与整个社会的思潮同步发展,特别是与民族国家的建立、民族认同等问题有内在的关联。即使是在今天,比较文学也绝非纯粹中立的学术研究,它与资本主义全球化进

---

① 章锡深的译文见《新中国》第2卷第2号,1920年,后由上海商务印书馆1924年出版。汪馥泉的译文发表于《民国日报·觉悟》,1924年6月1—14日。
② 参见徐扬尚《中国比较文学源流》,此书介绍中国比较文学发展史的材料十分丰富,论述也非常全面。虽然其中提到的很多参考文献没有给出具体明确的出处,但仍不失为一本重要的参考书。本文第一、二节对此书有较多的参考和引用,并参阅其他有关参考书(刘献彪,1986;陈惇、刘象愚,1988;朱维之,1992;范伯群、朱栋霖,1993;徐志啸,1996;陈惇、孙景尧、谢天振,1997;杨义、陈圣生,1998)。

程关系密切。比较文学作为以不同文化之间的关系作为自己研究对象的学科,必然使研究者从自身与他者的双重角度看待中西文化交流。研究者的角度或立场,以及研究者的社会心理以及意识形态因素是本文所关心的问题。在我们详细讨论这些问题之前,先对中国比较文学的历史发展作一个简要的回顾。

一、1920年代到1950年代的中国比较文学研究

在本世纪初引进比较文学观念与基本理论的同时,学术界也有一个比较文学研究的繁荣期。这个时期的主要成果大致表现在三个领域:中印文学关系研究、中俄文学关系研究以及中欧文学关系研究。

中国和印度有很深的文化渊源关系。自从晋朝佛教文化大举进入中国之后,中国文学的面貌发生了很大的变化。印度的寓言、故事大量流入中国,对中国的志怪故事的形成,起了决定性的影响。例如,《搜神记》(干宝)、《搜神后记》(陶潜)都与佛教有直接的渊源关系。此外唐代文学的诗歌也有大量的佛理渗入。诗歌中对景物的描写多掺杂有佛理和顿悟。代表性的例子就是王维那些优美的写景诗篇。王维以禅入诗,情景交融,取得了极高的艺术成就。

虽然佛教对中国文化的影响是有目共睹的事实,但是对中印文学关系进行实证研究,也就是类似法国学派所提倡的具体而微的"影响研究",在1920年代到1940年代才取得了丰富的成果。其中的代表人物有胡适、陈寅恪与季羡林,而他们三人都曾留学海外,受过严格的学科训练。

胡适(1891—1962)曾经是美国实用主义哲学家杜威的学生,回国后成为中国新文化运动的创始人之一。他在学术上特别提倡考证之学,而他自己也取得巨大考据成果。他关于中印文化关系的著名研究是《〈西游记〉考证》(1921—1923)。胡适全面论证了《西游记》各部分的印度来源。他的结论是,印度文学给中国文学以极大的冲击。(胡适,1988,下卷,886—925)胡适作为崇尚西学、崇尚现代化的学者,其考据有极强烈的政治目的。他以"六朝至唐的三四百年中间,西域(中亚细亚)各国的音乐,歌舞,戏剧"对中国文化产

生的好的影响为例,倡导国人学习西方文化,去争取西洋文学影响的好处,"采用西洋最近百年来继续发达的新观念,新方法,新形式"。(胡适,1988,上卷,670)由此可见,胡适的学术绝非中立,而是有着强烈的意识形态的色彩。胡适实际上接受了英国传教士明恩博关于中国国民性的观点,把比较文学研究看作是改造国民性工程的一部分。中国国民性作为殖民主义的意识形态虚构,这一点我们在第三节中还要提及。

1940年代季羡林的中印文化比较研究也是成绩卓然。季羡林于1935—1945年间在德国学习,回国后从事印度学研究。他的研究极为细致、深入,与胡适一脉相承。虽然季羡林不像胡适那样具有明显的政治倾向,但是,正如我们将在第三节中讨论的,这种学术和比较意识本身就隐含了某种既定的观念,也就是说,是在现代性的理论框架之中完成的思维。

中国现代文学受到俄苏文学的影响也是极为巨大的。从鲁迅的第一篇小说《狂人日记》起,俄苏文学如影随形,始终伴随着中国现代文学发展。中国现代文学史上一大批作家,都是在俄苏文学的影响下成长起来的。茅盾、蒋光慈、郭沫若、沈从文、艾芜、张天翼、夏衍、巴金、沙汀均在不同程度上接受了俄苏文学的影响。因此,研究俄苏文学及其与中国现代文学的关系,自然成为中国比较文学的重要研究对象。早期的研究作品有周作人的《文学上的俄国与中国》(1920)。周作人并没有就两国的具体作家相比较,而是指出了俄国与20世纪初中国的社会背景有相似之处,而具有这种社会背景的后发展国家的文学必然是政治性和意识形态性的。(北京大学比较文学研究所,1989,5-8)周作人的这一观点,预见了俄苏文学将要对中国作家产生的影响。而上面提及的那些作家也正是以社会改造者和革命家的面貌出现于中国现代文坛的。1930年代以后的革命文学,有明显的俄苏文学的痕迹。

关于中俄文学关系的学术研究在1940—50年代兴盛起来。其中著名的有戈宝权关于俄国文学作家作品在中国以及其对中国作家的影响的系列论文(1956—1962),韩长经、冯雪峰关于鲁迅与俄国文学的研究,以及叶水夫关于苏联文学在中国的影响的研究。其他学者如冯至、葛一虹也作过这方面的研究。这时期由于苏联在中国的政治影响,两国的文学关系也得到充分的肯定与细致的研究。(见徐扬尚,1998,241—48)

在20世纪上半叶,比较文学的中印、中俄、中西三足鼎立的局面是明确的。中西比较文学的这一支成果也十分丰富,最为人称道的是关于中国思想文化对英国的影响研究。中英文化关系研究经历了几代学者的努力。陈受颐、方重、范存忠关于17、18世纪英国文学中的中国的研究对中国比较文学的发展作出了很大贡献,可以说是早期中国比较文学研究的代表性作品。

陈受颐是中国最早研究中国文化在欧洲的传播与影响的学者之一。他在1920年代和1930年代初在《岭南学报》发表了一系列中国文学西传的论文。(北京大学比较文学研究所,1989,456)我们知道,中国的元剧《赵氏孤儿》在传入欧洲后产生了巨大的影响,产生了大量的译本、改编本以及模仿作品。从伏尔泰到歌德,到英国的理查德·赫德、威廉·哈切特以及阿瑟·谋飞,人们对《赵氏孤儿》的兴趣长盛不衰。陈受颐从《赵氏孤儿》由中文到法文、德文、俄文的翻译,到欧洲人对该剧的评价以及伏尔泰等人的改作,作了描述。另一个在美国和英国学习多年的学者方重(1902—1991)继续了这项研究工作。他的出色论文《十八世纪的英国文学与中国》(1931)详细记录了英国人对契丹(Cathay)的热忱与幻想以及当时人们对中国的看法。方重把18世纪英国文学对中国材料的运用分为三个时期。1740年以前为准备期,有斯蒂尔和艾迪生为积极的倡导者。1740—1770年为全盛期,运用中国材料的有谋飞、哥尔德斯密、沃尔波尔等人。1770年以后中国热逐渐降温,但是有约翰·司格特还把中国材料写进诗歌。同19世纪英国对中国的批评不同,这个时期的中国观念基本上是"尊崇与爱慕的"。(北京大学比较文学研究所,1989,166)方重的研究为我们勾画了一幅英国的中国观念的地图。按照这幅地图继续前进的是范存忠。范存忠(1903—1987)也曾在美国学习,他的系列论文发表在1940—50年代英国和中国的杂志上。其中有《17、18世纪英国流行的中国戏》(1940)、《17、18世纪英国流行的中国思想》(1943)、《约翰生博士与中国文化》(1946)、

《威廉·琼斯爵士与中国文化》(1947)、《〈赵氏孤儿〉在启蒙时期在英国》(1957)。① 从这些文章可以看出,范存忠的研究已经更加深入,更为具体。它们从各个方面详细记录了中国文化传入英国的过程,以及英国人对中国的评论。此外范存忠还指出,中国文化在英国的流传实际上与当时的政治生活有紧密的关系。

范存忠的研究在陈受颐的基础上大大推进了一步,成为中国中英文学关系影响和渊源学研究的最后的也是最出色的作品。不过遗憾的是中国学者关于中英文学关系的研究到 18 世纪就截止了,还很少有关于 19 世纪中英文化关系的研究的出色之作。这一点特别值得注意。19 世纪英国对中国的知识,特别是在商品和物质文化方面的知识仍在增长。鸦片战争(1840—1842)之后,英国多次举办过中国物品博览会。在 1851 年伦敦世界博览会和 1862 年伦敦第二次世博会上都有中国物品的展台(Chinese Court)。在英国对中国物品的大规模的公开展出远远早于对日本物品的展出。但是为什么中国学者到此就止步不前了呢?另外,18 世纪启蒙时期欧洲盛赞中国文化的同时,也有一些不和谐的声音。比如笛福的《鲁宾逊漂流记》中对汉语的看法就是完全否定的。因此,一方面,中国的政治制度、生活方式以及思想观念在一些欧洲人包括英国人那里都是被理想化的,具有极强烈的乌托邦色彩。而在另一方面,对中国文化持否定态度的意见也不绝于耳。而在肯定和否定之间,多数中国现代比较学者选择前者。而对后者基本上保持沉默,是一个有意味的现象。这一空缺或者沉默是否有某种社会心理因素?而这个现象至少可以为中国比较文学的兴起与民族认同之间关系提供一定的线索。范存忠后来写过《比较文学和民族自豪感》(1982)一文。(见徐扬尚,1998,272)选择这样一个题目,可以部分印证上述问题。

1950 年代季羡林的中印文化研究和范存忠的中英文化关系研究之后,已经没有什么特别引人注目的成果。许多评论家把季羡林、范存忠的研究,仅仅看作是他们 1940 年代研究的继续,虽然本

---

① 这些出色的论文有两篇收入《英国文学论集》(范存忠,1981,201—82)。其他经修改扩充,于范存忠去世后成书,题为《中国文化在启蒙时期的英国》出版(范存忠,1991)。

身是非常出色的,但没有更加新颖的观点及其发现。从 1960 年代到 1970 年代中国比较文学进入了一段沉默期,一般学者称之为"滞缓期"。(见徐志啸,1996,118—36;徐扬尚,1998,222—34)至于比较文学研究沉默的原因,表面上看是十分明显的,也就是政治的因素。外国文学被当作资产阶级文化进行批判,而比较文学作为中西文学关系的探讨,也就没有更多的积极意义。当时的国外学者称之为《讲话》以来对文艺的政治控制。(Hsia,1963,246)现今的许多学者谈到这段时间时也认为,毛泽东的文艺政策排斥了西方文化,是政治体制上一元化在文化方面的延续。

如果从多元文化主义的角度看,也许上述观念并没有错。反对一元政策是倡导文化多元的逻辑必然结果。如果从边缘民族的立场看,在寻找比较文学研究沉默与现实政治的关联之外,恐怕还隐藏着更加深刻的民族心理、民族认同与中国接受西方文化与现代性的问题。因此,单一的政治原因就显得粗糙、简单化、非历史化。其实,解决比较文学"滞缓"的原因这一问题,首先要看看比较文学为什么会兴起。只有回答了后一个问题,才可以对比较文学研究的意识形态性质有一个明确的认识。而这,将留到下面我们讨论 1970 至 1990 年代比较文学"复兴"之后再谈。

二、1970 年代末至 1990 年代的中国比较文学研究

苏珊·巴斯奈特在《比较文学导论》(1993)一书中指出了这样一个有趣的现象:从 1970 年代末起,西方学界的注意力转向文学理论和文化研究,而比较文学逐渐失宠。大学研究生对比较文学的兴趣日渐衰落,比较文学界关于比较文学危机的呼声不断。作为学科,比较文学似乎在西方失去了 1950—1960 年代那样的活力和激进的品格。因此巴斯奈特认为,在某种意义上说,比较文学已经接近"死亡",(Bassnett,1993,47)而取而代之的则是文化研究与翻译研究。但是,非西方国家的情况正好与此相反。就在欧美比较文学走向衰败之时,"比较文学开始在世界其他地方发展起来。新兴的比较文学课程开始在中国、台湾、日本和其他亚洲国家出现"。(Bassnett,

1993,5)巴斯奈特的结论也许比较突兀,但是她所描述现象的基本符合这些国家和地区的实际情况。中国自1970年代末开始,比较文学的研究逐渐兴盛。中国学者在谈及这段时期时频频使用"复兴"一词(见徐志啸,1996,137—39;徐扬尚,1998,257)。他们在对我国比较文学现状进行描述的时候,指明比较文学研究在当代的发展繁荣是继承和发扬了1930—40年代现代时期的伟大传统,具有无可置疑的合法性。而且,许多中国比较文学学者对所谓比较文学"消亡论"基本上是持断然否定的态度。① 在这方面,韦勒克的观点更受欢迎。韦勒克在《比较文学的危机》一文中强调比较文学研究应该遵循一般文学研究的原则,也就是说把文学文本作为艺术品或多层次的审美对象来看待。只有这样才能够推进这一学科的发展。韦勒克说,"文学研究如果不决心把文学作为不同于人类其他活动和产物的一个学科来研究,从方法论的角度说来就不会取得任何进步。因此我们必须面对'文学性'这个问题,即文学艺术的本质这个美学中心问题。"(韦勒克,1999,277—78)韦勒克的理论为比较文学提供了合法性和理论依据。这个理论依据就是作为人类的普遍价值的"文学性"。

的确,对比较文学合法性的追求,是"新时期"比较文学研究的特点,也是热衷于探讨比较文学理论问题的内在动因。使比较文学研究合法化重要的一环就是向西方寻求"真理",把西方比较文学理论的著作翻译成汉语。这个时期翻译的成果是十分丰富的,西方有影响的著作和论文几乎在十几年间都有了汉译。其中比较有影响的译著有:基亚的《比较文学》(1983),维斯坦因的《比较文学和文学理论》(1987),约斯特的《比较文学导论》(1988),布吕奈尔、毕修瓦、卢梭的《什么是比较文学》(1989),米列娜的《从传统到现代——世纪转折时期的中国小说》(1991),迪马的《比较文学引论》(1991),厄尔·迈纳的《比较诗学》(1998)。除此之外,这个时期还出版了许多本国外比较文学研究论文的译文集,其中韦勒克关于比较文学的重要论文如《比较文学的名称和实质》、《比较文学的危机》以及雷马克

---

① 国内关于比较文学"消亡论"的争论和评述参见(谢天振,1994,20—22)。

《比较文学的定义与功用》、《比较文学的法国学派和美国学派》等重要论文均有翻译,并被学者经常引用。(北京师范大学中文系比较文学研究组,1986,1—41,51—75)

比较文学"复兴"与合法化的另一标志就是学科的建立。1978年之后全国的报纸杂志都大量刊载了有关比较文学的讨论、介绍、评论的文章,被称之为"比较文学大家谈运动"。这期间老一辈的比较学者如季羡林、戈宝权、方重、杨周翰、李赋宁、范存忠、钱钟书、贾植芳都发表了关于提倡比较文学研究的文章。(徐扬尚,1998,271—76)在这样一种氛围中,比较文学作为独立学科在大学里逐渐有了一席之地。从1978年上海华东师大的施蛰存开设1949年以后第一个比较文学讲座之后到1990年代中,全国共有60多所大学和专科学校开设了比较文学课。(刘献彪、王振民,1994,107—10)

应该说,西方比较文学理论的翻译和比较文学学科的建立极大地促进了中国比较文学研究的发展。这主要表现在这一时期出版的比较文学论著比较注意理论和方法论的探讨。对西方比较文学的发生、发展、流派、论争以及未来的趋势都有较为详细的描述。一般说来,中国学者对西方学者的研究状况和动态是比较清楚的,但是由于中国学者有自己的立场(下面要详细讨论),所以这种介绍和翻译也是从一定角度出发的。比如说,对韦勒克和雷马克的观点就比较重视,经常作为重要观点为自己的研究提供理论依据。可以说在1980年代,"文学性"这个范畴在比较文学研究中受到极大的重视。它所代表的人类普遍价值,它的审美维度,它对文本及其结构的重视,成为比较文学的主要发展方向。1930—40年代很多比较学者热衷于渊源学和影响研究,具体而微地对中西、中印文化关系不惮其烦地考证、梳理。而1980年代的很多比较学者热心于平行研究,热心于理论建树。

三、比较文学的意识形态功能

以上对中国比较文学的理论、翻译、研究和学科本身的发展作了一个简要的回顾,但是有两个问题还有待于解决,一个是如何看待中国比较文学的兴起、发展、停顿和复兴,这一过程的历史动因是什么?其中有那些可以看作是比较文学作为学术研究的社会功能和意识形态性质的结果?从表面上看,中国比较文学的发展与中国社会的发展有密切联系。这似乎决定了中国比较文学的发展与西方比较文学发展不完全同步的关系,在1930—40年代,中国比较文学的主流是渊源学研究,与当时法国所倡导的影响研究是一致的。如上所述,梵第根出版于1931年的著作在1937年就翻译成中文。但是我们已经看到,1980年代的研究走向与西方又是不同步的。虽然这个时期有大量的西方著作翻译出版,但是出版1950—60年代美国学派的著作居多,而且以文学性这样一个新批评概念立论的著作影响最大。第二个问题是,在1980年代,新批评在西方早已作古,而在中国却被视为比较文学理论的基石,这种落差是如何产生的?现阶段西方比较文学在文学理论和文化研究两次大潮的冲击下,发展方向已经发生变化。特别是全球化趋势愈演愈烈,非本质主义的、外在性结构因素越来越成为关注对象而取代以文学内部规律为目标的本质主义内在研究。但是为什么许多学者仍然执着于"文学性"概念而排斥文学研究与文化研究的结合呢?我们还是以中国国内社会发展问题作为开始,看看比较文学学科是如何把文化之间的外部关系转化为某个文化内部的文学性实体。

巴斯奈特在解释比较文学的兴起时援引了印度学者戴威的观点。戴威认为,印度的比较文学研究与现代印度的民族主义思潮直接相关。比较文学在印度因此起到了民族文化认同的作用。(Bassnett,1993,5)巴斯奈特则把这一观点引申为对整个西方比较文学兴起的看法。巴斯奈特认为:"戴威关于印度比较文学与印度现代民族主义兴起密切相关的观点是重要的,因为这使我们回想其'比较文学'这一术语在欧洲的起源。这一术语最初出现在民族斗争的时代,那时新的疆界开始建立,民族文化和民族认同等问题在欧洲正在讨论之中并延至美国。"(Bassnett,1993,8—9)其实,比较文学与民族主义的密切关系,在亚洲其他国家也不例外。如果从这一角度看待比较文学研究在中国的兴衰,很多问题也就迎刃而解了。

浏览1930—40年代中国比较文学的论文,已经有许多文章采取了后来为人批评的平行研究的模式。这种模式不仅包括中西个别作家之间的比较,也包括中西文学作品中的共同主题、共同题材与共同审美情趣的比较。这种方法在1980—90年代更为流行。但是这种模式在具体的应用时有时是牵强附会、生拉硬扯,把两个关系不大的人物拼合在一起。这就是它为人诟病之处。比如在一篇讨论中国元代戏剧家汤显祖与莎士比亚的文章中,诱发批评家进行比较的首要因素竟然是这两个作家的生卒年相近。(北京大学比较文学研究所,1989,278-83)该文作者是著名的文学家赵景深,他还做过类似的中西比较,以李渔与莫里哀相提并论,"因为他俩同是喜剧家"。(北京大学比较文学研究所,1989,282)从今天的角度看来,这样的比较算不上什么研究,学术价值不高。可是我们要问的是另外一个问题:为什么这种文章风行一时?

的确,当时像这样的文章可谓十分流行,其中出自名人之手的就有李白与歌德的比较(梁宗岱),《西厢记》与《罗密欧与朱丽叶》的比较(尧子),中西戏剧之比较(冰心),中西诗在情趣上的比较(朱光潜),中国的后羿与希腊的赫克利斯的比较(程憬)。(北京大学比较文学研究所,1989,226-31,244-65,240-43,208-19)这些比较文学论文显然不乏一些有趣的观点。但是今天看来,其中为比较而比较的因素居多。即使是美学家朱光潜的论文,把东西方的恋爱观、自然观拿来比较,讨论其优劣,也显得十分抽象、概括。例如文中涉及的民族性的观点,似乎说明了作者采取这样比较的真正动因。朱光潜说,"中国民族性是最'实用的',最'人道的'。它的长处在此,它的短处也在此……它的短处也在此,因为它过重人本主义和现世主义,不能向较高远的地方发空想,所以不能向高远处有所企求。"(北京大学比较文学研究所,1989,213)对民族性的关注,无论是以批判的态度也好,还是称赞的态度也好,都是在异国文学中寻找与本国文学的异同,进而塑造自己国民性形象。这就像拉康的镜像理论所告诉我们的,从他者中发现自我,从自我形塑中求得一种心理存在的建立。因此,对中西文化的比较,最终都演变成为这种自我心理塑造工程的一部分。这一点甚至在方重、范存忠等至今仍有学术价值的影响研究中也不例外。正是从西方17、18世纪对中国文化的肯定之中,研究者体验出一种民族自豪感。在范存忠的著作中我们看到,从外国人之口,从英国伟大文学家约翰生和哥尔德斯密的热情肯定之中,中国文化的价值得以肯定。

1980年代比较文学界对"文学性"概念的追求可以看作是这种民族认同要求的一种更为精致、更为理论化的形式。我们知道,"文学性"的概念源自俄国形式主义,新批评的思想也与之类似。在1920年代末以及1980年代初,新批评的理论在中国大陆十分流行,而译介新批评的学者有许多就是比较文学家。比如韦勒克和沃伦的《文学理论》的主要译者是出版过多部比较文学著作的刘象愚教授,介绍新批评的最权威的中国学者赵毅衡也写过《远游的诗神:中国古典诗歌对美国新诗运动的影响》(1985)这样一部探讨中国诗歌对美国意象派诗歌影响的比较文学著作。因此,比较文学界是对新批评理论接受最早、受益最多的学科之一。时至今日,比较文学界仍有许多学者提倡将"文学性"作为比较文学研究的重要概念,认为文学作品本身是比较文学研究的主要依据,文化研究不应冲击文学研究。文化研究只是为文学研究提供一个语境或背景,是对文学研究的补充。[①]

这种对"文学性"的认可,对文学自律性的追求实际上是把"他者"更为抽象化,上升为人类的普遍价值。因此可以说人们现在感兴趣的已经不是某种特殊文化对中国文化的认可,而是认为中国文化的独立价值与人类普遍价值是相沟通的。因此这种对普遍主义的追求丝毫没有减弱其民族性特征,相反是民族自信心增强的表现。我们在第七章中提到的"中国学派"观念,正是这种信心的标志。

如上所述,建立比较文学的"中国学派"是在1970年代台湾首先提出来的。台湾的比较学者在淡江大学召开的"国际比较文学会"(1971)上提出这样的构想,此后有古添洪(1976)、陈鹏翔(1976)和在台湾任教的美国学者李达三(1977)对它系统化、理论化,使之

---

① 见《中国比较文学》,2000年第1期,1—30。

产生很大影响。(黄维樑、曹顺庆,1998,183,140—78)中国学派的提法虽然各自内容不同,但都是针对法国学派和美国学派而言的。李达三认为有必要建立比较文学研究的"第三世界",用中国的思维模式研究比较文学。他说,"中国学派首先从'民族性'的自我认同出发,逐渐进入更为广泛的文化自觉"。(李达三,1977,266)但是古添洪、陈鹏翔则认为,"阐发法",即用西方理论模式解析中国作品是中国学派的主要目标之一。"中国学派"的呼吁在大陆产生了强烈的回响,也提出了自己的理解。(孙景尧,"为'中国学派'一辩",1991,118—30)大陆学者认为"中国学派"的要义在于打通中西文化的隔膜,寻找共同的文化规律和思想基础。虽然关于"中国学派"的内涵众说纷纭,但是希望通过比较文学研究内容与研究方法的更新,显示中国的民族身份的要求则是一致的。不过,"中国学派"的讨论主要是一种观念的提倡,而非对实际研究成果的总结。因此,把它看作主要是一种建立民族意识的努力更为贴切。

几十年来,无论是有关"中国学派"的讨论,还是对普遍主义的"文学性"的追求,甚至上溯到1930—40年代的影响研究,中国比较文学研究共同的社会政治背景是现代化与民族国家的建立,共同的思想背景是启蒙现代性。在1950至1970年代,由于毛泽东摒弃了西方启蒙现代性的模式而采用了反资本主义的现代化的方案即许多学者称之为非西方的另一种现代性(Alternative Modernity, Liu, 1996, 193—218),于是比较文学研究逐渐淡出人们的视野。不仅比较文学,其他研究西方文学的学科也在批判"名、洋、古"的呼声中受到限制。

1970年代末比较文学在中国的复兴应该说与启蒙主义、人文主义思潮在中国再度流行有关。这种源自西方的启蒙现代性被中国人接受并非偶然。我们知道,中国自19世纪中叶以来面临帝国主义列强瓜分和殖民化的危险,国家存亡产生危机。那时中国学者向西方寻求真理,直接接受了启蒙现代性的观念。由于现代性包括了理性化和历史进步的内容以及社会管理合理化与技术改进的具体方案,为中国的发展带来希望,因而受到广泛欢迎,成为社会主导意识形态。但是,正如我们在第一章中所强调的,采纳这一西方中心主义的、以经济生产方式为核心的理论框架必然付出沉重的代价,那就是承认传统/现代、东方/西方、落后/进步等一系列二元对立。这一系列不平等的二元对立本来是西方构造世界地图的模式,因此它必然使处于这一地图边缘的民族产生认同危机,甚至产生民族性丧失、民族身份崩溃的局面。这正是胡适从中国与"西域"的文学关系研究中得出中国应该向西方学习的奇怪结论的思想背景。而比较文学成为中国学者文学研究的重要内容,从根本上说,是由于处在这一幅地图的位置所致。因此,当时学术界提出的许多问题,诸如中国为什么没有史诗?(朱光潜,1989,220—25)中国为什么没有悲剧?① 现在看来这些纯粹是虚假的问题。(试想,如果从事比较文学研究的学者今天还这样提问不是显得可笑么?)可是这些虚假的文学"现象"却被当时最重要的学者重视,并加以"深入细致"地研究。这不能不说是现代性产生的二元对立的思维模式在起作用。即使是那些貌似中立的考据之学,比如中国如何影响了西方,或者西方如何影响了东方,也难免沾染上意识形态色彩。因为这些"事实"的出现,它们之所以会引起人们的注意,按照解释学的说法,和主体的"期待视野"(尧斯)有着密切关系;按照福柯的说法,是"知识型构"作用的结果。如果把主体与他所采取的社会立场联系起来,那么就是说,一张事先绘制好的地图起到了决定性的作用。因此,在我们看待比较文学的具体研究时,包括关于"文学性"和"中国学派"的讨论,应该质疑的不只是这些问题本身,更值得探讨的是背后隐藏的这幅地图,或那些使得这些问题得以产生的思维模式。

中国比较文学与现代性观念息息相关,也正因为如此,现代性思维模式的变化也会导致比较文学研究本身的变化。近年来学界比较文学危机的呼声不断,文学性、审美性的地位在文学研究中逐渐下降。文化研究不断冲击文学研究。这些所反映的,正是现代性理论框架或"知识型构"所面临的困境。现代性作为西方的思想意识形态构造,其西方中心主义的色彩日益被人们认识。倡导"世界体系"的学者们认为,不是封建主义,而是资本主义的全球体系为第

---

① 朱光潜说,"中国人……满足于一种实际的伦理哲学。这就可以解释,这些民族为什么没有产生悲剧。"(朱光潜,1983,215)

三世界国家带来落后与不发达。(沃勒斯坦,1998;弗兰克,1999;多斯桑托斯,1999)因此进步抑或是落后并非由社会内部的因素所决定,而是由社会之间的外部关系所决定。实际上,一个社会的性质是由它与其他社会的关系塑造的。传统/现代的二元对立来源于中心对边缘地区的关系。传统/现代这种表面上看是性质的区别实际上是反映了在整体结构中所占据的位置的区别。这就是结构主义者对历史的看法。安德烈·贡德·弗兰克在《白银资本》一书中更是证实了所谓经济中心的位置变换。(Frank,1998)而西方学者比如韦伯的现代性概念把这个中心的位置放在欧洲,然后制造一个西方现代性全球扩张、摧枯拉朽的叙事,这是典型的西方意识形态,是使西方中心得以合理化的体现。从根本上说,它反映了东西方不平等的结构以及西方对其他国家的权力关系。

因此我们看到,当比较文学研究的社会背景、思想背景发生变革,比较文学背后隐藏的传统二元对立的思维模式发生动摇的时候,比较文学研究本身必然会发生某种变化。可喜的是我们已经看到了这些变化,只是它并没有完全以比较文学的名义出现。中国现代文学研究领域已经在反思现代性这一观念,许多学者也已经抛弃这种东方/西方对立模式,而把这种东方/西方的区别以及传统与现代的矛盾看作是现代性本身内部矛盾的外在显现。(汪晖,2000,3—22;韩毓海,1998,29—30)这种观点和视角不仅反映在中国近现代文学研究中,也反映在国外的汉学研究中。所谓跨文化研究所超越的正是传统比较文学研究的狭隘视野。仅举一例:刘禾在1990年代末发表了一系列论文,这些论文曾以英文专著的形式在美国出版,(Liu, 1995)其中文改写本《语际书写》(1999)中关于中国国民性的研究在国内产生很大影响。作者追溯了国民性概念如何作为西方殖民者以及现代性的信仰者用来描述中国人的概念,到中国作家鲁迅如何用它表现自己的现代性思想。这种传播和接受充分反映了中西的矛盾冲突以及西方的强权意识。这样的论著已经不再是简单地描述影响与接受,而是指明这种权力关系如何以文化观念的方式形成并传播。而这种权力关系又是如何导致所谓的客观事实和社会现象(如国民性)的出现。文化观念作为意识形态的载体其社会功能在此完全显现了出来。

也许传统的比较文学学者会抱怨此类研究缺少了对"文学性"的关注。但是这难道不是典型的比较文学研究吗？从观念（国民性）到研究对象（鲁迅）都在文学领域。不过，刘禾的研究与传统比较文学不同的是，她并不追求永恒的人类普遍价值。相反，她的研究所暴露的是隐藏在普遍性观念后面赤裸裸的霸权关系。正是这一关系决定了国民性观念的产生、传播和影响。在这里，所有的本质主义迷梦都破碎了，而文本的意识形态也被无情解构。观念的旅行往往带着极强烈的权力色彩；民族之间的暴力并不只是体现在政治和经济方面。面对这种文化暴力，揭露它不正是第三世界学者义不容辞的责任吗？因此，如果说比较文学面临变革，需要克服自身的危机的话，那么思维方式的转变是必要的前提。而超越"文学性"，走向更为广阔的社会政治领域，则是比较文学的必然趋势。

参考文献

英文书目：

Abrams, M. H. "What Is a Humanistic Criticism?" In Dwight Eddins, ed. *The Emperor Redressed: Critiquing Critical Theory*. Tuscaloosa and London: The University of Alabama Press, 1995. 13—44.

——. *A Glossary of Literary Terms*, 8th edition. Boston: Thomson Wadsworth, 2005.

Adorno, Theodore W. and Max Horkheimer. *Dialectic of Enlightenment*. Tran. John Cumming. New York: The Seabury Press, 1972.

——. *Aesthetic Theory*. Tran. Robert Hullot-Kentor. London: The Athlone Press, 1997.

Althusser, Louis and Etienne Balibar. *Reading Capital*. Tran. Ben Brewster. London: NLB, 1970.

Althusser, Louis. *Lenin and Philosophy and Other Essays*. Tran. Ben Brewster. New York: Monthly Review Press, 1971.

Arnold, Matthew. "The Function of Criticism at the Present Time". In Hazard Adams, ed. *Critical Theory since Plato*, revised edition. New York: Harcourt Brace Jovanovich, 1992. 592—603.

Austin, J. L. *How to Do Things with Words*. Beijing and Oxford: Foreign Language Teaching and Research Press and Oxford University Press, 2002.

Balibar, Etienne and Pierre Macherey. "On Literature as an Ideological Form". In Robert Young, ed. *Untying the Text*. London: Routledge and Kegan Paul, 1981. 80—99.

Barthes, Roland. *Mythologies*. Tran. Annette Lavers. London: Paladin, 1973.

——. *The Pleasure of the Text*. Tran. Richard Miller. New York: Hill and Wang, 1975.

Barthes, Roland. *Sade, Fourier, Loyola*. Tran. Richard Miller. New York:

Hill and Wang, 1976.

Barthes, Roland. *Image, Music, Text*. Tran. Stephen Heath. New York: Hill and Wang, 1977.

Bassnett, Susan. *Comparative Literature: A Critical Introduction*. Oxford: Blackwell, 1993.

Baudrillard, Jean. *For a Critique of the Political Economy of the Sign*. St. Louis, MO.: Telos, 1981.

——. *Simulations*. Tran. Paul Foss, Paul Patton, and Philip Beitchman. New York: Semiotext(e), 1983.

——. *Selected Writings*. Ed. Mark Poster. Cambridge: Polity Press, 1988.

——. *The Transparency of Evil*. Tran. James Benedict. London: Verso, 1993.

——. *The System of Objects*. Tran. James Benedict. London and New York: Verso, 1996.

——. *The Consumer Society: Myths and Structures*. London: Sage, 1998.

Beerbohm, Max. *The Happy Hypocrite*. London: John Lane, 1915.

Bell, Daniel. *The Cultural Contradictions of Capitalism*. New York: Basic Books, 1976.

Bell-Villada, Gene H.. *Art for Art's Sake and Literary Life*. Lincoln and London: University of Nebraska Press, 1996.

Belsey, Catherine. *Critical Practice*, 2nd edition. London: Routledge, 2002.

Benveniste, Emile. *Problems in General Linguistics*. Tran. Mary Elizabeth Meek. Coral Gables, Florida: University of Miami Press, 1971.

Bennett, Andrew. *The Author*. London: Routledge, 2005.

Berman, Marshall. *All That Is Solid Melts into Air: The Experience of Modernity*. London: Verso, 1983.

Bice, Benvenuto and Roger Kennedy. *The Works of Jacques Lacan: An Introduction*. London: Free Association Books, 1986.

Blackwell, Thomas. *An Inquiry into the Life and Writings of Homer*. London: G. Scotin, 1735.

Bodkin, Maud. *Archetypal Patterns in Poetry: Psychological Studies of Imagination*. New York: Vintage Books, 1958.

Booth, Wayne. *The Rhetoric of Fiction*. Chicago and London: University of Chicago Press, 1961.

Bourdieu, Pierre. *Distinction: A Social Critique of the Judgement of Taste*. Tran. Richard Nice. Cambridge, Mass: Harvard University Press, 1984.

Bowie, Malcolm. *Lacan*. London: Fontana Press, 1991.

Bradford, Richard, ed. *The State of Theory*. London: Routledge, 1993.

Bruss, Elizabeth. *Beautiful Theories: The Spectacle of Discourse in Contemporary Criticism*. Baltimore and London: Johns Hopkins University Press, 1982.

Burke, Sean. *The Death and Return of the Author*. Edinburgh: Edinburgh University Press, 1992.

Burke, Sean, ed. *Authorship: From Plato to the Postmodern: A Reader*. Edinburgh: Edinburgh University Press, 1995.

Burke, Sean. *The Ethics of Writing: Authorship and Legacy in Plato and Nietzsche*. Edinburgh: Edinburgh University Press, 2008.

Calinescu, Matei. *Five Faces of Modernity*. Durham: Duke University Press, 1987.

Chou, Ying-Hsiung and Chen Sihe. "Western Literature in Modern China". In Martin Coyle et al, eds. *Encyclopaedia of Literature and Criticism*. London: Routledge, 1990. 1210—1217.

Christ, Carol T. *Victorian and Modern Poetics*. Chicago and London: University of Chicago Press, 1984.

Cohen, Ralph, ed. *The Future of Literary Theory*. London: Routledge, 1989.

Conrad, Joseph. "Preface to the Nigger of the 'Narcissus'". In M. H. Abrams, ed. *The Norton Anthology of English Literature*, 5th edition. New York: Norton, 1986.

Coward, Rosalind and John Ellis. *Language and Materialism: Developments in Semiology and the Theory of the Subject*. London and Boston: Routledge and Kegan Paul, 1977.

Croce, Benedetto. *History: Its Theory and Practice*. Tran. Douglas Ainslie. Beijing: China Social Sciences Publishing House, 1999.

Grosz, Elizabeth. *Jacques Lacan: A Feminist Introduction*. London: Routledge, 1990.

Culler, Jonathan. *Literary Theory: A Very Short Introduction*. Oxford: Oxford University Press, 1997.

——. "The Literary in Theory". In Judith Butler, John Guillory and Kendall Thomas, eds. *What's Left of Theory?* London: Routledge, 2000. 273—92.

Denton, Kirk. *The Problematic Self in Modern Chinese Literature: Hu Feng and Lu Ling*. Stanford: Stanford University Press, 1998.

Derrida, Jacques. "Otobiographies: The Teaching of Nietzsche and the Politics of the Proper Name". In Christie McDonald, ed. *The Ear of the Other: Otobiography, Transference, Translation*. Lincoln and London: University of Nebraska Press, 1985.

——. "'This Strange Institution Called Literature': An Interview with Jacques Derrida". In Derek Attridge, ed. *Acts of Literature*. Tran. Geoffrey Bennington and Rachel Bowlby. London: Routledge, 1992.

Dollimore, Jonathan and Alan Sinfield. *Political Shakespeare: Essays in Cultural Materialism*. Ithaca, NY: Cornell University Press, 1985.

During, Simon, ed. *The Cultural Studies Reader*. London: Routledge, 1993.

Eagleton, Terry. *Shakespeare and Society: Critical Studies in Shakespearean Drama*. London: Chattoand Windus, 1967.

——. *Myths of Power: A Marxist Study of the Brontës*. London: Macmillan, 1975.

——. *Criticism and Ideology: A Study in Marxist Literary Theory*. London: Verso, 1976.

——. *The Rape of Clarissa: Writing, Sexuality and Class Struggle in Samuel Richardson*. Oxford: Blackwell, 1982.

——. *The Function of Criticism: From the Spectator to Post-Structuralism*. London: Verso, 1984.

——. *William Shakespeare*. Oxford: Blackwell, 1986.

——. "Saint Oscar: A Forward". *New Left Review*, no. 177, September/October, 1989a.

——. *Saint Oscar*. Lawrence Hill, Derry: Field Day, 1989b.

——. *The Significance of Theory*. Oxford: Blackwell, 1990a.

——. *The Ideology of the Aesthetic*. Oxford: Basil Blackwell, 1990b.

——. *Heathcliff and the Great Hunger: Studies in Irish Culture*. London: Verso, 1995.

——. *The Illusions of Postmodernism*. Oxford: Blackwell, 1996.

——. *Crazy John and the Bishop and Other Essays on Irish Culture*. Notre

Dame: University of Notre Dame Press in association with Field Day, 1998.

———. *Scholars and Rebels in Nineteenth-Century Ireland*. Oxford: Blackwell, 1999.

———. *The Idea of Culture*. Oxford: Blackwell, 2000.

———. *After Theory*. New York: Basic Books, 2003.

———. *Literary Theory: An Introduction*. Oxford: Basil Blackwell, 1983; 2nd edition, 1996; anniversary edition, 2008.

Eagleton, Terry, Fredric Jameson and Edward W. Said. *Nationalism, Colonialism, and Literature*. Minneapolis: University of Minnesota Press, 1990.

Easthope, Antony. *Literary into Cultural Studies*. London: Routledge, 1991.

Eichenbaum, Boris. "Introduction to the Formal Method". In Julie Rivkin and Michael Ryan, eds. *Literary Theory: An Anthology*. Oxford: Blackwell, 1998. 8—16.

Ellis, John M. *Against Deconstruction*. Princeton: Princeton University Press, 1989.

Ellmann, Maud. *The Poetics of Impersonality: T. S. Eliot and Ezra Pound*. Brighton: Harvester Press, 1987.

Engels, Friedrich. "Letter to Margaret Harkness, April, 1888". In Raman Selden, ed. *The Theory of Criticism from Plato to the Present: A Reader*. London: Longman, 1988. 458—59.

Erlich, Victor. *Russian Formalism: History, Doctrine*. New Haven: Yale University Press, 1981.

Featherstone, Mike. *Consumer Culture and Postmodernism*. London: SAGE, 1991.

Fhlathuin, Maire ni. "Postcolonialism and the Author: The Case of Salman Rushdie". In Sean Burke, ed. *Authorship: From Plato to the Postmodern: A Reader*. Edinburgh: Edinburgh University Press, 1995. 277—84.

Fiske, John. *Understanding Popular Culture*. London: Unwin Hyman, 1989.

Fokkema, Douwe W. *Literary Doctrine in China and Soviet Influence: 1956—1960*. The Hague: Mouton, 1965.

Fokkema, Douwe and Elrud Ibsch. *Theories of Literature in the Twentieth Century*. London: C. Hurst, 1978.

Forrester, John. "A Brief History of the Subject". In Liza Appignanesi, ed. ICA Documents 6, *The Real Me: Postmodernism and the Question of Identity*. London: Institute of Contemporary Art, 1987.

Foucault, Michel. *The Foucault Reader*. Paul Rabinow, ed. New York: Pantheon book, 1984.

———. *The Order of Things*. New York: Vintage Books, 1970.

———. *The History of Sexuality*, vol. 1. Tran. Robert Hurley. New York: Vintage Books, 1988.

———. "What is an Author?" In Sean Burke, ed. *Authorship: From Plato to the Postmodern: A Reader*. Edinburgh: Edinburgh University Press, 1995. 233—62.

Fowler, Roger. "Literature". In Martin Coyle et al. *Encyclopedia of Literature and Criticism*. London: Routledge, 1990. 3—26.

Frank, Andre Gunder. *Reorient: The Global Economy in the Asian Age*. Berkeley: University of California Press, 1998.

Frazer, James George. *The Golden Bough: A Study in Magic and Religion*. Oxford and New York: Oxford University Press, 1994.

Freadman, Richard and Seumas Miller. *Re-thinking Theory: A Critique of Contemporary Literary Theory and an Alternative Account*. Cambridge: Cambridge University Press, 1992.

Freedman, Jonathan. *Professions of Taste: Henry James, British Aestheticism, and Commodity Culture*. Stanford: Stanford University Press, 1990.

Freud, Sigmund. "Negation". In Sigmund Freud. *The Standard Edition of the Complete Psychological Works*. Tran. James Strachey. Vol. 19. London: The Hogarth Press, 1957.

Frye, Northrop. *Anatomy of Criticism: Four Essays*. Toronto: University of Toronto Press, 2006.

Gagnier, Regenia. *Idylls of the Marketplace: Oscar Wilde and the Victorian Public*. Aldershot: Scholar Press, 1987.

Gide, André. *Oscar Wilde*. Tran. Bernard Frechtman. New York: Philosophical Library, 1949.

Gissing, George. *Letters of George Gissing: To Members of His Family*. Ed. Algernon and Ellen Gissing. London: Constable, 1927.

Goethe, Johann Wolfgang von. *Scientific Studies*. Ed. and tran. Douglas Miller. New York: Suhrkamp Publishers, 1988.

Goldmann, Lucien. *The Hidden God*. Tran. Philip Thody. London: Routledge and Kegan Paul, 1964.

——. *Towards a Sociology of the Novel*. Tran. Alan Sheridan. London: Tavistock Publications, 1975.

Grosz, Elizabeth. *Jacques Lacan: A Feminist Introduction*. London: Routledge, 1990.

Habermas, Jurgen. *The Philosophical Discourse of Modernity*. Tran. Frederick Lawrence. Cambridge, Mass: The MIT Press, 1987.

Hadjiafxendi, Kyriaki and Polina Machay, eds. *Authorship in Context*. New York: Palgrave Macmillan, 2007.

Haug, W. F. *Critique of Commodity Aesthetics*. Tran. Robert Bock. Cambridge: Polity Press, 1986.

Homer. *The Odyssey*. Tran. Robert Fitzgerald. New York: Doubleday, 1961.

Homer. *Iliad*. Tran. Stanley Lombardo. Cambridge: Kackett, 1997.

Hsia, T. A. "Twenty Years After the Yenan Forum". *The China Quarterly* 13 (1963): 226—53.

Jameson, Fredric. *Marxism and Form*. Princeton, New Jersey: Princeton University Press, 1971.

——. *The Political Unconscious: Narrative as a Socially Symbolic Act*. London: Routledge, 1989.

——. "Postmodernism and Consumer Society". In Hal Foster, ed. *Postmodern Culture*. London and Sydney: Pluto Press, 1985.

——. *The Ideologies of Theory*, vols. 1—2. Minneapolis: University of Minnesota Press, 1988.

——. *The Political Unconscious: Narrative as a Socially Symbolic Act*. London: Routledge, 1989.

——. *Postmodernism, or, the Cultural Logic of Late Capitalism*. London: Verso, 1991.

Jancovich, Mark. *The Cultural Politics of the New Criticism*. Cambridge: Cambridge University Press, 1993.

Jefferson, Ann and David Robey. *Modern Literary Theory: A Comparative Introduction*. London: Batsford, 1986.

Johnson, Richard. "What Is Cultural Studies Anyway?" In John Storey, ed. *What Is Cultural Studies? A Reader*. London: Edward Arnold, 1996.

Johnson, Samuel. *The Yale Edition of the Works of Samuel Johnson*. Vol. VI. Ed. E. L. McAdam, Jr. New Haven and London: Yale University Press, 1964.

Kirby, David. "The Death of Theory in Literature." http://www.cgjungpage.org/talk/archive/index.php/t−1910.html.

Knapp, Steven, and Walter Benn Michaels. "Against Theory." *Critical Inquiry* 8 (1982): 723−42.

Kuhn, Thomas. *The Structure of Scientific Revolutions*. Chicago: University of Chicago Press, 1962.

Lacan, Jacques. *Écrits: A Selection*. Tran. Alan Sheridan. London: Tavistock, 1977a.

———. *The Four Fundamental Concepts of Psycho-Analysis*. Ed. Jacques-Alain Miller. Tran. Alan Sheridan. London: Penguin, 1977b.

———. *Freud's Papers on Technique, 1953—1954*. The Seminar of Jacques Lacan, Book 1. Ed. Jacques-Alain Miller. Tran., John Forrester. Cambridge: Cambridge University Press, 1988.

———. *The Ethics of Psychoanalysis, 1959—1960*. The Seminar of Jacques Lacan, Book VII. Ed. Jacques-Alan Miller. Tran. Dennis Porter. London and New York: Norton, 1992.

———. *The Psychoses, 1955—1956*. The Seminar of Jacques Lacan, Book III. Ed. Jacques-Alain Miller. Tran. Russell Grigg. London: Routledge, 1993.

———. *Écrits: A Selection*. Tran. Bruce Fink. New York and London: Norton, 2002.

Langer, Susanne. *Feeling and Form: A Theory of Art*. New York: Scribner, 1953.

Lerner, Laurence, ed. *Reconstructing Literature*. Oxford: Blackwell, 1983.

Leavis, F. R. *The Great Tradition*. London: Penguin, 1962.

———. "Literary Criticism and Philosophy". In K. M. Newton, ed. *Twentieth—Century Literary Theory: A Reader*. London: Macmillan, 1988. 66−69.

Lee, Jonathan Scott. *Jacques Lacan*. Boston: Twayne Publishers, 1990.

Lefebvre, Henri. *Everyday Life in the Modern World*. Tran. Sacha Rabinovitch. New Brunswick: Transaction Publishers, 1984.

——. *Critique of Everyday Life*. Tran. John Moore. London: Verso, 1991.

Lemon, Lee T. and Marion J. Reis. Eds. and tran. *Russian Formalist Criticism: Four Essays*. Lincoln: University of Nebraska Press, 1965.

Levi-Strauss, Claude. *Structural Anthropology*. Tran. Claire Jacobson and Brooke Grundfest Schoepf. London: Allen Lane, 1968.

Liu, Kang. "Is There an Alternative to (Capitalist) Globalization? The Debate about Modernity in China". *Boundary* 2. Vol. 23, no. 3 (Fall 1996): 193—218.

——. *Aesthetics and Marxism*. Durham: Duke University Press, 2000.

Liu, Lydia H. *Translingual Practice: Literature, National Culture, and Translated Modernity—China, 1900—1937*. Stanford: Stanford University Press, 1995.

Lodge, David, ed. *Modern Criticism and Theory, A Reader*. London: Longman, 1988.

Loliée, Frédéric. *A Short History of Comparative Literature from the Earliest Times to the Present Day*. London: Hodder and Stoughton, 1906.

Macherey, Pierre. *A Theory of Literary Production*. Tran. G. Wall. London: Routledge and Kegan Paul, 1978.

——. "A Cosmopolitan Imaginary: the Literary Thought of Mme de Stael". In Pierre Macherey. *The Object of Literature*. Tran. David Macey. Cambridge: Cambridge University Press, 1990. 13—37.

Macey, David. *Lacan in Contexts*. London: Verso, 1988.

Marx, Karl. *Marx on China 1853—1860*. Ed. Dona Torr. London: Lawrence and Wishart, 1951.

Marx Karl. and Friedrich Engels. *The Communist Manifesto*. Tran. Samuel Moore. London: Penguin, 1967. Reprinted 1985.

Mauss, Marcel. *Sociology and Psychology: Essays*. Tran. Ben Brewster. London and Boston: Routledge and Kegan Paul, 1979.

Miller, Jacques-Alain. "The Sinthome, a Mixture of Symptom and Fantasy". In Veronique Voruz and Bogdan Wolf, eds. *The Later Lacan: An Introduction*. Albany, NY: State University of New York Press, 2007. 55—72.

Minnis, A. J. *Medieval Theory of Authorship: Scholastic Literary Attitudes in the Later Middle Ages*. London: Scolar Press, 1984.

Mitsscherling, Jeff, Tanya DiTommaso and Aref Nayed. *The Author's Intention*. New York: Lexington Books, 2004.

Nesbit, Molly. "What Was an Author?" *Yale French Sdudies*, 73 (1987): 229—57.

Newton, K. M. ed. *Twentieth-Century Literary Theory: A Reader*. New York: St. Martin's Press, 1988.

——. "Aesthetics, Cultural Studies and The Teaching of English". In Richard Bradford, ed. *The State of Theory*. London: Routledge, 1993.

O'Leary, Timothy. *Foucault and the Art of Ethics*. London: Continuum, 2002.

Rose, Mark. *Authors and Owners: The Invention of Copyright*. Cambridge, Mass. : Harvard University Press, 1993.

Rushdie, Salman. *The Satanic Verses*. Harmondsworth: Viking, 1988.

Pascal, Blaise. *Pensées*. Tran. A. J. Krailsheimer. Harmondsworth: Penguin Books, 1966.

Pound, Ezra. *Ezra Pound's Poetry and Proses*, vol. 1. Eds. , Lea Baechler, A. Walton Litz and James Longenbach. New York and London: Garland, 1991.

Posnett, Hutcheson Macaulay. *Comparative Literature*. New York: Johnson, 1970.

Sharratt, Bernard. "Cybertheory". In Richard Bradford, ed. *The State of Theory*. London: Routledge, 1993.

Sartre, Jean-Paul. "Why Write?" In David Lodge, ed. *20th Century Literary Criticism: A Reader*. London: Longman, 1972. 371—85.

Sarup, Madan. *Jacques Lacan*. London: Harvester Wheatsheaf, 1992.

Schorer, Mark. "Technique as Discovery." In David Lodge, ed. *20th Century Literary Criticism: A Reader*. London: Longman, 1972. 387—400.

Selden, Raman, ed. *The Theory of Criticism from Plato to the Present: A Reader*. London: Longman, 1988.

——. "The Future of Literary Theory." *News from Nowhere* 8 (1990): 104—10.

Selden, Raman and Peter Widdowson. *A Reader's Guide to Contemporary*

Literary Theory. 3rd edition. London: Harvester Wheatsheaf, 1993.

Selden, Raman, Peter Widdowson and Peter Brooker. *A Reader's Guide to Contemporary Literary Theory*. 5th edition. London: Pearson/Longman, 2005.

Simion, Eugen. *The Return of the Author*. Tran. James W. Newcomb and Lidia Vianu. Evanston, Illinois: Northwestern University Press, 1996.

Smith, Arthur Henderson. *Chinese Characteristics*. New York: Revell, 1894.

Smith II, Philip E. and Michael S. Helfand. *Oscar Wilde's Oxford Notebooks: A Portrait of Mind in the Making*. New York and Oxford: Oxford University Press, 1989.

Tallis, Raymond. *Not Saussure: a Criticque of Post-Saussurean Literary Theory*. London: Macmillan, 1988.

Thompson, E. P. *The Making of the English Working Class*. Harmondsworth: Penguin, 1968.

Tillyard, E. M. W. *The Elizabethan World Picture*. London: Chatto and Windus, 1943.

Tong, Q. S. "The Bathos of A Universalism: I. A. Richards and His Basic English in China." In Lydia H. Liu, ed. *Tokens of Exchange: The Problem of Translation in Global Circulations*. Durham: Duke University Press, 1999. 331—54.

Trilling, Lionel. *Sincerity and Authenticity*. Cambridge, Mass.: Harvard University Press, 1972.

Weber, Max. *The Protestant Ethic and the Spirit of Capitalism*. New York: Charles Scribner's Sons, 1958.

Welsch, Wolfgang. *Undoing Aesthetics*. Tran. Andrew Inkpin. London: Sage, 1997.

Veblen, Thorstein. *The Theory of the Leisure Class*. New York: Prometheus Books, 1998.

Voruz, Veronique and Bogdan Wolf, eds. *The Later Lacan: An Introduction*. Albany, NY: State University of New York Press, 2007.

Wall, Wendy. *The Imprint of Gender: Authorship and Publication in the English Renaissance*. Ithaca and London: Cornell University Press, 1993.

Walters, Malcolm, ed. *Modernity: Critical Concepts*. 4 vols. London and New York: Routledge, 1999.

Wang, David Der-wei. *Fin-de-siecle Splendor: Repressed Modernities of Late Qing Fiction, 1849—1911.* Stanford: Stanford University Press, 1997.

Wellek, René. "Concepts of Form and Structure in Twentieth-Century Criticism". In Ed. , Stephen G. Nichols, Jr. , ed. *Concepts of Criticism.* New Haven and London: Yale University Press, 1963.

——. "The Name and Nature of Comparative Literature". In René Wellek. *Discriminations: Further Concepts of Criticism.* New Haven and London: Yale UP, 1970. 3—36.

Wellek, René, and Austin Warren. *Theory of Literature.* 3rd edition. New York: Harcourt Brace Jovanovich, 1975.

Widdowson, Peter. *Literature.* London: Routledge, 1999.

Wilcox, John. "The Beginnings of L'art pour l'art". *Journal of Aesthetics and Art Criticism* II (June 1953): 360—77.

Wilde, Oscar. *The Letters of Oscar Wilde.* Ed. Rupert Hart-Davis. London: Rupert Hart-Davis, 1962.

Wilde, Oscar. *Complete Works of Oscar Wilde.* Ed. Vyvyan Holland. London: Collins, 1966.

Williams, Raymond. *Culture and Society: 1780—1950.* Harmondsworth: Penguin, 1961.

——. "Literature". In Raymond Williams. *Keywords.* Oxford and New York: Oxford University Press, 1976. 183—88.

Williamson, Judith. *Decoding Advertisements: Ideology and Meaning in Advertising.* London and New York: Boyars, 1995.

Wolfreys, Julian, ed. *Modern British and Irish Criticism and Theory: A Critical Guide.* Edinburgh: Edinburgh University Press, 2006.

Woodmansee, Martha. *The Author, Art and the Market: Reading the History of Aesthetics.* New York: Columbia University Press, 1994.

Woodmansee, Martha and Peter Jaszi, eds. *The Construction of Authorship: Textual Appropriation in Law and Literature.* Durham: Duke University Press, 1994.

Wright, Elizabeth and Wright, Edmond, eds. *The Zizek Reader.* Oxford: Blackwell, 1999.

Zhou, Xiaoyi. *Beyond Aestheticism: Oscar Wilde and Consumer Society.* Beijing: Peking University Press, 1996.

中文书目：

阿恩海姆：《艺术与视知觉》，滕守尧、朱疆源译，北京：中国社会科学出版社，1984。

阿恩海姆：《走向艺术心理学》，丁宁、陶东风、周小仪、张海明译，郑州：黄河文艺出版社，1990。

阿尔都塞：《保卫马克思》，顾良译，北京：商务印书馆，1984。

阿图塞：《保卫马克思》，陈璋津译，台北：远流出版公司，1995。

阿赫默德：《詹明信的他性修辞和"民族寓言"》，载罗纲、刘象愚编《后殖民主义文化理论》，北京：中国社会科学出版社，1999。

阿尼克斯特：《英国文学史纲》，戴镏龄译，北京：人民文学出版社，1959。

阿诺德：《文化与无政府状态》，韩敏中译，北京：三联书店，2002。

艾恺：《世界范围内的反现代化思潮》，贵阳：贵州人民出版社，1999。

艾略特：《传统与个人才能》，王恩衷编《艾略特诗学文集》，北京：国际文化出版公司，1989。

艾略特：《艾略特文学论文集》，李赋宁译，南昌：百花洲文艺出版社，1994。

马克·昂热诺、让·贝西埃、杜沃·佛克马、伊娃·库什纳编：《问题与观点：20世纪文学理论综论》，史忠义、田庆生译，天津：百花文艺出版社，2000。

巴赫金：《陀思妥耶夫斯基诗学问题》，白春仁、亚铃译，北京：三联书店，1988。

巴赫金：《巴赫金全集》第2卷，李辉凡等译，石家庄：河北教育出版社，1998。

包忠文编：《当代中国文艺理论史》，南京：江苏教育出版社，1998。

北京大学比较文学研究所编：《中国比较文学研究资料》，北京：北京大学出版社，1989。

北京师范大学中文系比较文学研究组编：《比较文学研究资料》，北京：北京师范大学出版社，1986。

丹尼尔·贝尔：《资本主义的文化矛盾》，赵一凡等译，北京：三联书店，1989。

克莱夫·贝尔：《艺术》，周金环、马钟元译，北京：中国文联出版公司，1984。

本维尼斯特：《普通语言学问题》，王东亮等译，北京：三联书店，2008。

本雅明：《经验与贫乏》，王炳钧、杨劲译，天津：百花文艺出版社，1999。

柏拉图：《伊安篇》，朱光潜译，《朱光潜全集》第12卷，合肥：安徽教育出版社，1991，3—19。

布劳特：《殖民者的世界模式：地理传播主义和欧洲中心主义史观》，谭荣根译，北京：社会科学文献出版社，2002。

布罗代尔：《15至18世纪的物质文明、经济和资本主义》1—3卷，施康强、顾良等译,北京:三联书店,1993。

布吕奈尔、毕修瓦、卢梭:《什么是比较文学》,葛雷等译,北京:北京大学出版社,1989。

蔡元培:《蔡元培美育论集》,高叔平编,长沙:湖南教育出版社,1987。

曹顺庆:《21世纪中国文化发展战略与重建中国文论话语》,《东方丛刊》,1995年第3辑。

曹顺庆:《文化失语症与文化病态》,《文艺争鸣》,1996年第2期。

陈独秀:《本志罪案之答辩书》,北京大学中文系等编《文学运动史料选》第1册,上海:上海教育出版社,1979。

陈惇、刘象愚:《比较文学概论》,北京:北京师范大学出版社,1988。

陈惇、孙景尧、谢天振编:《比较文学》,北京:高等教育出版社,1997。

陈厚诚、王宁主编:《西方当代文学批评在中国》,天津:百花文艺出版社,2000。

陈焜:《西方现代派文学研究》,北京:北京大学出版社,1981。

陈永国:《文化的政治阐释学:后现代语境中的詹姆逊》,北京:中国社会科学出版社,2000。

程巍:《中产阶级的孩子们:60年代与文化领导权》,北京:三联书店,2006。

德里克:《后革命氛围》,王宁等译,北京:中国社会科学出版社,1999。

迪马:《比较文学引论》,谢天振译,上海:上海译文出版社,1991。

杜声锋:《拉康结构主义精神分析学》,台北:台湾远流出版公司,1988。

多斯桑托斯:《帝国主义与依附》,杨衍永等译,北京:社会科学文献出版社,1999。

二十院校编:《外国文学教学参考资料》1—5卷,福州:福建人民出版社,1980。

恩格斯:《致拉萨尔》(1859年5月18日),陆梅林编《马克思恩格斯论文学与艺术》,北京:人民文学出版社,1982。

凡勃伦:《有闲阶级论》,蔡受百译,北京:商务印书馆,2002。

梵第根:《比较文学论》,戴望舒译,上海:商务印书馆,1937。

范伯群、朱栋霖编:《中外比较文学史》,南京:江苏教育出版社,1993。

范存忠:《英国文学论集》,北京:外国文学出版社,1981。

范存忠:《中国文化在启蒙时期的英国》,上海:上海外语教育出版社,1991。

费斯克:《理解大众文化》,王晓珏、宋伟杰译,北京:中央编译出版社,2001。

弗兰克:《依附性积累与不发达》,高铦、高戈译,南京:译林出版社,1999。

弗兰克:《白银资本》,刘北成译,北京:中央编译出版社,2000。

弗洛伊德:《精神分析引论》,高觉敷译,北京:商务印书馆,1995。

佛克马、易布思:《二十世纪文学理论》,林书武等译,北京:三联书店,1988。

福柯:《性经验史》,佘碧平译,上海:上海人民出版社,2000。
福柯:《主体解释学》,佘碧平译,上海:上海人民出版社,2005。
傅道彬、于茀:《文学是什么》,北京:北京大学出版社,2002。
顾易生、蒋凡:《中国文学批评通史·先秦两汉卷》,上海:上海古籍出版社,1996。
高利克:《中国现代文学批评发生史》,陈圣生等译,北京:社会科学文献出版社,1997。
郭沫若:《少年时代》,《沫若自传》第1卷,上海:上海海燕书店,1947。
郭沫若:《郭沫若全集·文学编》第15卷,北京:人民文学出版社,1990。
郭绍虞、王文生编:《中国历代文论选》第4卷,上海:上海古籍出版社,1980。
海德格尔:《艺术作品的本源》,孙周兴编《海德格尔选集》上卷,上海:三联书店,1996。
韩毓海:《从"红玫瑰"到"红旗"》,上海:上海远东出版社,1998。
何望贤编:《西方现代派文学问题论文集》上下册,北京:人民文学出版社,1984。
霍兰德:《后现代精神分析》,潘国庆译,上海:上海文艺出版社,1995。
黑格尔:《精神现象学》上卷,贺麟、王玖兴译,北京:商务印书馆,1981a。
黑格尔:《美学》1—4卷,朱光潜译,北京:商务印书馆,1981b。
侯维瑞:《现代英国小说史》,上海:上海外语教育出版社,1985。
胡家峦:《历史的星空:英国文艺复兴时期诗歌与西方宇宙论》,北京:北京大学出版社,2001。
胡适:《文学进化观念与戏剧改良》,《胡适古典文学研究论集》上卷,上海:上海古籍出版社,1988。
胡适:《〈西游记〉考证》,《胡适古典文学研究论集》下卷,上海:上海古籍出版社,1988。
黄宝生:《外国文学研究方法谈》,《外国文学评论》,1994年第3期。
黄曼君编:《中国近百年文学理论批评史(1895—1990)》,武汉:湖北教育出版社,1997。
黄梅编:《现代主义浪潮下:英国小说研究,1914—1945》,北京:中国社会科学出版社,1995。
黄维樑、曹顺庆编:《中国比较文学学科理论的垦拓》,北京:北京大学出版社,1998。
黄修己编:《二十世纪中国文学史》上卷,广州:中山大学出版社,1998。
黄子平、陈平原、钱理群:《论"二十世纪中国文学"》,王晓明编《二十世纪中国文学史论》第1卷,上海:东方出版中心,1997。
纪杰克:《神经质主体》,万毓泽译,台北:桂冠图书公司,2004a。

纪杰克:《幻见的瘟疫》,朱立群译,台北:桂冠图书公司,2004b。
基亚:《比较文学》,颜保译,北京:北京大学出版社,1983。
姜飞:《英美新批评在中国》,陈厚诚、王宁编《西方当代文学批评在中国》,天津:百花文艺出版社,2000。
江西人民出版社编:《世界文学名著选评》3卷,南昌:江西人民出版社,1979—1981。
杰弗森等:《西方现代文学理论:概述与比较》,包华富等编译,长沙:湖南文艺出版社,1986。
杰斐逊、罗比:《当代国外文学理论流派》,卢丹怀等译,上海:上海外语教育出版社,1991。
杰姆逊:《后现代主义与文化理论》,唐小兵译,西安:陕西师范大学出版社,1987。
卡勒:《文学理论》,李平译,沈阳:辽宁教育出版社,1998。
卡勒:《文学性》,昂热诺等编《问题与观点:20世纪文学理论综论》,史忠义、田庆生译,天津:百花文艺出版社,2000。
卡勒尔:《罗兰·巴尔特》,北京:三联书店,1988。
科恩编:《文学理论的未来》,程锡麟等译,北京:中国社会科学出版社,1993。
旷新年:《中国20世纪文艺学学术史》第2部下卷,上海:上海文艺出版社,2001。
拉康:《拉康选集》,褚孝泉译,上海:三联书店,2001。
蓝棣之:《现代文学经典:症候式分析》,北京:清华大学出版社,1998。
李达三:《比较文学研究之新方向》,台北:远流出版社,1977。
李赋宁主编:《欧洲文学史》第3卷,《二十世纪二次大战前欧洲文学》上下卷,罗芃、孙凤城、沈石岩编,北京:商务印书馆,2001。
李欧梵:《上海摩登》,毛尖译,香港:牛津大学出版社,2000a。
李欧梵:《现代性的追求》,北京:三联书店,2000b。
李淑言:《认识拉康》,《北京大学学报·英语语言文学专刊》,1993。
李醒:《二十世纪的英国戏剧》,北京:文化艺术出版社,1994。
李泽厚:《美学论集》,上海:上海文艺出版社,1980。
李泽厚:《美的历程》,北京:文物出版社,1981。
李泽厚:《李泽厚哲学美学文选》,长沙:湖南人民出版社,1985。
李泽厚:《中国现代思想史论》,北京:东方出版社,1987。
李泽厚:《美学四讲》,北京:三联书店,1989。
里茨尔:《社会的麦当劳化》,顾建光译,上海:上海译文出版社,1999。

列维-斯特劳斯:《野性的思维》,李幼蒸译,北京:中国人民大学出版社,2006。
刘禾:《语际书写——现代思想史写作批判纲要》,上海:三联书店,1999。
刘钦伟:《闻一多早期唯美主义述评》,《中国现代文学研究丛刊》,1983年第2辑。
刘若端编:《十九世纪英国诗人论诗》,北京:人民文学出版社,1984。
刘树森:《西方传教士与中国近代之外国文学翻译》,《翻译季刊》(香港),2000,第16、17期合刊。
刘献彪:《比较文学及其在中国的兴起》,南宁:广西人民出版社,1986。
刘献彪、王振民:《比较文学与现代文学》,杭州:中国美术学院出版社,1994。
刘勰:《文心雕龙注释》,周振甫注,北京:人民文学出版社,1981。
刘月新:《从整体到碎片》,《国外文学》,2001年第2期。
刘再复:《论文学的主体性》,《文学评论》,1985年第6期—1986年第1期。
刘再复:《性格组合论》,上海:上海文艺出版社,1986。
卢卡奇:《历史和阶级意识》,张西平译,重庆:重庆出版社,1993。
鲁枢元:《创作心理研究》,郑州:黄河文艺出版社,1985。
鲁迅:《鲁迅全集》第11卷,北京:人民文学出版社,1981。
陆机:《文赋》,郭绍虞主编《中国历代文论选》第1册,上海:上海古籍出版社,1979。
陆梅林、程代熙编:《异化问题》上下卷,北京:文化艺术出版社,1986。
罗班:《文学概念的外延与动摇》,昂热诺等编《问题与观点:20世纪文学理论综论》。
罗钢、刘象愚编:《文化研究读本》,北京:中国社会科学出版社,2000。
罗岗:《作为"话语实践"的文学》,《现代中国》第2辑,武汉:湖北教育出版社,2002。
洛里哀:《比较文学史》,傅东华译,上海:商务印书馆,1930。
马克思、恩格斯:《共产党宣言》,《马克思恩格斯选集》第1卷,中共中央马克思恩格斯列宁斯大林著作编译局编,北京:人民出版社,1972。
马克思:《鸦片贸易史》,《马克思恩格斯选集》第2卷,中共中央马克思恩格斯列宁斯大林著作编译局编,北京:人民出版社,1972。
马克思:《1844年经济学—哲学手稿》,刘丕坤译,北京:人民出版社,1979。
马克思:《资本论》(节选本),中共中央马克思恩格斯列宁斯大林著作编译局译,北京:人民出版社,1998。
马克思、恩格斯:《马克思恩格斯选集》,中共中央马克思恩格斯列宁斯大林著作编译局译,北京:人民出版社,1972。

马尔库塞:《单向度的人》,张峰、吕世平译,重庆:重庆出版社,1988。
马谢雷:《列宁——托尔斯泰的批评家》,陆梅林编《西方马克思主义美学文选》,桂林:漓江出版社,1988。
马玉田、张建业编:《1979—1989十年文艺理论论争言论摘编》,北京:十月文艺出版社,1991。
迈纳:《比较诗学》,王宇根、宋伟杰等译,北京:中央编译出版社,1998。
毛泽东:《在延安文艺座谈会上的讲话》,《毛泽东选集》第3卷,北京:人民出版社,1991。
毛泽东:《新民主主义论》,《毛泽东选集》第2卷,北京:人民出版社,1991。
茅盾:《世界文学名著杂谈》,天津:百花文艺出版社,1980。
米列娜:《从传统到现代——世纪转折时期的中国小说》,伍晓明译,北京:北京大学出版社,1991。
莫伟民:《主体的命运》,上海:三联书店,1996。
南帆:《文学性:历史与形而上学》,何锐编《批评的趋势》,北京:北京图书馆出版社,2001。
南帆编:《文学理论新读本》,杭州:浙江文艺出版社,2002。
彭锋:《美学的意蕴》,北京:中国人民大学出版社,2000。
齐泽克:《意识形态的崇高客体》,季广茂译,北京:中央编译出版社,2002。
齐泽克:《实在界的面庞》,季广茂译,北京:中央编译出版社,2004。
瑞恰慈:《文学批评原理》,杨自伍译,南昌:百花洲文艺出版社,1992。
萨特:《存在主义是一种人道主义》,周煦良译,李瑜青、凡人编《萨特哲学论文集》,合肥:安徽文艺出版社,1998。
塞尔登、威德森、布鲁克:《当代文学理论导读》,刘象愚译,北京:北京大学出版社,2006。
索绪尔:《普通语言学教程》,高名凯译,北京:商务印书馆,1980。
申丹:《叙述学与小说文体学研究》,北京:北京大学出版社,1998。
盛宁:《二十世纪美国文论》,北京:北京大学出版社,1994。
盛宁:《世纪末·"全球化"·文化操守》,《外国文学评论》,2000年第1期。
什克洛夫斯基等:《俄国形式主义文论选》,方珊等译,北京:三联书店,1989。
史安斌:《关于全球化与中国当代文化思潮的答问——刘康访谈录》,《文化研究》,2000年第1辑。
史华兹:《寻求富强:严复与西方》,叶凤美译,南京:江苏人民出版社,1996。
史亮编:《新批评》,成都:四川文艺出版社,1989。
史忠义:《关于"文学性"的定义的思考》,昂热诺等编《问题与观点:20世纪文学理论综论》。

宋家麟编:《老月份牌》,上海:上海画报出版社,1997。

宋生贵:《人生艺术化:中国传统文化中的一种境界》,《文艺研究》,2001年第1期。

孙凤城、孙坤荣、谭得伶:《现代欧美文学》,北京:北京师范大学出版社,1981。

孙景尧:《沟通》,南宁:广西人民出版社,1991。

唐鸿棣:《诗人闻一多的世界》,上海:学林出版社,1996。

陶东风:《社会转型与当代知识分子》,上海:三联书店,1999。

特雷塞尔:《穿破裤子的慈善家》,孙铢等译,北京:外国文学出版社,1982。

滕守尧:《审美心理描述》,北京:中国社会科学出版社,1985。

田汉:《田汉文集》第14卷,北京:中国戏剧出版社,1987。

童庆炳:《文学活动的审美维度》,北京:高等教育出版社,2001(初版:《文学活动的美学阐释》,西安:陕西人民出版社,1989)。

童庆炳编:《现代心理美学》,北京:中国社会科学出版社,1993。

托多罗夫:《巴赫金、对话理论及其他》,蒋子华、张萍译,天津:百花文艺出版社,2001。

王恩衷编译:《艾略特诗学文集》,北京:国际文化出版公司,1989。

王德威:《想像中国的方法:历史·小说·叙事》,北京:三联书店,1998。

王国维:《王国维文集》第3卷,姚淦铭、王燕编,北京:中国文史出版社,1997。

王锦厚:《五四新文学与外国文学》,成都:四川大学出版社,1996。

王腊宝:《阅读视角、经典形成与非殖民化》,《外国文学研究》,2000年第4期。

王宁:《消费社会学》,北京:社会科学文献出版社,2001。

王一川等:《从现代性到中华性》,《文艺争鸣》,1994年2期。

王一川:《文学理论》,成都:四川人民出版社,2003。

王一川:《从情感主义到后情感主义》,《文艺争鸣》,2004年第1期。

王佐良:《英国诗史》,南京:译林出版社,1993。

王佐良、周珏良编:《英国二十世纪文学史》,北京:外语教学与研究出版社,1994。

汪晖:《韦伯与中国的现代性问题》,《汪晖自选集》,桂林:广西师范大学出版社,1997。

汪晖:《死火重温》,北京:人民文学出版社,2000。

维斯坦因:《比较文学和文学理论》,刘象愚译,沈阳:辽宁人民出版社,1987。

维特根斯坦:《逻辑哲学论》,贺绍甲译,北京:商务印书馆,1985。

韦勒克、沃伦:《文学理论》,刘象愚等译,北京:三联书店,1984。

韦勒克:《批评的诸种概念》,丁泓、余徵译,成都:四川文艺出版社,1988。
韦勒克:《现代文学批评史》第 5 卷,章安祺等译,北京:中国人民大学出版社,1991。
韦勒克:《近代文学批评史》第 1—4 卷,杨岂深、杨自伍译,上海:上海译文出版社,1997。
韦勒克:《批评的概念》,张金言译,杭州:中国美术学院出版社,1999。
韦勒克:《比较文学的危机》,韦勒克《批评的概念》,张金言译,杭州:中国美术学院出版社,1999。
卫姆塞特、布鲁克斯:《西洋文学批评史》,颜元叔译,北京:中国人民大学出版社,1987。
温儒敏:《中国现代文学批评史》,北京:北京大学出版社,1993。
沃勒斯坦:《现代世界体系》1－3 卷,尤来寅、吕丹、孙立田等译,北京:高等教育出版社,1998—2000。
吴元迈:《也谈外国文学研究方向与方法》,《外国文学评论》,1995 年第 4 期。
吴元迈:《回顾与思考—新中国外国文学研究 50 年》,《外国文学研究》,2000 年第 1 期。
谢天振:《比较文学与翻译研究》,台北:业强出版社,1994。
解志熙:《美的偏至:中国现代唯美—颓废主义文学思潮研究》,上海:上海文艺出版社,1997。
徐扬尚:《中国比较文学源流》,郑州:中州古籍出版社,1998。
徐志啸:《中国比较文学简史》,武汉:湖北教育出版社,1996。
约斯特:《比较文学导论》,廖鸿钧译,长沙:湖南文艺出版社,1988。
亚里士多德:《诗学》,陈中梅译,北京:商务印书馆,1996。
阎国忠:《走出古典:中国当代美学论争述评》,合肥:安徽教育出版社,1996。
杨小滨:《否定的美学:法兰克福学派的文艺理论和文化批评》,上海:三联书店,1999。
杨义、陈圣生:《中国比较文学批评史纲》,台北:业强出版社,1998。
杨周翰、吴达元、赵萝蕤编:《欧洲文学史》上下卷,北京:人民文学出版社,1979。
伊格尔顿:《二十世纪西方文学理论》,伍晓明译,西安:陕西师范大学出版社,1987。
伊格尔顿:《当代西方文学理论》,王逢振译,北京:中国社会科学出版社,1988。
易丹:《超越殖民文学的文化困境》,《外国文学评论》,1994 年第 2 期。
余虹:《文学的终结与文学性的蔓延》,《文艺研究》,2002 年第 6 期。

袁可嘉:《现代派论、现代诗论》,北京:中国社会科学出版社,1985。

袁可嘉、董衡巽、郑克鲁编:《外国现代派作品选》1—4卷,上海:上海文艺出版社,1985。

詹明信:《处于跨国资本主义时代中的第三世界文学》,张京媛编《新历史主义与文学批评》,北京:北京大学出版社,1993。

詹明信:《快感:文化与政治》,王逢振等译,北京:中国社会科学出版社,1998。

詹姆逊:《詹姆逊文集》1—4卷,王逢振编,北京:中国人民大学出版社,2004。

张弘:《外国文学研究怎样走出困惑》,《外国文学评论》,1994年第4期。

张隆溪:《二十世纪西方文论述评》,北京:三联书店,1986。

张婷婷:《中国20世纪文艺学学术史》第4部,上海:上海文艺出版社,2001。

赵宪章:《西方形式美学》,上海人民出版社,1996。

赵炎秋:《民族文化与外国文学研究的困境》,《外国文学评论》,1995年第2期。

赵一凡:《拉康与主体的消解》,《读书》,1994年第10期。

赵一凡:《美国文化批评集》,北京:三联书店,1994。

赵一凡:《欧美新学赏析》,北京:中央编译出版社,1996。

赵毅衡:《远游的诗神:中国古典诗歌对美国新诗运动的影响》,成都:四川人民出版社,1985。

赵毅衡:《新批评:一种独特的形式文论》,北京:中国社会科学出版社,1986。

赵毅衡编:《"新批评"文集》,北京:中国社会科学出版社,1988。

周小仪:《"五四"新文学中的唯美主义思潮与现代性的两面》,《思想文综》第7辑,北京:中国社会科学出版社,2001。

周小仪:《唯美主义与消费文化》,北京:北京大学出版社,2002。

周小仪:《消费文化与审美覆盖的三重压迫》,申丹、秦海鹰编《欧美文学论丛》第3辑(欧美文论研究),北京:人民文学出版社,2003。

周小仪:《消费文化与生存美学:试论美感作为资本世界的剩余快感》,《国外文学》,2006年第2期。

周作人:《周作人散文精编》,钱理群编,杭州:浙江文艺出版社,1994。

朱光潜:《西方美学史》上、下卷,北京:人民文学出版社,1979。

朱光潜:《朱光潜美学文集》第1卷,上海:上海文艺出版社,1982。

朱光潜:《悲剧心理学》,张隆溪译,北京:人民文学出版社,1983。

朱光潜:《长篇诗在中国何以不发达》,《中国比较文学研究资料》,北京大学比较文学研究所编,北京:北京大学出版社,1989。

朱光潜:《朱光潜全集》1—20卷,合肥:安徽教育出版社,1987—1992。

朱维之、赵澧编:《外国文学简编(欧美部分)》,北京:中国人民大学出版社,1980。

朱维之编:《中外比较文学》,天津:南开大学出版社,1992。

宗白华:《美学与意境》,北京:人民出版社,1987。

人名索引

（凡注释中出现的人名在页码后标有 n）

A

M. H. 阿布拉姆斯 M. H. Abrams 66

特奥多·阿多诺 Theodore W. Adorno (1903—1969) 44,46,93,94,180,182,184

鲁道夫·阿恩海姆 Rudolf Arnheim (1904—2007) 197

路易·阿尔都塞 Louis Althusser (1918—1990) 26

艾贾兹·阿赫默德 Aijaz Ahmad 186

马修·阿诺德 (1822—1888) 17,92,168

约瑟夫·艾迪生 Joseph Addison (1672—1719) 204

莫德·艾尔曼 Maud Ellmann 106

鲍里斯·艾肯鲍伊姆 Boris Eichenbaum (1886—1959) 11

乔治·艾略特 George Eliot (1819—1880) 168

托·斯·艾略特 T. S. Eliot (1888—1965) 18,69,75,108,144,158,197

拉尔夫·沃尔多·爱默生 Ralph Waldo Emerson (1803—1882) 176n

谢尔盖·爱森斯坦 Sergei Eisenstein 1898—1948 124

J. L. 奥斯汀 John Langshaw Austin (1911—1960) 24

B

罗兰·巴尔特 Roland Barthes (1915—1980) 19,46,83,96,167,178

奥诺雷·德·巴尔扎克 Honoré de Balzac (1799—1850) 129,134,144

米哈伊尔·巴赫金 Mihail Bahtin (1895—1975) 13,24,31,67,69,80,119—121,137

艾蒂安·巴里巴尔 Etienne Balibar 26

苏珊·巴斯奈特 Susan Bassnett 206

乔治·巴塔耶 George Bataille (1897—1962) 56

乔治·戈登·拜伦 George Gordon Byron (1788—1824) 153,155,158

莫德·鲍德金 Maud Bodkin (1875—1967) 112

A. G. 鲍姆嘉登 A. G. Baumgarten (1714—1762) 93

丹尼尔·贝尔 Daniel Bell 36n,93,179,192

克莱夫·贝尔 Clive Bell (1881—1964) 41n

吉恩·贝尔-维拉达 Gene H. Bell-Villada 17

凯瑟琳·贝尔西 Catherine Belsey

人名索引　239

106,122

安德鲁·本内特 Andrew Bennett 80,81

埃米尔·本维尼斯特 Émile Benveniste (1902—1976) 78,121

瓦尔特·本雅明 Walter Benjamin (1892—1940) 172

马克斯·比尔博姆 Max Beerbohm (1872—1956) 75

奥布里·比尔兹利 Aubrey Beardsley (1872—1898) 39,69,75,76

克劳德·毕修瓦 Claude Pichois (1925—2004) 207

维·格·别林斯基 Vissarion Grigoryevich Belinsky (1811—1848) 42,49,86,87

宾威廉 William Chalmers Burns (1815—1868) 151

让·博德里拉 Jean Baudrillard (1929—2007) 149,174,179,183,184

哈钦森·麦考利·波斯奈特 Hutcheson Macauley Posnett (1882—1901) 200,201

英格玛·伯格曼 Ingmar Bergman (1918—2007) 118

柏拉图 Plato (前427—前347) 58,70—72,86,99

马歇尔·伯尔曼 Marshall Berman 192

爱米莉·勃朗特 Emily Brontë (1818—1848) 96,158

夏洛蒂·勃朗特 Charlotte Brontë (1816—1855) 109,158

皮埃尔·布迪厄 Pierre Bourdieu (1930—2002) 32,81,94,157

乔治-路易·勒克莱尔·布封 Georges-Louis Leclere de Buffon (1707—1788) 73

托马斯·布莱克韦尔 Thomas Blackwell (1701—1757) 117

戴维·布雷奇 David Bleich 116

乔治·布列 Georges Poulet (1902—1991) 116

安德烈·布列东 André Breton (1896—1966) 56

克林斯·布鲁克斯 Cleanth Brooks (1906—1994) 13

哈罗德·布鲁姆 Harold Bloom 101

费尔南·布罗代尔 Fernand Braudel (1902—1985) 149

皮埃尔·布吕奈尔 Pierre Brunel 207

威恩·布斯 Wayne Clayson Booth (1921—2005) 109

C

尼古拉·车尔尼雪夫斯基 Nikolai Chernyshevsky (1828—1889) 42,73

D

托马斯·戴尔 Thomas Dale (?—1619) 16

加尼什·戴威 Ganesh Devy 209

但丁 Dante Alighieri (1265—1321) 13,14,21,72,171

科南·道尔 Arthur Conan Doyle (1859—1930) 151

乔纳森·道利摩尔 Jonathan Dollimore 137

吉约·德波 Guy Debord (1931—

1994) 174

埃德加·德加 Edgar Degas (1834—1917) 64

雅克·德里达 Jacques Derrida (1930—2004) 18, 19, 53, 66—69, 82, 88, 96, 99, 100, 106, 107, 127, 128, 130, 149, 176n, 177—179

阿里夫·德里克 Arif Dirlik 34, 49, 147, 192

保罗·德曼 Paul de Man (1919—1983) 81

约翰·邓恩 John Donne (1572—1631) 14, 109

丹尼尔·笛福 Daniel Defoe (1660—1731) 151, 155, 205

查尔斯·狄更斯 Charles Dickens (1812—1870) 46n, 76, 155, 156, 158

勒内·笛卡尔 René Descartes (1596—1650) 48, 56, 57, 72, 101, 102, 167, 182

尼古拉·杜勃罗留波夫 Nikolay Aleksandrovich Dobrolyubov (1836—1861) 42

马瑟尔·杜尚 Marcel Duchamp (1887—1968) 178

约翰·杜威 John Dewey (1859—1952) 202

E

弗里德里希·恩格斯 Friedrich Engels (1820—1895) 5, 48, 49, 54, 86, 87, 130, 134, 144, 146, 177

维克多·厄里奇 Victor Erlich (1914—2007) 100

F

于勒·凡尔纳 Jules Verne (1828—1905) 64

梵第根 Paul Van Tieghem (1871—1948) 201, 209

亨利·菲尔丁 Henry Fielding (1707—1754) 109, 119, 151, 155

斯坦利·费希 Stanley Fish 117

约翰·福尔斯 John Fowles (1926—2005) 119, 135

伏尔泰 Voltaire (1694—1778) 16, 204

米歇尔·福柯 Michel Foucault (1926—1984) 4, 21, 28, 32, 41, 53, 66—69, 71, 74, 80, 82, 83, 87, 96, 99—101, 105, 126, 129, 135—137, 149, 176, 177—179, 183, 187, 195, 196, 213

杜威·佛克马 Douwe Fokkema 1

罗格·弗莱 Roger Fry (1866—1934) 102

诺斯洛普·弗莱 Northrop Frye, (1912—1991) 112

安德烈·贡德·弗兰克 Andre Gunder Frank 33, 149, 214

詹姆斯·乔治·弗雷泽 James George Frazer (1854—1941) 112

居斯塔夫·福楼拜 Gustave Flaubert (1821—1880) 130

埃里希·弗罗姆 Erich Fromm (1900—1980) 29n

约翰·弗罗斯特 John Forrester 74

西格蒙德·弗洛伊德 Sigmund Freud (1856—1939) 4, 29—32, 41, 50,

57—60,63,79,93,102,107,130,144,197

鲍里斯·福特 Boris Ford（1917—1998）169

G

玛利安·高利克 Marian Galik 189

约翰·沃尔夫冈·冯·歌德 Johann Wolfgang von Goethe（1749—1832）14,17,44,176n,204,210

奥利弗·哥尔德斯密 Oliver Goldsmith（1730—1774）204,211

乔治·戈登 George Gordon 17

吕西安·戈德曼 Lucien Goldmann（1913—1970）45

威廉·戈尔丁 Willeam Gerald Golding（1911—1993）160

杰拉尔德·格莱夫 Gerald Graff 112

A-J 格雷玛斯 A-J Algirdas Julius Greimas（1917—1992）125

斯蒂芬·格林布拉特 Stephen Greenblatt 137

尼古拉·果戈里 Nikolai V. Gogol（1809—1852）

H

尤尔根·哈贝马斯 Jürgen Habermas 36,98

威廉·哈切特 William Hatchett 204

马丁·海德格尔 Martin Heidegger（1889—1976）25,29,93,116

欧内斯特·海明威 Ernest Miller Hemingway（1899—1961）125

沃尔夫冈·弗里兹·豪格 Wolfgang Fritz Haug 184

荷马 Homer 13,14,21,67,70,117,173

贺拉斯 Quintus Horatius Flaccus（前65—前8）70

理查德·赫德 Richard Hurd（1720—1808）204

马科斯·霍克海默 Max Horkheimer（1895—1973）93

诺曼·霍兰德 Norman Holland 60n

托马斯·亨利·赫胥黎 Thomas Henry Huxley（1825—1895）151

格奥尔格·威尔汉姆·弗里德里希·黑格尔 Georg Wilhelm Friedrich Hegel（1770—1831）20,23,30,34,37,48,49,56—58,83,86,87,93,100,107,137,138,147,173,181,182

萨达姆·侯赛因 Saddam Hussein（1937—2006）104

埃德蒙德·胡塞尔 Edmund Husserl（1859—1938）19,116

威廉·华兹华斯 William Wordsworth（1770—1850）12,16,101,108,156,158,168

詹姆斯·麦克尼尔·惠斯勒 James McNeill Whistler（1834—1903）64

J

汉斯·奥尔格·伽达默尔 Hans-Georg Gadamer（1900—2002）116,198

凯瑟琳·加拉格尔 Catherine Gallagher 46n

爱德华·吉本 Edward Gibbon（1737—

1794) 14

安东尼·吉登斯 Anthony Giddens 98

乔治·吉辛 George Gissing（1857—1903）173

玛里乌斯·弗朗索瓦·基亚 Marius-Francois Guyard 207

约翰·济慈 John Keats（1795—1821）11,111

安德烈·纪德 André Gide（1869—1951）179

安·杰斐逊（杰弗森）Ann Jefferson 1

K

弗兰兹·卡夫卡 Franz Kafka（1883—1924）101

托马斯·卡莱尔 Thomas Carlyle（1795—1881）176n

乔纳森·卡勒（卡勒尔）Jonathan Culler 1,14,16,117,125,176

马太·卡里内斯库 Matei Calinescu 192

雷蒙·凯诺 Raymond Queneau（1903—1976）56

伊曼努尔·康德 Immanuel Kant（1724—1804）39,56,58,72,73,93,101,102,109,115,117,123,180,182,190,196

约瑟夫·康拉德 Joseph Conrad（1857—1924）44,158,160,162,174

罗瑟林德·考伍德 Rosalind Coward 106

塞缪尔·泰勒·柯尔律治 Samuel Taylor Coleridge（1772—1834）72,116,156,158

乔治·科尔曼 George Colman（1762—1836）16

拉尔夫·科恩 Ralph Cohen 176

亚力山大·科也夫 Alexandre Kojève（1902—1968）56

朱莉娅·克里斯蒂娃 Julia Kristeva 96,178

贝奈戴托·克罗齐 Benedetto Croce（1866—1952）50

奥古斯特·孔德 Auguste François Comte（1798—1857）107

托马斯·库恩 Thomas Kuhn（1922—1996）20,71,170

昆斯伯里侯爵 John Sholto Douglas, 9th Marquess of Queensberry（1844—1900）96

L

雅克·拉康 Jacques Lacan（1901—1981）55

斐迪南·拉萨尔 Ferdinand Lassalle（1825—1864）54

戈特霍尔德·埃夫莱姆·莱辛 Gotthold Ephraim Lessing（1729—1781）16

约翰·克娄·兰色姆 John Crowe Ransome（1888—1974）13,110,112,197

苏珊·朗格 Susanne Langer（1895—1985）102,114

朗吉弩斯 Longinus 70,71

D.H.劳伦斯 David Herbert Lawrence（1885—1930）168

亨利·雷马克 Henry Remak 207,208

李达三 John J. Deene 148,211,212

李欧梵 Leo Ou-fan Lee 36，153，154，189

萨米尔·理查逊 Samuel Richardson (1689—1761) 91

让·弗朗索瓦·利奥塔 Jean-François Lyotard (1924—1998) 178

F. R. 利维斯 Frank Raymond Leavis (1895—1978) 18

亨利·列菲弗尔 Henri Lefebvre (1901—1991) 46

克劳德·列维-斯特劳斯 Claude Lévi-Strauss (1908—2009) 44，123

乔治·卢卡奇 Georg Lukács (1885—1971) 26，49，86，130，144，181

让-雅克·卢梭 Jean-Jacques Rousseau (1712—1778) 128，129，207

戴维·罗比 David Robey 1

戴维·洛奇 David Lodge 114，125

理查德·罗蒂 Richard Rorty (1931—2007) 176n

弗莱德里·洛里哀 Frédéric Lolliée (1856—1915) 200，201

M

科林·麦凯布 Colin MacCabe 170

托马斯·麦考利 Thomas Babington Macaulay (1800—1859) 176n

马歇尔·麦克卢汉 Marshall McLuhan (1911—1980) 46

沃尔特·本·迈克尔斯 Walter Benn Michaels 176

赫伯特·马尔库塞 Herbert Marcuse (1898—1979) 93，182，184

卡尔·马克思 Karl Marx (1818—1883) 3，26，34，38，43，45，46，52，54，84，87，89，90，93，98，105，107，130，132，146，147，177，179，181—183，191，192，196

爱德华·马奈 Edouard Manet (1832—1883) 64

皮埃尔·马舍雷 Pierre Macherey 26，51

安德鲁·马韦尔 Andrew Marvell (1621—1678) 34n

厄尔·迈纳 Earl Miner (1927—2004) 207

梅罗-庞蒂 Maurice Merleau-Ponty (1908—1961) 56

厄内斯特·门德尔 Ernest Mandel (1923—1995) 180

蒙田 Michel de Montaigne (1533—1592) 73，74

约翰·弥尔顿 John Milton (1608—1674) 155

雅克-阿兰·米勒 Jacques-Alain Miller 85

希利斯·米勒 J. Hillis Miller 116

苏玛斯·米勒 Seumas Miller 170n

米列娜 Milena Dolezelava-Velinger 207

明恩博 Arthur H. Smith (1845—1932) 203

艾里斯·默多克 Iris Murdoch (1919—1999) 119

克劳德·莫奈 Claude Monet (1840—1926) 64

马歇尔·莫斯 Marcel Mauss (1872—1950) 71

阿瑟·谋飞 Arthur Murphy (1727—

1805) 204

N

史蒂文·纳普 Steven Knapp 19,176

弗里德里希·威廉·尼采 Friedrich Wilhelm Nietzsche（1844—1900）4,27,68,69,93,107,178,179,183

艾萨克·牛顿 Isaac Newton (1643—1727) 48,132

K. M. 牛顿 K. M. Newton 170n

P

布莱兹·帕斯卡尔 Blaise Pascal (1623—1662) 73,74

埃兹拉·庞德 Ezra Pound (1885—1972) 75,76,78,106,158

弗兰西斯·培根 Francis Bacon (1561—1626) 14,73

瓦特·佩特 Walter Pater（1839—1894）40,153,191

亚历山大·蒲伯 Alexander Pope (1688—1744) 14,91,151

普罗克拉斯提斯 Procrustes 63

普洛普 Vladimir Propp（1895—1970）125

Q

齐泽克（纪杰克）Slavoj Žižek 66,84,85,180,182,184

杰弗雷·乔叟 Geoffrey Chaucer（约1343—1400）14,91,109,168

詹姆斯·乔伊斯 James Joyce (1882—1941) 130,158,160,162

罗伯特·钱伯斯 Robert Chambers (1802—1871) 16

切斯特菲尔德伯爵 Philip Dormer Stanhope, 4th Earl of Chesterfield (1694—1773) 14

威廉·琼斯 William Jones（1746—1794）205

R

热拉尔·热奈特 Gérard Genette 13,125

瑞恰慈 I. A. Richards (1893—1979) 13,18,110,116,143,144,161,162,185,197,201

S

萨德 Marquis de Sade (1740—1814) 83,180,182

萨克雷 William Makepeace Thackeray (1811—1864) 155

A. S. 萨利文 Arthur Sullivan (1842—1900) 64

让·保罗·萨特 Jean Paul Sartre (1905—1980) 23,26,58

拉曼·塞尔登 Raman Selden (1937—1991) 1,114,169

尤金·塞弥恩 Eugen Simion 84

爱德华·赛义德 Edward Said (1935—2003) 65

威廉·莎士比亚 William Shakespeare (1564—1616) 14, 16, 45, 46, 48, 53,67,91,138,151,155,156,158, 169,171,210

亚瑟·叔本华 Arthur Schopenhauer (1788—1860) 93,190

贝内迪特·斯宾诺莎 Benedictus Spinoza (1632—1677) 50,52,58

约瑟夫·维萨里昂诺维奇·斯大林 Joseph Vissarrionovich Stalin (1879—1953) 73

理查德·斯蒂尔 Richard Steele (1672—1729) 204

罗伯特·路易斯·斯蒂文森 Robert Louis Stevenson (1850—1894) 151

格特露德·斯坦恩 Elizabeth Gertrude Stern (1889—1954) 178

劳伦斯·斯特恩 Laurence Sterne (1713—1768) 119

乔纳森·斯威夫特 Jonathan Swift (1667—1745) 97, 109, 119, 151,155

瓦尔特·司格特 Walter Scott (1771—1832) 151

苏格拉底 Socrates (前 469—前 399) 70,86

费尔迪南·德·索绪尔 Ferdinand De Saussure (1857—1913) 77, 78, 103, 114, 121 — 123, 126, 127, 167,177

维克多·什克洛夫斯基 Viktor Borisovich Shklovsky (1893—1984) 12,118,119

弗里德里希·施莱尔马赫 Frienrich Schleiermacher (1768—1834)

奥古斯特·威廉·施莱格尔 August Willhelm von Schleigel (1767—1845) 17

弗里德里希·施雷格尔 Karl Wilhelm Friedrich von Schlegel (1772—1829) 43

热那梅尔·德·史达尔夫人 Madame Germaine de Staël (1766—1817) 16,17

史华兹 Benjamin Schwartz 151

T

伊波利特·泰纳 Hippolyte Adolphe Taine (1828—1893) 23, 107, 117,137

阿兰·泰特 Allen Tate (1899—1979) 13

爱德华·帕尔默·汤普森 E. P. Thompson (1924—1993) 46

罗伯特·特雷塞尔 Robert Tressell (1870—1911) 157

莱昂内尔·特里林 Lionel Trilling (1905—1975) 72

E. M. W. 蒂里亚得 Eustace Mandeville Wetenhall Tillyard (1889—1962) 138

兹维坦·托多罗夫 Tzvetan Todorov 23,24

列夫·托尔斯泰 Lev Tolstoy (1817—1875) 14,27,134

鲍里斯·托马舍夫斯基 Boris Tomashevsky (1890—1957) 13

W

王德威 David Der-wei Wang 189

奥斯卡·王尔德 Oscar Wilde (1854—1900) 95,179

约翰·威尔科克斯 John Wilcox 17

彼得·威多森 Peter Widdowson 17

沃尔夫冈·威尔什 Wolfgang Welsch 184

雷蒙·威廉姆斯 Raymond Williams（1921—1988）46,89,95,98,137,168

朱迪丝·威廉逊 Judith Williamson 106

维吉尔 Virgil（前70—前19）70

威廉·维姆萨特（卫姆塞特）William K. Wimsatt（1907—1975）39,69,75,76,110,197

乌尔利希·维斯坦因 Ulrich Weisstein 207

路德维希·维特根斯坦 Ludwig Wittgenstein（1889—1951）107,114,115,117

雷纳·韦勒克 René Wellek 16

维吉尼亚·伍尔夫 Virginia Woolf（1882—1941）108,160

伊曼纽尔·沃勒斯坦 Immanuel Wallerstein 149,214

奥斯汀·沃伦 Austin Warren（1899—1986）13,22,39n—41,43,90,161,197,211

X

菲利普·锡德尼 Philip Sidney（1554—1586）72

弗里德里希·冯·席勒 Friedrich von Schiller（1759—1805）17,36n,93,94,196

马库斯·图利乌斯·西塞罗 Marcus Tullius Cicero（前106—前43）39

萧伯纳 George Bernard Shaw（1856—1950）28,158

马克·肖勒 Mark Schorer（1908—1977）43

阿兰·辛菲尔德 Alan Sinfield 106,137

大卫·休谟 David Hume（1711—1776）72

T. E. 休姆 Thomas Ernest Hulme（1883—1917）108

Y

罗曼·雅柯布森 Roman Jakobson（1891—1982）11

亚里士多德 Aristotélēs（前384—前322）12,39,70,116,117

威廉·燕卜逊 William Empson（1906—1984）13,143,144,197

汉斯·罗伯特·尧斯 Hans Robert Jauss（1921—1997）198

路易·叶尔姆斯列夫 Louis Hjelmslev（1899—1965）122

威廉·巴特勒·叶芝 William Butler Yeats（1865—1939）64,75,158,160

特雷·伊格尔顿 Terry Eagleton 11,89,169,197

约翰·伊里丝 John Ellis 106

沃尔夫冈·伊瑟尔 Wolfgang Iser（1926—2007）116

安东尼·伊索普 Antony Easthope 20,170

爱尔如德·易布思 Elrud Ibsch 1

罗曼·英伽登 Roman Ingarden（1893—1970）22,116

萨弥尔·约翰逊 Samuel Johnson（1709—1784）8,16

弗朗索瓦·约斯特 Francois Jost 207

Z

詹明信（弗雷德里克·杰姆逊）Fredric Jameson 4, 25, 43 — 47, 48n, 50 — 54, 90, 93, 94, 98, 127, 130, 149, 173, 174, 178, 180, 185, 186

查理·卓别林 Charlie Chaplin（1889—1977）124

版权说明

本书各章的初稿曾在如下刊物和书籍发表,在此表示感谢。出处如下:第一章:周小仪《文学性》,《外国文学》2003年第5期;第二章:周小仪《从形式回到历史——关于文学研究方法论的探讨》,《北京大学学报·哲学社会科学版》2001年第6期;第三章:周小仪《拉康的早期思想及其镜象理论》,《国外文学》1996年第3期;第四章:周小仪《作者、主体的能动性与剩余快感》,《外国文学》2009年第4期;第五章:周小仪《社会历史视野中的文学批评——伊格尔顿文学批评理论的发展轨迹》,《国外文学》2001年第4期;第六章:周小仪《二十世纪西方文论的发展嬗变》,童庆炳主编《文学理论要略》,人民文学出版社,1995年;第七章:周小仪、申丹《中国对西方文论的接受:现代性认同与反思》,《中国比较文学》2006年第1期,收入本书时有删节与改动;第八章:周小仪《英国文学在中国的介绍、研究和影响》,《译林》2002年第4期;第九章:周小仪《文学研究与理论——文化研究:分裂还是融合?》,《国外文学》1995年第4期;第十章:周小仪《批评理论之兴衰与全球化资本主义》,《外国文学》2007年第1期;附录一:周小仪、童庆生《全球化语境中的中国现代文学批评》,宋耕编著《全球化与"中国性":当代文化的后殖民解读》,香港:香港大学出版社,2006年;附录二:周小仪、童庆生《比较文学研究在中国的发展及其意识形态功能》,《外国文学评论》2001年第4期。